LES NOUVEAUX SOLDATS DU VATICAN

Collection dirigée par Jean-Paul Enthoven

CAROLINE FOUREST
FIAMMETTA VENNER

Les Nouveaux Soldats du Vatican

LE LIVRE DE POCHE

Une première édition de
ce livre est parue en 2008
aux éditions Panama, sous
le titre *Les Nouveaux Soldats du pape*.

Couverture : © Alessandra Benedetti/Corbis.

PRÉFACE À LA SECONDE ÉDITION

(septembre 2010)

Ce livre décrit trois courants radicaux du catholicisme : les Légionnaires du Christ, l'Opus Dei et les traditionalistes. Tous n'entretiennent pas les mêmes liens avec Rome, mais ils incarnent – chacun à leur manière – la nouvelle garde du Vatican. De Jean-Paul II à Benoît XVI. Le premier était surtout proche de l'Opus Dei et des Légionnaires. Le second doit composer avec ces nouvelles troupes, mais rêve surtout d'y adjoindre les traditionalistes. En deux pontificats, ces trois courants ont connu une institutionnalisation fulgurante, diamétralement opposée à la disgrâce subie par les catholiques dits « d'ouverture » ou « progressistes ». Ce contraste n'est pas anodin et signe la direction que souhaite Rome, à rebours de l'esprit résolument moderniste ayant soufflé sur Vatican II. Voilà, en quelques mots, la thèse de cet ouvrage et le débat qu'il a souhaité ouvrir.

Au moment de la sortie de la première édition des *Nouveaux Soldats du pape*, en septembre 2008, le pape Benoît XVI venait en France. D'éminents soutiens de l'Église tenaient à minimiser le poids des radicaux décrits dans ce livre. Mais une fois la lumière des plateaux de télévision éteinte, ils s'empressaient de nous encourager à dénoncer un phénomène qu'ils redoutent visiblement, sans oser le dire. Les mois suivants, les faits ont donné raison à toutes les mises en garde contenues dans ce livre, que ce soit à propos du processus de réintégration des traditionalistes ou des cas de pédophilie secouant les Légionnaires du Christ.

Il faut mettre au crédit de Benoît XVI certaines mesures, dont la plus emblématique est sans doute la mise sous tutelle – tardive mais nécessaire – de la Légion du Christ. Même s'il aura fallu presque soixante ans pour que les plaintes des premières victimes de Marcial Maciel, le fondateur des Légionnaires, soient enfin entendues et suivies d'effets, Benoît XVI a fini par entendre. C'est une avancée indéniable.

Il reste bien d'autres aspects sulfureux, sectaires et problématiques chez les « nouveaux soldats » du pape. Ceux-là ne seront peut-être jamais corrigés. Le premier réflexe d'une institution soumise aux critiques est souvent de faire corps dans le silence ou de répondre en attaquant. Les journalistes posant des questions sur la complaisance dont bénéficient ces extrémistes au sein de l'Église sont vécus comme des adversaires et non des lanceurs d'alerte. Ainsi, le chapitre sur la Légion du Christ a fait visiblement quelques remous à Rome. Il est nommé dans un rapport émis par le Vatican à notre encontre. En pleine tempête médiatique après l'annonce de la réintégration de Mgr Williamson, un journal italien appartenant à Berlusconi, *Il Giornale*[1], s'en est

---

1. *Il Giornale*, 8 février 2009.

saisi pour nous accuser de « complot contre le pape ». Il aura fallu le lire deux fois pour y croire, mais c'est bien le titre de l'article. Nous avons été alertées par un confrère allemand qui a eu entre les mains le rapport du Vatican. Sa thèse principale se retrouve dans l'article d'*Il Giornale*. À l'en croire, nous aurions « comploté » pour faire échouer la réintégration des quatre évêques lefebvristes excommuniés. Comment ? En prévoyant, à la même date, la diffusion d'un documentaire suédois dans lequel l'un de ces évêques, Mgr Williamson, tient des propos négationnistes sur les chambres à gaz… Ce qui a déclenché la polémique.

L'article et certains scénaristes du Vatican ne sont pas loin d'imaginer une forme de connivence entre nous et l'évêque intégriste ! Pour étayer la thèse d'un dessein proprement machiavélique, le dossier et l'article insistent sur nos CV : « connues pour leurs nombreuses batailles anticléricales », « prochoix », « vivant ensemble », « proximité avec le Grand Orient de France ». La réalité est moins romanesque. Nous avons effectivement créé une revue qui s'appelle *ProChoix* et nous menons des enquêtes sur les mouvements intégristes depuis 1991. Ce qui nous amène à donner des conférences dans tous les cercles attachés de près ou de loin à la laïcité. Le livre sur les « nouveaux soldats du pape » s'inscrit logiquement dans cette série d'enquêtes sur les mouvements religieux radicaux, dont certains – sans doute irrités – ont réagi, nous prêtant des pouvoirs surdimensionnés. Une bonne connaissance de l'avancée des négociations entre le Vatican et les catholiques traditionalistes permet d'anticiper des évolutions qui se sont effectivement confirmées, mais pas de connaître à l'avance la date exacte de la réintégration de Mgr Williamson. Le Vatican a tout simplement été victime de ses choix, des propos de ses nouvelles brebis et d'un concours de circonstances.

Ayant entendu parler de ce livre, une équipe de télévision suédoise, SVT, a souhaité interviewer Fiammetta Venner. La Fraternité Saint-Pie-X venait de s'implanter en Suède et le documentaire visait à faire connaître le vrai visage de ce courant intégriste. Le journaliste, Ali Fegan, en a profité pour lui demander son avis sur certaines personnalités connues de la Fraternité. Fiammetta Venner lui a confirmé que l'un des évêques consacrés par Mgr Lefebvre, Mgr Williamson, avait l'habitude de tenir des propos négationnistes, même si personne n'avait encore songé à le lui demander devant une caméra… L'équipe suédoise a fait son travail, en lui posant une question sur le sujet, et Mgr Williamson ne s'est pas fait prier pour leur répondre qu'à son avis, aucun Juif n'avait péri dans les chambres à gaz.

L'entretien a été tourné en novembre 2008, mais un documentaire met toujours plusieurs mois – le temps qu'il soit monté – avant d'être diffusé. En l'occurrence, la télévision suédoise l'a programmé pour le 21 janvier 2009. Or, c'est exactement la date choisie par le Vatican pour décréter la réintégration des quatre évêques lefebvristes, dont Mgr Williamson. Ce qui a donné une tout autre dimension à ces quelques minutes d'entretien (dont les extraits ont été diffusés en bande-annonce dès le 14 janvier), mais ne change rien au fond du débat : fallait-il réintégrer des évêques aussi radicaux au sein de l'Église? C'est la question que le Vatican a voulu étouffer en criant au complot. Il est vrai que cet entretien a de quoi l'embarrasser. Comment prétendre que ses services ignoraient tout des positions négationnistes de Williamson alors que de simples journalistes les connaissaient depuis longtemps?

De deux choses l'une. Soit le Vatican ment : il était informé, mais a considéré que cet aspect du dossier était un « détail ». Alors qu'un pape, *a fortiori* allemand, peut difficilement se permettre d'être inattentif à ce type de « détail ». Soit le pape n'en a jamais été informé et quelque chose ne fonctionne pas au sommet du Vatican. Dans les deux cas, l'affaire témoigne d'un désir forcené de satisfaire les exigences des lefebvristes sous prétexte de restaurer l'« unité ». La polémique autour de Mgr Williamson cachant l'essentiel : pourquoi courir après des militants extrémistes au détriment d'une vision plus ouverte et plus exigeante du catholicisme? C'est, au fond, le véritable objet de ce livre.

INTRODUCTION

Comparé à l'islam, le catholicisme donne le sentiment d'avoir réussi son *aggiornamento*. Indéniable-
ment, les catholiques ont mieux négocié le tournant
des années 1960 grâce au concile de Vatican II, initié
par Jean XXIII en 1962 et achevé par Paul VI en 1965.
Une liturgie plus accessible à tous, un prêtre célébrant
la messe tourné vers ses fidèles, la fin de la prière pour
la conversion du « juif perfide » et l'abandon d'une certaine prétention à la Vérité absolue ont permis d'ouvrir
la voie à un catholicisme plus ouvert, capable de dialoguer sereinement avec les autres religions. Mais cette
réforme ne s'est pas faite sans douleur ni débats hou-
leux. Loin de faire consensus, Vatican II fut au cœur
d'une guerre d'interprétation entre catholiques « intransigeants[1] » et catholiques d'ouverture. Il aura fallu toute

---

1. Selon l'expression consacrée par Émile Poulat pour désigner
les catholiques opposés à une réforme libérale, *L'Histoire*, n° 224,
septembre 1998, p. 39 : « Il y aurait désormais "les libéraux", partisans de la conciliation, du ralliement, de l'adaptation, et les "intransigeants", défenseurs des droits de l'Église et de la vérité. »

l'autorité du Saint-Siège et la vitalité du catholicisme conciliaire pour imposer une telle cure de rajeunissement à une frange de l'Église restée obstinément hostile à tout changement. Dans les années 1960, cette fraction était incontestablement minoritaire. Est-ce toujours le cas aujourd'hui ?

À l'époque du concile, le catholicisme progressiste et moderne avait le vent en poupe. En France, c'était l'époque glorieuse des prêtres-ouvriers. La JOC (Jeunesse ouvrière chrétienne) incitait le monde ouvrier à se hisser socialement grâce à une citoyenneté ouverte sur le monde. Dans les zones rurales, la JAC (Jeunesse agricole catholique) parvenait à favoriser l'émergence d'une élite paysanne catholique progressiste[1]. Elle a disparu en laissant quelques leaders paysans et toute une génération d'enfants de la ruralité incarner cette conscience. Quant à la JOC, forte de 10 000 membres, elle continue de vouloir initier des jeunes à la citoyenneté *via* la spiritualité. Les catholiques de gauche sont surtout actifs au sein de ce qu'on appelle le « militantisme moral[2] » : humanitaire, sans-papiers, lutte contre la pauvreté, droit au logement, solidarité internationale… Ce catholicisme existe, il est vivant. Mais

---

1. Fondée en 1929, la Jeunesse agricole catholique (puis Jeunesse agricole chrétienne) entreprend un considérable travail de terrain. En 1960, la majorité des responsables agricoles et des élus ruraux est issue de la JAC. Mouvement d'éducation populaire, la JAC devient en 1965 le MRJC (Mouvement rural de la jeunesse chrétienne).   2. On se référera aux travaux du GERMM (Groupe d'études et de recherches sur les mutations du militantisme), animé par Éric Agrokolianski, Olivier Fillieule et Nonna Mayer.

ces fidèles peuvent-ils encore proclamer, comme par le passé : « Nous sommes l'Église[1] » ?

Rien n'est moins sûr. L'optimisme suscité par un catholicisme résolument tourné vers le social et vers l'avenir aura été de courte durée. Dès 1968, moins de trois ans après la fin de Vatican II, la libération de la parole et de la sexualité a durablement traumatisé les hautes sphères de l'Église. Le communisme et le matérialisme athée deviennent l'ennemi prioritaire.

La curie vit dans une double terreur. D'une part, elle craint la dissidence des plus traditionalistes, dont certains sont partis en guerre contre Vatican II au point de mettre en cause l'autorité pontificale. De l'autre, elle redoute les tenants d'une lecture jugée trop moderniste de Vatican II. Sous Paul VI, le Saint-Siège cherche à restaurer son autorité auprès des plus traditionalistes comme des plus modernistes. Mais lorsque Jean-Paul II lui succède, en 1978, le Saint-Siège décide de combattre en priorité les catholiques progressistes, tout en renouant avec les traditionalistes non sédévacantistes, y compris les plus intégristes.

Polonais, le nouveau vicaire du Christ est traumatisé par le péril rouge. Tout au long de son pontificat (plus d'un quart de siècle), il s'efforce donc de favoriser le renouveau d'un catholicisme résolument anticommuniste. Pour un Marcel Lefebvre excommunié en 1988,

---

1. Il faut noter le travail remarquable de « Nous sommes aussi l'Église », réseau né en Autriche suite à la nomination d'évêques conservateurs. Existant dans la plupart des pays d'Europe, le groupe tente de défendre Vatican II et de critiquer les attaques contre les progressistes.

il ne faudrait pas oublier la mise au ban, autrement plus répandue, des partisans de l'« évêque rouge », Dom Hélder Câmara. La théologie de la libération est alors en plein essor en Amérique latine. Fondée sur une éthique sociale au service des pauvres, elle est perçue comme l'ennemi marxiste de l'intérieur. « La répression frappa de nombreux théologiens qui furent interdits d'enseigner et de publier », écrit François Houtart, prêtre et sociologue proche de ce courant, dans un article faisant le bilan des années Jean-Paul II[1]. Des séminaires, des facultés de théologie, des instituts de formation pastorale reçurent l'ordre de prohiber tout enseignement parlant de la théologie de la libération. Symbole parmi les symboles, le Conseil épiscopal latino-américain – qui avait organisé la Conférence de Medellín pour l'application du concile Vatican II dans le continent – a peu à peu été transformé en « organe de restauration[2] ».

Ailleurs, les catholiques de gauche ont été renvoyés aux marges de l'Église. On les rappelle à l'ordre lorsqu'ils s'avisent de critiquer l'Opus Dei et les Légionnaires du Christ, deux mouvements prosélytes résolument anti-communistes, alliés de dictatures, que Rome encourage avec ferveur. Comme le font remarquer Jason Berry et Gerald Renner, auteurs d'un livre sur les « vœux de silence » et les abus de pouvoir sous Jean-Paul II, la disgrâce des uns fait le bonheur des autres : « Lorsque le

---

1. François Houtart, « Bilan d'un pontificat », *Point de vue*, 4 avril 2005, http://www.dossiersdunet.com/spip.php?article431.
2. *Ibid.*

cardinal Ratzinger a commencé à enquêter sur les partisans de la théologie de la libération se réclamant d'une
inspiration théologique qui proposerait des alternatives
à la pauvreté et aux persécutions, la Légion tissait des
liens avec des officiels en Argentine et au Chili pour
qui la torture faisait partie de la stratégie politique[1]. »

Le nouveau préfet de la Congrégation pour la doctrine
de la foi, le cardinal Ratzinger, tente par tous les moyens
de résister aux innovations liturgiques imputables à une
lecture jugée trop moderniste de Vatican II. Le dialogue
est renoué avec les traditionalistes dissidents. Certains
commencent à rallier l'Église et l'incarnent donc de nouveau. Jean-Paul II n'en reste pas moins un pape attaché
à l'œcuménisme. Il se rend volontiers à Assise, ce haut
lieu du dialogue interreligieux. Il reconnaît l'aveuglement du catholicisme face au drame de la Shoah. Le dialogue judéo-chrétien et islamo-chrétien se porte mieux
que jamais. Le pape tend aussi la main aux autres frères
chrétiens. Des passerelles sont nouées *via* le renouveau
charismatique, ce regain de foi néopentecôtiste inspiré
par le protestantisme américain, où l'on prie l'Esprit
saint de venir dans son corps *via* le « parler en langue »
(un babillage censé prouver que l'on est habité par
l'Esprit saint). De plus en plus de catholiques adhèrent
à cette foi exaltée, sous l'étiquette de la « Nouvelle
Évangélisation ». Ils ont en commun d'être assez repré-
sentatifs de l'après-Vatican II sur la forme, mais d'être

---

1. Jason Berry et Gerald Renner, *Vows of Silence : the Abuse of
Power in the Papacy of John Paul II*, New York, Free Press, 2004,
p. 145.

résolument moralistes et pré-Vatican II sur le fond[1]. Jean-Paul II comprendra bien vite l'intérêt de ces mouvements empruntant la voie de la modernité pour mieux lui résister. En 1997, le jour de la Pentecôte, il les salue comme le « nouveau printemps de l'Église ». Le succès de ses Journées mondiales de la jeunesse doit beaucoup au savoir-faire et à la mobilisation des troupes de l'Emmanuel, des Béatitudes, du Chemin neuf ou du Chemin néocatéchuménal[2]. Leur vitalité évangélique et missionnaire leur vaut d'être privilégiés au détriment des ordres classiques, comme les Dominicains ou les Jésuites. Le pape leur préfère aussi l'Opus Dei et les Légionnaires du Christ – que l'on dit être les nouveaux jésuites. Ils sont aussi radicaux que pouvaient l'être les

---

1. Malgré un aspect extérieur plus vivant et sympathique, certains charismatiques peuvent cependant développer une pratique réactionnaire. Au sujet, par exemple, de l'avortement, de la contraception ou de l'homosexualité, on peut donc les retrouver aux côtés des catholiques les plus intransigeants. Nous avons choisi de ne pas aborder leur trajectoire dans cet ouvrage.   2. Le 17 août 1997, le Centre Saint-Vincent a répertorié les inscriptions aux JMJ. On dénombre 58 122 Français enregistrés par le biais d'organisations et de 82 diocèses. Ce qui permet de dégager certaines tendances : l'Emmanuel arrive en tête avec 6 035 personnes. Suivi par Regnum Christi, la branche laïque des Légionnaires du Christ : 1 356 participants. Puis viennent : le Chemin neuf (1 124) ; le Chemin néocatéchuménal (850) ; la Congrégation Saint-Jean (790) ; Scouts de France (700 pour les 23 et 24 août) ; la Société Saint-Vincent-de-Paul (644) ; Béatitudes (592) ; les Familles de l'Assomption (466) ; l'Institut Notre-Dame de Vie (390) ; Cicg-Cics (375) ; Les Enfants du Mékong (350). Source : *Histoire des JMJ vues de France* (III), Ludovic Laloux, « L'explosion surprise des JMJ de Paris », paru sur le site de la Fondation de service politique (catholique de droite).

« hommes noirs » au XVIᵉ siècle, sauf qu'ils agissent au XXIᵉ siècle. Ce sont sur ces nouveaux soldats que le Saint-Siège s'appuie désormais pour combattre ses concurrents éventuels et faire régner l'ordre au sein de l'Église.

Qu'ils préfèrent ou non la messe en latin, les catholiques réactionnaires incarnent une forme de restauration morale et religieuse voulue par le nouveau pape. Par sa personnalité comme par sa formation, Benoît XVI est incontestablement plus dogmatique que son prédécesseur. Ses premiers mots de pape furent pour mettre en garde contre le « relativisme » né du respect du pluralisme religieux. Contrairement aux années 1980 et 1990, l'ennemi prioritaire n'est plus seulement le sécularisme associé au communisme, mais la laïcité d'un côté et les religions concurrentes de l'autre. Dans un contexte mondial frappé par le retour en force du religieux, l'islamisme inquiète comme un adversaire et le protestantisme comme un concurrent. Le fanatisme sectaire de l'Opus Dei ou des Légionnaires n'est pas forcément du goût de Benoît XVI, mais leur succès évangélique les rend incontournables. Même si l'élection du nouveau pape signe surtout le triomphe des « intransigeants » traditionalistes, partisans du retour à la messe en latin, pour laquelle le nouveau pape n'a jamais caché éprouver une certaine nostalgie.

Ce n'est pas un hasard si, en coulisses, les courants les plus réactionnaires ont appuyé sa candidature. À la demande de leur prélat, Mgr Echevarria, les fidèles de l'Opus Dei « ont prié l'Esprit saint pour le nouveau pape, dès l'annonce du rappel à Dieu du très cher Jean-

Paul II ». Même enthousiasme chez les Légionnaires du Christ. Dès la nomination de Benoît XVI, ils ont encouragé leurs fidèles à lui envoyer un « bouquet spirituel » par Internet[1]. Quant aux lefebvristes, ils n'ont pas hésité à parler de l'élection de Benoît XVI comme d'une « divine surprise[2] ».

L'enthousiasme des catholiques les plus réactionnaires, y compris ceux qui considéraient Jean-Paul II comme un abominable progressiste, est exactement inverse à la déception des catholiques de gauche et même à celle des charismatiques. Hans Küng, l'un des théoriciens du catholicisme moderniste, ancien collègue de Joseph Ratzinger à l'université de Tübingen, dit espérer que la fonction de pape le transformera. Sans trop y croire. Il ne cache pas « la désillusion immense de tous ceux qui comptaient sur un pape d'âme pastorale et réformatrice[3] ». Desmond Tutu, qui sut mener l'Afrique du Sud sur le chemin de la réconciliation grâce à une vision généreuse du christianisme, est encore plus clair : « Si j'avais été cardinal et que j'avais eu le droit de vote, je n'aurais pas donné ma voix au nouveau pape[4]. »

Ceux-là rêvaient d'un véritable renouvellement à la tête de l'Église. Peut-être simplement d'un retour à l'équilibre après le tournant conservateur amorcé par

---

1. Il faut choisir une prière et « envoyer un message à : bouquet spirituel@regnumchristifrance.org en indiquant la ou les prières que vous avez dites ». 2. Communiqué de la Fraternité suite à l'élection de Benoît XVI. 3. Cité par Constance Colonna-Cesari, *Benoît XVI : les clés d'une vie*, Paris, Philippe Rey éditions, 2005, p. 70. 4. *Le Monde*, 20 avril 2005.

Jean-Paul II. Malheureusement, les porteurs de changement n'ont pas le vent en poupe au sein de la curie, donc au sein du conclave. Mgr Martini, le cardinal le plus ouvert sur la question des femmes, favorable à l'idée de convoquer un nouveau concile Vatican, III, n'a recueilli qu'une petite vingtaine de voix. Quant aux cardinaux des pays du Sud, ils n'ont eu guère plus de succès malgré l'immense attente et la ferveur des chrétiens de ces continents. Il est vrai que la plupart des cardinaux ayant voté à ce conclave ont été nommés par l'ancien préfet de la Congrégation pour la doctrine de la foi. En d'autres termes, ils ont été choisis, depuis des années, pour leur attachement à une vision rigide de l'Église.

C'est dire si le processus de marginalisation des catholiques modernes enclenché sous Jean-Paul II n'est pas près d'être enrayé. En 2006, *Témoignage chrétien* tire la sonnette d'alarme : « Depuis quelques mois, des signes venant de Rome nous inquiètent. L'évolution imprimée par Benoît XVI dans l'Église catholique nous paraît s'éloigner des intuitions du concile Vatican II et de tout ce qu'il a fait naître, tant à l'intérieur qu'en dehors du monde catholique[1]. » Ici, un prêtre-ouvrier est mis à la retraite plus tôt que nécessaire[2]. Là, un théo-

---

1. *Témoignage chrétien*, 2 novembre 2006. 2. C'est, par exemple, le cas du père Noël Pitometz, aumônier de la prison de Toulon-La Farlède. Alors que l'administration pénitentiaire fixe l'âge limite à soixante-quinze ans pour les aumôniers et les visiteurs de prison, le vieux prêtre-ouvrier commence à déranger. Une aumônerie voisine, celle de Draguignan, a été donnée à un traditionaliste. L'évêque de Toulon, Mgr Rey, a donc ordonné au père Pitometz d'abandonner sa charge, sans quoi « il ne serait plus en communion avec l'église locale » (*Golias*, février 2008).

logien dominicain spécialiste du dialogue interreligieux
est sommé de se faire discret. Les jésuites dénonçant
les méthodes de l'Opus Dei continuent d'être tenus au
silence. Quant aux organes de presse comme *Golias*
ou *Témoignage chrétien*, jugés trop à gauche, ils sont
systématiquement diffamés avec le soutien de la hiérarchie. Tandis que les « intransigeants » sont plus que
jamais en odeur de sainteté.

Jusqu'où la reprise en main réactionnaire ira-t-elle ?
Jusqu'à faire du concile de Vatican II une parenthèse
bien vite refermée ? Jusqu'à Vatican moins II ?

C'est ce que nous avons voulu savoir en étudiant
de près l'histoire de trois courants parmi les plus réactionnaires de l'Église catholique ; ceux que nous clas-
sons parmi les plus « intégristes » dans la mesure où
ils défendent une vision liberticide de la foi qu'ils souhaitent étendre à tous, donc imposer aux autres. Leurs
relations avec le Saint-Siège nous renseignent sur le
degré des concessions faites ces dernières années au
détriment de Vatican II. Elles ne sont pas de même
nature. Les opusiens ont su se rendre incontournables
en tant qu'élite d'appoint jusqu'au sommet de l'Église.
Les Légionnaires, eux, fournissent des troupes indis-
pensables. Rome s'inquiète de leur sectarisme ou des
scandales engendrés par la conduite de son fondateur,
mais ne songe pas à un instant à se passer de ses services. Ces deux courants sont d'ailleurs totalement
dévoués à l'Église, contrairement aux enfants rebelles
et indisciplinés que sont les traditionalistes... De loin,
les préférés de Benoît XVI. Comme dans une famille,
ces enfants-là tiennent particulièrement à cœur au

patriarche. Le Saint-Siège s'applique à les faire revenir dans son giron, un à un s'il le faut. L'histoire de ces ralliements successifs en dit long sur le retour en grâce des plus intégristes.

Les différentes tendances de ce mouvement traditionaliste ont beaucoup écrit sur leurs négociations avec le Saint-Siège, offrant aux commentateurs un formidable matériau à explorer. Les Légionnaires du Christ et l'Opus Dei sont beaucoup plus difficiles à étudier du fait de leur méfiance maladive vis-à-vis de l'extérieur. L'Opus Dei a fait de vrais progrès depuis le succès du *Da Vinci Code*, mais sa transparence affichée n'en reste pas moins une politesse de façade. Elle ne permet pas d'accéder aux informations désirées concernant ses réseaux. Bien que son chargé de communication, Arnaud Gency, nous ait très gentiment reçues, le seul moyen de nous familiariser avec l'Œuvre fut d'aller puiser dans la vie de son fondateur et dans ses publications. C'est en étudiant sa doctrine, mais aussi en plongeant dans l'histoire de ses rapports avec le Vatican que nous avons trouvé la face la moins étudiée de l'Œuvre, sans doute aussi la plus instructive, comparée à la face fantasmagorique souvent privilégiée. Nous avons procédé de même avec les Légionnaires du Christ, qui ont refusé de répondre à nos questions. À la recherche d'une enquête vue de l'intérieur et non simplement de l'extérieur, nous nous sommes concentrées sur les textes produits par ces mouvements à l'intention de leurs fidèles, notamment les biographies des fondateurs et les récits internes concernant leurs relations avec le Saint-Siège, pour les recouper avec les faits historiques et les contrechamps que peuvent nous apporter les anciens fidèles ; ceux qui en sont sortis et peuvent témoigner en toute liberté. La combinaison des deux, associée aux recoupements d'usage, nous a permis de cerner notre principal objet d'étude : l'histoire des relations entre Rome et ses intégristes, la radicalisation en cours du Saint-Siège et son impact sur l'héritage de Vatican II.

Enrôler grâce aux Légionnaires du Christ

Moins connus que l'Opus Dei, les Légionnaires du Christ méritent une réputation tout aussi sulfureuse. La Légion a planté son fanion dans 20 pays. Elle revendique plus de 500 prêtres, un cardinal mexicain, 2 500 séminaristes et 65 000 membres *via* sa branche laïque : Regnum Christi. Sa congrégation gère 12 universités, dont la prestigieuse Regina Apostolorum à Rome, et près de 200 lieux de formation. Ce réseau d'écoles et de cercles d'influence lui permet d'être active dans presque tous les domaines : économie, éducation et communication. C'est dire si en quelques années, grâce à une organisation et à une volonté de fer, la Légion a réussi à s'imposer comme l'un des bras armés incontournables du Vatican. Zenit, l'agence de presse du Vatican, repose entièrement entre les mains des Légionnaires du Christ, ce qui fait d'eux des porte-parole du Saint-Siège. Tout un symbole. Ce qui suppose une vraie fidélité de la part des Légionnaires. Marcial Maciel, le fondateur de la Légion, s'est éteint le 1er février 2008. Jusqu'à sa mort, il n'a cessé de répéter à ses fidèles : « Nous marchons au rythme de l'Église, ni un pas en avant, ni un pas en arrière[1]. » Ce mot d'ordre ne signifie en rien que les Légionnaires du Christ sont une organisation modérée, mais l'inverse. Depuis Jean-Paul II, le Saint-Siège s'est tellement radicalisé qu'il compte sur cette armée d'appoint, dont l'histoire est jonchée de scandales.

Outre des méthodes spartiates et sectaires, la Légion du Christ est tristement célèbre pour taire les nombreux abus sexuels commis en son sein. Ce qui inquiète l'Église mais ne l'empêche pas de miser sur elle pour évangéliser, notamment en Amérique latine, où la Légion lui permet de combattre l'influence des « sectes » protestantes.

Sur YouTube, l'un des sites diffusant des vidéos sur Internet, on peut voir l'un des spots imaginés par la branche américaine des Légionnaires[2]. Sur fond de musique hollywoodienne, probablement celle d'un péplum, le film met en scène un casting de jeunes prêtres sélectionnés pour leur beauté, leur blondeur et leur coupe de cheveux. Tous ont un sourire brillant et un regard intense, comme habité. Ils marchent côte à côte, presque au pas, s'entraînent dans des activités sportives, rient. Une atmosphère quasi militaire mais chaleureuse et fraternelle. Un esprit mal placé pourrait croire à un spot imaginé par un magazine gay. Mais les jeunes hommes sont en soutane et n'ont d'yeux que pour leur fondateur, Marcial Maciel, dont la photo appa-

---

1. Voir notamment l'hagiographie écrite par un prêtre Légionnaire du Christ, Gonzague Monzon, *Un oui inconditionnel, la vie du père M. Maciel*, Paris, Pierre Téqui, 2005, p. 158.   2. http://fr.youtube.com/watch?v=pnHOMl1ULdA.

raît. Une voix off nous raconte la fabuleuse histoire de son œuvre : « En 1941, la Légion du Christ était composée d'un jeune étudiant en théologie de vingt et un ans et de 13 séminaristes dans un sous-sol. Aujourd'hui, nous sommes presque 500 prêtres et près de 2 500 séminaristes venant de 38 nations sur cinq continents. » La musique se fait captivante. Elle est ponctuée par la voix de Jean-Paul II bénissant les Légionnaires et leur mouvement séculier, Regnum Christi. Des jeunes hommes prient, reçoivent l'hostie, jouent au football. La voix reprend : « Fondée à Mexico City par le père Marcial Maciel, la Légion poursuit le même but depuis soixante ans : ordonner de saints prêtres qui vont aider les autres à vivre une vie vraiment chrétienne et diffuser le royaume du Christ au reste du monde. Avec un amour inconditionnel pour le Saint-Père et avec une dévotion pour notre sainte mère Marie. » Un jeune prêtre au visage angélique insiste : « L'Église a besoin de vous. Elle a besoin de soldats. Elle a besoin de prêtres saints. C'est pour cela que la Légion a été créée : pour former des prêtres saints. » Le film invite à participer aux séminaires d'été organisés par la Légion, le numéro de téléphone du « bureau des vocations » s'affiche enfin.

Un père martial

Voilà pour la légende. Plus prosaïquement, l'histoire de cette Légion comporte des zones d'ombre sur lesquelles l'Église a longtemps fermé les yeux en raison des bons et loyaux services rendus en Amérique latine et tout particulièrement au Mexique, où les Légionnaires du Christ ont vu le jour.

Le fondateur, Marcial Maciel, est né à Cotija de la Paz le 10 mars 1920, dans l'une de ces familles de propriétaires terriens d'ascendance espagnole qui n'aiment guère se mélanger avec les indigènes, sauf pour les évangéliser. Malgré la rancœur que pourrait susciter la colonisation, les classes paysannes et les propriétaires terriens partagent la même ferveur catholique et prient la même Vierge : celle de Guadalupe. La mère de Marcial Maciel vient d'une famille très pratiquante. Elle aurait voulu entrer dans les ordres comme ses frères, dont deux sont devenus évêques. Mais les hommes de la famille ont préféré la marier à un homme riche, de quinze ans plus âgé. Elle se consolera en élevant ses enfants comme de véritables petits séminaristes, tout entiers tournés vers Jésus-Christ. Très proche de sa mère, le jeune Marcial est d'autant plus fervent qu'il grandit en admirant les Cristeros, ces guérilleros catholiques entrés en rébellion contre les mesures anticléricales du gouvernement mexicain. Ils serviront de premiers modèles aux futurs Légionnaires du Christ.

L'exemple des Cristeros

Le Mexique sort alors d'une série de réformes menées au pas de charge sous l'influence d'une élite issue de la franc-maçonnerie et nourrie au positivisme. De 1876 à 1910, au cours de la période libérale, le pays connaît

une vague de modernisation intensive qui ne va pas
sans ébranler les structures traditionnelles et conservatrices. La République mexicaine vote notamment toute
une série de « lois de la réforme » visant à séparer radicalement l'État de l'Église. Comme en France quelques
années plus tard, les biens du clergé sont nationalisés,
l'État a repris en main la gestion des cimetières, des
œuvres de charité et les écoles. Mais après trente ans
de pouvoir personnel, le maintien de Porfirio Díaz pro-
voque une insurrection armée. Sur fond de grogne paysanne et populaire, les libéraux sont bien vite débordés
par les révolutionnaires comme Pancho Villa, Emiliano
Zapata ou Venustiano Carranza, qui se disputent le
pouvoir. Depuis le milieu des années 1920, un général succède à un autre. Tous accélèrent le processus de
modernisation enclenché par les libéraux. En bon révolutionnaire, le général Calles revendique un nationa-
lisme économique doublé d'un anticléricalisme virulent
qui correspond davantage aux aspirations de la classe
ouvrière qu'à celles des classes populaires paysannes,
souvent très croyantes. L'abandon de la réforme agraire
s'accompagne d'une surenchère sur le terrain de la lutte
contre la religion. La sécularisation prend une tournure
réellement autoritaire. L'évêque de México est traîné
devant les tribunaux, les églises et les séminaires sont
fermés, les congrégations religieuses dissoutes. L'État
interdit le culte public. Il traque même les cérémonies
religieuses privées. Toute personne surprise à célébrer
les sacrements risque d'être emprisonnée, fusillée ou
exilée. C'en est trop pour le peuple catholique, qui
lève une armée de contre-révolutionnaires dite des

Cristeros – du nom donné par l'armée fédérale à ces missionnaires prêts à se sacrifier en criant : « Vive le Christ roi[1] ! » Leur zèle est tel que même l'Église finit par s'en méfier. Des années plus tard, des clercs parleront des Cristeros comme des « fanatiques, aliénés et réactionnaires ». Dès 1929, l'Église s'en désolidarise pour négocier une forme de paix relative avec le gouvernement mexicain. La fronde catholique ne cesse pas pour autant.

L'un des oncles du fondateur des Légionnaires, Jesús Degollado Guizar, n'est autre que l'un des généraux de la rébellion des Cristeros. Son neveu sera marqué à vie par les corps de jeunes martyrs pendus sur la place du village. Il ne cache pas son admiration pour un ami, à peine plus âgé que lui, parti au maquis et mort en criant : « Vive le Christ roi ! » Cette ferveur survoltée de martyr ne tarde pas à lui donner la vocation. À l'âge de quinze ans, pour la plus grande fierté de sa mère, il quitte sa famille et part à México pour se former clandestinement à la prêtrise au sein du séminaire dirigé en secret par un autre de ses grands-oncles, l'évêque de Veracruz, Mgr Rafaël Guizar Valencia. Fidèle à la résistance passive de l'Église, donc opposé à la violence des Cristeros, l'homme influence le futur fondateur des Légionnaires dans sa volonté de se placer sous la protection de l'Église. Jusqu'à sa mort, il restera persuadé que seuls des soldats ayant l'approbation de Rome peuvent être efficaces. Son obéissance à la ligne pacifique de l'Église n'en demeure pas moins relative.

---

1. Au sujet des Cristeros, lire Jean Meyer, *Apocalypse et révolution au Mexique*, Paris, Gallimard-Julliard, 1974.

Au séminaire, la vie est rude. Les jeunes séminaristes ne mangent ni lait ni viande. Mais le zèle fait oublier la faim. Porté par les événements et son tempérament, le jeune séminariste apprend à évangéliser les indigènes, à porter l'eucharistie aux prêtres célébrant les sacrements dans la clandestinité. Il a même déjà passé quelques jours en prison à cause de ses activités religieuses. D'après la légende des Légionnaires, il aurait participé à des manifestations exigeant la réouverture des églises et servi d'intermédiaire entre le gouverneur et la foule en colère. Les journaux de l'époque n'en gardent trace. Au milieu de toute cette agitation, le jour de la fête du Sacré-Cœur de 1936, alors qu'il prie dans la chapelle du séminaire de son oncle, le jeune homme est surtout persuadé de recevoir un ordre du Saint-Esprit : « J'étais en train de parler avec le Christ de mon désir de me donner entièrement à Lui, de sauver les âmes, de les emmener au ciel… D'un coup, Lui, de façon mystérieuse, a mis dans mon âme l'idée de former un groupe de prêtres dédié d'une façon totale à la prédication et à l'extension du royaume de Dieu[1]. » Il ne s'agit pas encore de former des Légionnaires du Christ mais des « Missionnaires du Sacré-Cœur ». Une idée qui l'obsède malgré les réticences que rencontre son projet. Son oncle meurt d'une crise cardiaque en 1938, et le jeune homme doit trouver un nouveau protecteur. Ce n'est pas chose simple. La veille, des voisins sont venus se plaindre du jeune homme et du « bruit » qu'il aurait fait avec ses compagnons de séminaire. Les

---

1. G. Monzon, *op. cit.*

Légionnaires n'entrent pas dans les détails de cet épisode, pourtant douloureux, car visiblement lié à la mort subite de l'oncle du fondateur. Le jeune homme sera expulsé de deux autres séminaires sans que Gonzague Monzon, son biographe, n'en donne véritablement les raisons. D'ordinaire plus bavard, il se contente de parler de médisance envers le projet du fondateur.

En soi, l'idée de former un groupe de prêtres missionnaires venant d'un séminariste n'est pas si originale. Mais Maciel n'a que seize ans et son absolutisme infantile effraye ses supérieurs. Un évêque tente même de freiner ses ardeurs en lui interdisant l'accès de certains séminaires. Maciel finit par atterrir au séminaire interdiocésain du Nouveau-Mexique. Monté aux États-Unis avec l'aide des évêques nord-américains, il forme un cinquième des prêtres de l'Église mexicaine dissidente. Malgré la méfiance, Maciel continue de mûrir son projet. Il compte dans sa famille plusieurs évêques, qui sont autant de protecteurs, et son zèle séduit bientôt des mécènes mexicains désireux de soutenir la résistance catholique. À vingt et un ans, il réunit autour de lui une dizaine de garçons souhaitant devenir prêtres et loue enfin sa première maison pour faire office de séminaire. Baptisé « École apostolique de l'Immaculée », il changera plusieurs fois d'adresse.

Le biographe de Maciel insiste sur le fait qu'il s'agit du « fondateur le plus jeune de l'histoire de l'Église[1] ». Un peu trop jeune peut-être. En temps normal, un fondateur aurait rencontré beaucoup plus de contre-pouvoirs

---

1. G. Monzon, *op. cit.*

avant d'acquérir une telle autorité et la responsabilité de former de futurs prêtres. L'histoire particulière du Mexique ces années-là, l'urgence avec laquelle l'Église souhaite opposer une force catholique aux évangéliques protestants qui commencent à lui faire de l'ombre en Amérique latine, va en décider autrement. L'évêque mexicain de Cuernavaca, Mgr Francisco Gonzáles Arias, sert désormais de parrain à sa Légion. Il recommande Marcial Maciel à la curie dans un rapport où il souligne sa « piété profondément enracinée », « de solides vertus acquises tout au long des années par les épreuves » : « il est jeune mais son expérience et sa maturité sont riches ».

En avril 1946, à vingt-six ans, le jeune prêtre part à Rome dans l'espoir de faire reconnaître sa congrégation et d'obtenir des bourses pour ses séminaristes. L'Europe sort alors de la Seconde Guerre mondiale, Pie XII a certainement d'autres préoccupations. Pourtant, d'après les Légionnaires, le jeune prêtre mexicain parvient à se faufiler jusqu'à lui et à obtenir une audience. Au cours de cet entretien, le souverain pontife insiste sur l'importance de former des leaders catholiques en Amérique latine. Cette préoccupation ne va cesser de grandir chez ses successeurs. Elle explique la montée en puissance des Légionnaires du Christ au sein de l'Église, malgré leur réputation sulfureuse. Pie XII commence par mettre en contact le fondateur avec le cardinal Montini (futur Paul VI) pour qu'il l'aide à rédiger sa constitution, une étape nécessaire pour déposer toute nouvelle congrégation. En attendant, le pape délivre un *nihil obstat*, qui équivaut à une approbation officielle de l'Église catholique. En principe, il est donné par un censeur en vue d'éditer un manuscrit. Mais il n'y a aucun manuscrit en vue, ni aucun contenu doctrinal en voie de publication. Le pape cherche simplement à encourager cet ordre naissant par une procédure rapide et symbolique. L'étape suivante, celle de la reconnaissance en tant que congrégation, sera plus longue. Il faudra deux ans d'insistance et de multiples recommandations pour que la future Légion devienne une congrégation de « droit diocésain » en 1948. La mission assignée par le pape est claire : « Vous serez comme une armée rangée pour la bataille. »

C'est bien ainsi que Marcial Maciel conçoit sa mission auprès du Saint-Siège. Les Missionnaires du Sacré-Cœur vont d'ailleurs changer de nom suite à cette première expérience hors du Mexique. En quelques jours, le jeune leader mexicain a été reçu par le pape à Rome, mais aussi par le ministre des Affaires étrangères de Franco en Espagne. L'Espagne franquiste voit forcément d'un bon œil ce mouvement de missionnaires catholiques souhaitant résister aux révolutionnaires en Amérique latine. Les premiers mécènes des Légionnaires du Christ, ceux qui leur ont permis d'envoyer des séminaristes se former au sein de la prestigieuse université de Comillas en Espagne, viennent donc du gouvernement franquiste. L'enthousiasme est réciproque. L'un de ces premiers séminaristes envoyés à Comillas, José Barba, se souvient de leur fascination pour l'Espagne du général : « Nous allions combattre notre ennemi personnel, le communisme, et son lot d'histoires atroces contre des prêtres et des nonnes et des catholiques durant la

guerre civile espagnole[1]. » Franco ne sera pas le seul dic-
tateur ami. La Légion s'empresse bientôt d'ouvrir deux
universités, des écoles privées et une station de radio au
Chili grâce au soutien de Pinochet. En quelques années,
les Missionnaires du Sacré-Cœur deviennent les Légionnaires du Christ.

C'est probablement à Rome, où Mussolini avait
jadis fondé ses légions fascistes, que le jeune Mexicain
a trouvé l'inspiration. Il est subjugué par l'histoire des
hauts lieux de la chrétienté du temps des gladiateurs :
« J'ai vu l'endroit des gladiateurs, les grottes des
fauves. Ces murs qui ont été témoins de tant de foi, de
tant d'espérance et de tant d'amour m'ont aussi parlé
de la présence de Dieu. [...] J'ai senti le sang de tant de
martyrs et je suis sorti enthousiasmé pour donner toute
ma vie au service de mes frères[2]. » Cette confession est
troublante. *A priori*, on ne voit pas bien en quoi l'épo-
pée des légionnaires romains peut séduire un disciple
de Jésus. L'appétit martial et le goût du martyre font
pourtant la spécificité des Légionnaires du Christ : des
héritiers des Cristeros admirant Franco et se voyant
comme les nouveaux gladiateurs du Vatican.

Des méthodes de gladiateurs

La congrégation des Légionnaires se distingue moins
par une adhésion rigoriste à la liturgie que par une discipline quasi militaire. Marcial Maciel n'est pas un érudit

---

1. J. Berry et G. Renner, *op. cit.*, p. 160.   2. Cité par G. Monzon, *op. cit.*, p. 94.

mais un soldat du Christ. Entré très tôt au séminaire, il a reçu une éducation religieuse assez sommaire. À quatorze ans, de son propre aveu, il ne savait ni lire ni écrire. Ses années de séminaire lui ont à peine permis de compenser ce handicap. Avec le recul, l'ancien secrétaire particulier de Maciel parle d'un homme « extrêmement charismatique » mais « très peu éduqué », faisant beaucoup de fautes de grammaire et mentant sur le nombre réel de ses disciples pour flatter d'éventuels donateurs : « Il disait qu'il avait pratiquement trois cents étudiants alors qu'il n'en avait que cent[1]. » L'ancien secrétaire particulier se souvient également que le « père » insistait pour que l'on recrute « des enfants intelligents, n'ayant pas l'air indiens ». Les deux allant visiblement de pair dans l'esprit du fondateur. Il insistait beaucoup sur ce point. Lui-même n'était entouré que de jeunes hommes au profil européen, c'est-à-dire non indiens. Une sélection que l'on retrouve dans les dépliants vantant les mérites de ses écoles. En plus d'un culte évident pour l'esthétique nordique, le manque de culture du fondateur des Légionnaires explique son goût pour l'éducation militaire, le sport et la discipline de fer comme alternative à l'éducation par le savoir.

Obligés de dormir à même le sol dans des abris de fortune, de manger frugalement, les premiers séminaristes des Légionnaires endurent l'épreuve de la résistance physique due à l'adversité et au manque de moyens dont souffre à l'époque l'Église mexicaine, mais aussi à la philosophie de leur maître à penser. À

---

1. J. Berry et G. Renner, *op. cit.*, p. 164.

l'étranger, notamment à l'université de Comillas – où les premiers élèves de cette future congrégation suivent des cours en 1946 –, cette obsession militaire surprend. « Le groupe fait grande impression à l'université à cause de l'uniforme, de la piété et de la façon de faire du sport », nous raconte Gonzague Monzon. Pourtant, un haut responsable de cette université jésuite prend la peine d'écrire au Saint-Siège pour s'inquiéter des méthodes et de l'inexpérience du fondateur des Légionnaires. La mise en garde est suffisamment sérieuse pour retarder sa validation en congrégation. D'après d'anciens Légionnaires ayant connu cette époque, des séminaristes auraient également profité de l'absence de Marcial Maciel pour confesser des attouchements sexuels.

Ces confessions s'ajoutent à d'autres, recueillies par des jésuites au Mexique. Alors qu'il essaie d'obtenir l'érection canonique de sa communauté, le fondateur est donc sévèrement mis en cause. Rome nomme un assesseur pour suivre l'évolution de la congrégation, le père Lucio Rodrigo, qui tire la sonnette d'alarme. Sur la base de témoignages de séminaristes se disant violentés et abusés, il dénonce avec vigueur le caractère affabulateur de Marcial Maciel ainsi que des pressions morales inacceptables. Grâce aux nombreuses complicités dont il bénéficie au Mexique, Maciel s'arrange toutefois pour faire signer le document consacrant de façon définitive la congrégation des Missionnaires du Sacré-Cœur juste avant l'arrivée de la lettre de Lucio Rodrigo… Et comme il est très difficile de défaire une congrégation consacrée, cette dernière poursuit donc sa route malgré la méfiance. En 1950, le nouveau recteur de l'université de Comillas refuse néanmoins d'accepter les séminaristes envoyés par la congrégation. Peu importe, grâce à plusieurs bienfaitrices fortunées, dont Ana Cecilia Branger – qui vend ses deux villas à Cannes pour leur faire un don –, les futurs Légionnaires du Christ peuvent ouvrir leur première université, à Rome.

La route vers Rome

À trente ans, moins de dix ans après sa première maison pour séminaristes, le père Maciel est à la tête d'une congrégation reconnue par la curie et emménage à deux pas du Saint-Siège. Deux ans plus tard, les Légionnaires du Christ procèdent à leurs premières ordinations, l'école apostolique mexicaine ne cesse de s'agrandir[1]. Mgr Montini lui envoie des bienfaiteurs désireux de faire un don à l'Église. Ce sont grâce à ces subsides adressés par la curie que la Légion se développe. En 1954, Pie XII charge les Légionnaires de bâtir une église entièrement consacrée à la Vierge de Guadalupe, vénérée au Mexique. La première pierre posée est bénie par le souverain pontife l'année suivante. Quelques mois plus tard, une grave crise manque pourtant de mettre fin à ce soutien de l'Église.

Le 30 septembre 1956, au retour d'un voyage en Espagne avec ses séminaristes, le père Maciel est

---

1. En 1954, la congrégation compte 272 membres, dont 8 prêtres, 34 religieux, 30 novices, 33 postulants et 167 apostoliques.

informé qu'il est démis de ses fonctions auprès des jeunes de sa congrégation. Il peut rester directeur général, mais une enquête est en route et un vicaire a été nommé pour gouverner à sa place. Une lettre venant du Mexique a alerté le Vatican. Signée par plusieurs personnalités de l'Église mexicaine, elle réitère les inquiétudes au sujet de cet homme, qu'elle accuse d'exercer des pressions morales sur ces jeunes et de se droguer. Une fois encore, l'hagiographe de Maciel est étrangement muet sur les détails de ces accusations. Impossible de savoir si les soupçons d'agressions sexuelles, confirmés des années plus tard, sont déjà présents ou ne serait-ce que suggérés en des termes plus vagues. Une chose est sûre, les doutes sont suffisamment graves pour que des personnalités de l'Église mexicaine, où Maciel a pourtant des soutiens, recommandent de l'envoyer en hôpital psychiatrique pour « désintoxiquer son organisme ». Cette dernière recommandation fait allusion aux drogues antidouleur que Maciel demande à ses disciples de lui injecter presque quotidiennement. De condition fragile, notamment à cause de son estomac, le fondateur a cru plusieurs fois mourir à cause de la fatigue et de la douleur physique.

En attendant, dès 1956, les Carmélites mènent l'enquête et il est question de dissoudre la congrégation. Cette épreuve sera décrite bien plus tard comme une « grande bénédiction » par les Légionnaires. Car si le père Maciel a dû se mettre en retrait quelque temps en Espagne, où il dit avoir beaucoup souffert et maigri, il finit par s'en sortir, notamment grâce au soutien moral de Mgr Montini, bientôt pape. L'enquête est bouclée en 1958. À en croire les Légionnaires, elle disculpe le fondateur du soupçon de toxicomanie, mais le rapport n'a bizarrement jamais été rendu public. Le seul document mis en avant est celui signé par le vicaire de Rome, Clemente Micara, qui confirme la validité de la congrégation en 1959.

En fait, Marcial Maciel a profité du bouleversement considérable entraîné par la mort de Pie XII le 9 octobre 1958. Dans l'attente d'un successeur, le Vatican est sens dessus dessous. Les rares personnes encore influentes, comme le cardinal Montini, comptent parmi les soutiens du père Maciel. Les témoignages des séminaristes en souffrance sont bien vite oubliés et la Légion revient en odeur de sainteté. Quelques années plus tard, elle reçoit même les louanges officielles du Saint-Siège : « Le Saint-Siège reconnaît que votre institut a réalisé un bon travail apostolique dans l'Église. Cette reconnaissance officielle est une preuve de la confiance qu'il a en vous », écrit le cardinal Antoniutti dans son décret de louange adressé à la congrégation des Légionnaires du Christ le 6 février 1965. Désormais, les Légionnaires du Christ entrent de plain-pied dans l'Église.

Enrôler la jeunesse

Non seulement la congrégation n'a pas revu et corrigé ses méthodes d'encadrement des séminaristes, mais elle les applique désormais à de jeunes laïques à travers sa branche Regnum Christi – le Royaume du

Christ –, fondée en 1965. Sous l'influence des débats ayant clôturé le concile de Vatican II, le père Maciel comprend qu'il ne peut plus se contenter de former des prêtres saints : il doit aussi étendre le royaume du Christ en évangélisant au cœur même de la société, à travers l'éducation et la famille. Ce sera le véritable objectif de la branche laïque. Selon les mots de Gonzague Monzon, elle est chargée de « transmettre l'Évangile là où le prêtre ne peut pas arriver[1] ». Présent dans de nombreux diocèses, ce mouvement développe des missions en parfaite « collaboration avec les évêques[2] ». Il faudra toutefois attendre le 25 novembre 2004 pour que le Saint-Siège promulgue le décret d'approbation définitive des statuts du mouvement Regnum Christi, essentiellement à cause des difficultés que pose tout mouvement laïque au droit canonique. Les rares mouvements élus sont ceux qui savent se rendre incontournables, notamment pour enrôler des jeunes sous la bannière du Christ. Comme l'Opus Dei ou les Légionnaires du Christ.

L'éducation est le principal mode d'action des Légionnaires, qui encadrent près de 200 instances éducatives réparties dans 25 pays du monde : des universités, des écoles et des centres de spécialisation. Les premières écoles, baptisées Mano Amiga (« la main amie »), affichent un triple objectif : « l'éducation des enfants défavorisés, la promotion de leurs familles et

---

1. G. Monzon, *op. cit.*, p. 164.   2. Mission de Regnum Christi, site Internet de l'organisation.

le développement des communautés marginalisées[1] ». En d'autres termes, il s'agit de séduire les familles d'Amérique latine n'ayant pas les moyens de scolariser leurs enfants, pour mieux prendre en charge leur éducation spirituelle. Cette technique s'est sophistiquée et s'adresse désormais aux classes moyennes et supérieures d'autres pays à travers un réseau d'universités et de centres de formation spécialisés. Ne serait-ce qu'aux États-Unis, Regnum Christi contrôle 24 établissements scolaires. À en croire l'Institut Acton, trois de ses lycées figurent parmi les cinquante meilleurs lycées américains[2]. Mais ce classement doit être relativisé, puisque l'Institut Acton a pour objectif de « contribuer à changer le cours des tendances néfastes dans l'éducation catholique : la perte de l'identité catholique, la baisse du niveau académique et le soutien public à des positions contraires au magistère de l'Église ».

Parmi les lycées tenus par les Légionnaires, la Pinecrest Academy d'Atlanta est dotée d'un magnifique campus entouré de soixante-quatre hectares de forêt. La vidéo à l'intention des parents prévient : cette école a pour but de préparer les enfants à être les leaders chrétiens de demain. Et visiblement, les Blancs ont plus d'aptitude. Bien qu'implantée au cœur de la capitale de la Géorgie, dans l'une des rares villes des États-Unis à majorité afro-américaine, ses élèves sont presque tous blancs. Sur près de 100 enfants montrés par les vidéos de l'école, on aperçoit en tout et pour tout deux élèves noirs.

---

1. G. Monzon, *op. cit.*, p. 170.   2. Pinecrest Academy à Atlanta, Highland School à Dallas, Gateaway Academy.

L'éducation sélective concerne aussi le genre. La Pinecrest Academy accueille des filles et des garçons, mais elle ne les éduque pas ensemble : « Chez nous, les garçons et les filles sont éduqués séparément, permettant ainsi aux enfants d'être stimulés dans un environnement qui servira mieux les modes d'apprentissage de chaque genre[1]. » Les Légionnaires n'ont pas du tout les mêmes projets pour les leaders filles et les leaders garçons. En France, une « *leader academy* » destinée aux jeunes filles de onze à seize ans a eu lieu en février 2007 dans un château loué en Touraine. Au programme : « Cours d'esprit critique sur les magazines, la publicité, la mode, cours de caractérologie, de présentation personnelle, de maquillage, classes d'expression en public, de savoir-vivre à table, balades et jeux dans le parc, veillées inoubliables, grand jeu, karaoké, dîner de gala, remise de prix. » Il semble que les cours dispensés aux garçons soient plus sportifs. Très sportifs même. Dans les deux cas, le but n'est pas de transmettre un savoir quelconque, mais d'inculquer une discipline de fer au service du Christ. Notamment au sein des groupes appelés ECYD (Éducation, culture et sport, selon la traduction des initiales en espagnol), essentiellement destinés, selon les mots du fondateur, à transformer des jeunes en « leaders chrétiens » capables de transmettre la foi.

Passé par cette formation, le père Alvaro Corcuera se souvient des mots très simples employés par le père Maciel pour convaincre les jeunes d'une paroisse dont

1. http://www.pinecrestacademy.org/content/view/250/596/.

il faisait partie en 1971 : « Nous avions treize ou quatorze ans. On nous a appelés un jour pour participer
à une réunion avec le père Maciel. Il a commencé par
nous parler de la foi comme du don le plus grand de
notre vie. Il nous a aussi parlé des idéaux non chrétiens
que d'autres de notre âge avaient et de ce qu'ils faisaient
pour ces idéaux. Il nous a demandé si nous étions prêts
à travailler pour le Christ de la même façon qu'eux […].
Il nous a expliqué que l'ECYD était un moyen pour
vivre notre baptême et que l'Église avait besoin de chrétiens authentiques, vraiment convaincus de leur foi. Il a
bien souligné que la motivation principale de tout cela
était l'amitié avec le Christ. Il nous demandait : "Es-
tu vraiment l'ami du Christ ?"[1] » Voilà bien l'essentiel
de la formation : être convaincu pour être convaincant.
Avec une obsession pour le repérage de vocation. Un
ancien adepte se souvient des consignes distribuées aux
Légionnaires envoyés dans les paroisses pour recruter :
« Votre mission est de recruter trois étudiants de chaque
classe pour le programme ECYD. Jouez au basket-ball
avec eux, amenez-les à s'inscrire pour le programme.
L'objet est le recrutement[2]. » Toute l'éducation vue par
les Légionnaires est à cette image. Le père Maciel s'en
cache à peine. Dans une lettre adressée à ses fidèles en
1992, il insiste pour que l'éducation serve avant tout à
susciter des « vocations » : « Nos écoles doivent […]
faire naître un grand nombre de vocations pour la
Légion et pour le royaume. » Il reconnaît n'avoir jamais

1. Cité par G. Monzon, *op. cit.*, p. 165.   2. J. Berry et
G. Renner, *op. cit.*, p. 136.

pensé l'éducation autrement : « Quand Notre-Seigneur nous a donné l'occasion de commencer notre travail apostolique primaire en 1956, nous avons choisi de commencer un centre éducatif. Dès ce moment j'ai clairement vu que ce serait le chemin que Dieu a visé pour nous. En premier lieu son importance primaire était, est et sera dans la formation humaine et chrétienne des enfants et des adolescents. Deuxièmement, ceci nous permettrait d'être en contact avec un éventail de personnes – par les rapports avec des parents et des professeurs [...]. Je l'ai dit à de nombreuses reprises : à nous ces écoles servent principalement de moyens ouverts de recrutement. »

Détacher les futurs légionnaires de leurs familles

En vue de recruter, le mouvement doit persuader des parents de leur confier leurs enfants lors de camps d'été ou de stages à l'étranger, souvent sous prétexte d'apprendre l'anglais à Dublin ou aux États-Unis. Un apprentissage qui se transforme vite en mise sous tutelle de ces enfants par des directeurs de conscience, des « team leaders », à qui l'on confie la tâche de les diriger vers le séminaire. Pour les rendre plus dociles, ces leaders n'hésitent pas à employer la méthode Coué : un programme minuté, un sommeil réduit au maximum (de 22 h 30 à 4 h 30), et un emploi du temps où chaque instant est pris en charge par un ordre ou un livre donnant un ordre. Les élèves doivent notamment mémoriser les 368 versets du livre rouge leur servant de guide pour chaque seconde de leur vie. Lorsqu'ils sont mineurs, les jeunes confiés aux écoles des Légionnaires n'ont le droit d'écrire à leur famille qu'une fois par mois et doivent se garder de tout contact direct jusqu'à la fin de leur formation. À l'exception des fêtes de Noël. Même majeurs, ils n'ont qu'un accès limité à leur intimité : leur courrier est inspecté et leurs appels téléphoniques sont écoutés. Pour les Légionnaires, résume un ancien adepte, « le monde est divisé en deux camps, les légionnaires et les profanes (y compris la famille, les amis ou d'autres religieux). Les relations avec les profanes doivent être limitées à l'intérêt de la Légion ». Les élèves sont incités à écrire des lettres destinées à recruter d'autres jeunes, où ils doivent dire combien ils se sentent bien à l'intérieur de la Légion. En dehors de quoi, on les invite à limiter leurs contacts avec l'extérieur. « Nos religieux peuvent répondre aux lettres qu'ils reçoivent à condition qu'il ne s'agisse pas d'un échange régulier qui leur fasse perdre le temps qu'ils devraient consacrer à leur apostolat », précise la constitution de la Légion[1].

Il est aussi interdit de s'épancher. Une femme qui fut membre de Regnum Christi se souvient du jour où elle apprit que son meilleur ami venait de se tuer dans un accident de voiture. Elle a fait part de son émotion à sa directrice de conscience. Mais cette dernière lui a répondu qu'elle n'avait pas le temps de s'y intéresser et qu'elle devait donc oublier. « C'était ma première année, raconte l'ancienne adepte, alors je cherchais à

---

1. Extrait de la constitution de la Légion du Christ.

faire plaisir et à suivre les ordres. [...] Je l'ai laissée seule envoyer la carte. Mais je n'ai pas trouvé cela bien. »

Sur le site de Regain, créé par d'anciens adeptes de la Légion du Christ, un ex-Légionnaire se dit révolté par les méthodes de la congrégation. Doté d'un diplôme supérieur à Los Angeles, il a rejoint le programme des vocations des Légionnaires en 2000, contre l'avis de sa famille. Il avait bien entendu certaines rumeurs, mais on lui expliqua qu'il s'agissait de critiques venant des « ennemis de l'Église voulant détruire le travail de Dieu ». Les premiers jours sont rassurants. « En commençant le programme, je me suis retrouvé dans un monde idéal pour adolescents. J'étais entouré de jeunes de mon âge dans un environnement comportant quelques règles. Pendant deux mois, nous allions pouvoir jouer au football, au basket-ball, et voyager à travers la Nouvelle-Angleterre. » Emballé, le jeune homme s'étonne toutefois de ne recevoir aucune nouvelle concernant sa formation pour le noviciat et plus encore lorsqu'il constate que certains jeunes participant au programme ne se doutent pas une seconde qu'il s'agit d'un séminaire et non d'un simple centre de vacances pour perfectionner leur anglais... Comme si la Légion dissimulait le véritable objectif du programme. Lui est heureux de compter désormais parmi l'« élite » des jeunes pour Jésus-Christ. Il se sent comme un « élu » s'engageant dans une légion au service de Dieu. « Mon premier jour au noviciat fut une vraie douche froide. Notre programme chaotique s'est vite transformé en un environnement très rigide. Je m'attendais à ce que nous consacrions notre vie aux idéaux de la Légion. Mais on nous donnait des livres dont les règles dictaient chaque aspect de nos vies. Jusque dans les moindres détails, ces livres nous disaient comment manger, marcher et parler. Ils dictaient aussi la marche à suivre avec nos amis et notre famille. » Cette vision quasi militaire de l'engagement auprès de Dieu le fait douter de sa vocation, mais il est bien vite envoyé exercer son programme en Irlande, où il se sent plus isolé que jamais. « À notre descente de l'avion, nous étions attendus par cinq légionnaires. En les regardant, la première chose que je notais, c'est combien ils se ressemblaient. On aurait dit des robots : ils avaient exactement la même allure et ils parlaient de la même manière. » Le malaise du jeune recruté s'accroît les jours suivants. Il voudrait s'en ouvrir à sa famille, mais on lui apprend que les visites sont interdites et qu'il peut espérer revoir sa famille dans six ans. Il n'a droit qu'à deux coups de téléphone par an. Ses seuls confidents possibles sont ses supérieurs. Quant au modèle paternel, il n'a qu'à se tourner vers notre père, Marcial Maciel, dont les portraits recouvrent les murs du centre. Sa vie, son œuvre constituent la principale source d'enseignement. Même le calendrier des fêtes du centre est réglé sur les grands événements de la vie du fondateur, comme son anniversaire qui est férié. Les seules autres fêtes donnant lieu à des récréations et pouvant même être l'occasion de voir sa famille sont Noël et le jour de l'an. Et encore, ces concessions n'ont pu être obtenues que sur pression de l'archevêché.

Au centre, le jeune homme fait connaissance avec des adolescents mexicains. Leurs familles les ont confiés en pensant qu'il s'agissait d'une école préparatoire pour apprendre l'anglais. Il commence à comprendre que la dissimulation fait bel et bien partie d'une stratégie prosélytique. Ses supérieurs le chargent de repérer les futurs bons prêtres et de les pousser à s'engager au sein de Regnum Christi ou à accepter de poursuivre leurs études à l'école du New Hampshire, qui se trouve être un séminaire. Un détail que les supérieurs expliquent vouloir cacher aux parents pour éviter que ceux-ci ne « perturbent leur vocation pour la Légion ». Le jeune recruté ne supporte plus de voir ces jeunes Mexicains constamment insultés et humiliés par les formateurs. Plusieurs s'en ouvrent à lui. L'image de ces jeunes en pleurs le hante. Il veut déposer une plainte auprès de sa hiérarchie, mais on lui déclare que cela ne se fait pas au sein des Légionnaires. Amaigri et pris de crises de pleurs incontrôlables, il cherche à fuir cette atmosphère irrespirable. La peur de ses supérieurs prend le dessus, il comprend qu'il ne peut pas s'en aller librement. Il en fait la demande, mais la réponse doit venir du fondateur lui-même et elle tarde. En attendant, pour avoir demandé à s'en aller, il est montré du doigt, boycotté par ses camarades, décrit comme une « personne détestable » et affecté aux tâches les plus ingrates. Finalement, devant son insistance, son maître en noviciat le sermonne en lui expliquant « qu'il ne s'agit pas d'une école préparatoire où l'on peut aller et venir comme bon lui semble ». Il réclame 1 500 dollars pour le laisser partir. Feignant d'appeler sa mère pour lui réclamer la somme, le novice lui demande en réalité de prévenir l'archevêché et de lui dire qu'il est retenu contre son

gré s'il n'est pas de retour chez lui dans la semaine.
La Légion le libère le lendemain avec un billet d'avion
en poche. « Les premiers mois après mon départ de
la Légion furent horribles. Je n'arrivais pas à dormir,
j'avais l'impression que j'irais en enfer parce que
j'avais refusé ma vocation... Je voulais retourner à
la Légion, leur dire que j'étais désolé, les supplier de
me reprendre. De jour en jour, je devenais plus agressif. Pour la première fois de ma vie, je hurlais sur ma
mère sans raison. J'ai commencé à haïr l'Église et Dieu
pour autoriser l'existence d'un tel groupe. Ma foi était
en extrême danger. » Ce témoignage est d'autant plus
troublant qu'il vient d'un jeune croyant, déterminé et
volontaire pour le noviciat. On imagine l'impact de
telles méthodes sur des jeunes n'ayant pas du tout cette
vocation.

Plusieurs anciens adeptes de la congrégation font état
de pressions psychologiques et morales telles qu'on en
rencontre dans les sectes. Une jeune femme mexicaine
ayant fréquenté Regnum Christi entre douze et vingt
ans nous permet d'en savoir un peu plus sur cette obsession de la non-mixité et de l'éducation en fonction du
genre. Recrutée par une femme mexicaine – qui lui avait
dit « qu'elle avait quelque chose de spécial » –, cette
jeune adepte s'est retrouvée sous les ordres de Marie-
Carmen, la directrice du Centre des femmes consacrées
de Dublin. Son frère, lui, était chez les Légionnaires
du Christ, réservés aux hommes. Un jour de pluie tor-
rentielle, elle propose à l'un des légionnaires qu'elle
connaît de s'abriter à la « résidence des femmes consacrées ». « Il est devenu très rouge, il a bafouillé une

excuse et il est parti me laissant me demander ce que j'avais fait de mal. L'une des nonnes m'a expliqué qu'il serait allé à l'encontre de l'une des règles de son ordre s'il était resté seul avec une femme. » Davantage que le sexisme, c'est la volonté de couper les membres de la congrégation du reste du monde, y compris de leurs parents, qui finit par la choquer : « Regnum Christi m'a isolée de ma famille et de mes amis. Cela ne m'a [pas] soutenue dans mes relations familiales. Cela ne m'a pas préparée aux relations en général. Cela ne m'a pas donné d'outils pour la vie. Cela ne m'a pas rendue tolérante aux autres. Cela ne m'a pas appris à faire confiance à mon jugement ou même à m'apprécier. »

Ces témoignages sont perturbants quand on sait que la Légion persuade des parents de leur confier leurs enfants en disant « faire la promotion de leurs familles ». Le mouvement dirige des centres de formation familiale au Mexique à travers sa branche FAME (Famille mexicaine), dont le but affiché est de faire la « promotion des valeurs de la famille dans les domaines spirituel, moral et social[1] ».

Parfois, le fait de couper un individu de sa famille ne sert pas à enrôler, mais tout simplement à enrichir la congrégation. En janvier 2005, un retraité a écrit une lettre ouverte pour interpeller l'épiscopat américain. Originaire du Connecticut, John T. Walsh Jr s'est fait quasiment détrousser par la Légion. Sensibilisé par des démarcheurs de la congrégation, il commence par de petites sommes, dix dollars par mois, puis trente. Mais en 2002, deux séminaristes lui demandent une aide

---

1. G. Monzon, *op. cit.*, p. 170.

financière plus importante en vue de leur prochaine
ordination à Rome par le pape. Le retraité explique
qu'il préférerait diversifier ses dons. Mais après une
longue négociation, il accepte toutefois de donner
10 000 dollars sur quatre ans pour aider à la formation
d'un prêtre. Quelque temps plus tard, l'homme perd
sa femme et sombre dans une dépression. Il n'a pas
beaucoup de revenus : une pension de 1 600 dollars et
une maison. Plusieurs autres membres de la Légion
reviennent à la charge. Ils lui conseillent de ne pas
parler à sa famille de leurs visites et finissent par le
convaincre de leur léguer son domicile. Il prétend que
les Légionnaires l'auraient assuré de leur assistance
en cas de besoin, et surtout qu'il n'aurait pas à payer
les taxes dues au transfert ni aucun frais. Les Légionnaires lui offrent même les services d'un avocat pour
régler les détails. Mais contrairement à leur promesse,
ils ne règlent pas les frais. John Walsh doit donc payer
2 000 dollars de plus par an. Très vite, il finit par ne
plus pouvoir faire face à ses dépenses[1]. Mais ce n'est
pas, loin de là, l'un des abus les plus graves attribués
aux Légionnaires.

Des abus sexuels passés sous silence

Selon la règle établie par Marcial Maciel, les légionnaires font le vœu privé de ne jamais traîner en justice,

---

1. Rick Ross, « Elderly Man Says Catholic Lay Organization
"Exerted Undue Influence" to Take his Assets », 15 janvier 2005,
http://www.cultnews.com.

témoigner ou même critiquer un autre légionnaire : « Je promets et souhaite ne jamais critiquer les actes et les décisions de mon supérieur et l'informer si je connais quelqu'un qui a enfreint cette promesse. » Cette consigne a été inspirée par le père du fondateur, qui interdisait à ses enfants de dire du mal de l'un des membres de la famille. Le fils a repris cette tradition et l'a transformée en règle du secret au sein de sa congrégation. Grâce à cette règle, il ne sera accusé que très tardivement d'abus sexuels sur neuf garçons… Les premiers à avoir osé briser le silence. Leurs versions concordent et se recoupent. Elles éclairent d'un jour nouveau certains oublis dans l'hagiographie de Marcial Maciel, régulièrement expulsé des séminaires ou mis en cause par d'autres prêtres ayant recueilli les confessions de ses séminaristes. Elles permettent surtout de mieux comprendre l'intérêt de certaines règles dictées par le fondateur : la non-mixité, le besoin de couper les jeunes de leurs attaches et de leurs familles, le culte de la personnalité, l'interdiction de dénoncer un autre légionnaire et enfin le contrôle strict de leur parole vers l'extérieur… Tout est en place pour faciliter les abus sur ces jeunes, éperdus d'admiration pour Marcial Maciel et traumatisés à l'idée de lui déplaire.

Juan Vaca, l'un des tout premiers séminaristes mexicains, a mis des années avant de trouver le courage de raconter ce que lui avait infligé « notre père » lorsqu'il était sous son influence. Son histoire est assez emblématique des abus racontés par d'autres légionnaires. Son père dirige l'une des sections de l'Action catholique au Mexique lorsque Maciel vient visiter sa paroisse

en 1947. Le fondateur repère immédiatement ce garçon
athlétique au visage franc : « J'ai besoin de garçons
comme toi. » Flatté d'avoir été choisi, Vaca compte
parmi les toutes premières recrues de la congrégation.
Mais sa famille lui manque. Le fondateur décide pourtant
de l'éloigner en l'envoyant étudier à l'université
de Comillas en Espagne, ce qui achève de l'isoler. Il
fait partie du petit cercle de douze séminaristes entourant
le père fondateur, alors à peine âgé d'une trentaine
d'années. Un soir, juste après le coucher, on vient le chercher
: « Notre père veut te parler. » Dans la chambre,
allongé sur son lit, Maciel se plaint de ses organes, qui
le font souffrir et demande au jeune homme de lui masser
l'estomac. « Il fait un cercle autour de son estomac
pour me montrer. Je tremblais, j'étais effrayé, mais
j'ai commencé à le masser. » « Fais-le plus bas », lui
demande alors le fondateur, qui est en érection. « Je
ne savais rien de la masturbation. J'étais à l'aube de
ma puberté. Il a placé ma main sur son pénis. J'étais
terrifié. Finalement, il fut soulagé et feignit de s'endormir[1]. »
Le jeune homme, lui, est sous le choc. « C'était
un saint homme… Un homme aimant. Mon père ! »
Les demandes de Maciel deviennent régulières. « Plus
tard, il le fera les lumières allumées. Parfois, il m'utilisait
comme une fille. Il mettait son pénis entre mes
jambes. Une autre fois, il abusa de deux d'entre nous
ensemble. » Et quand Juan Vaca confie se sentir très
mal et vouloir se confesser, le saint homme le rassure :
« Il n'y a rien de mal à cela. » D'autres fois, il lui des-

---

1. J. Berry et G. Renner, *op. cit.*, p. 143.

sine une croix sur le front : « Tiens, je te donne l'absolution. » Maciel a même une justification à fournir à ses victimes. À l'en croire, Pie XII l'aurait relevé du devoir de chasteté à cause de ses douleurs chroniques… Bien sûr, si Marcial Maciel avait assumé ses désirs en s'assurant du consentement et de l'âge des garçons avec qui il couchait, et surtout s'il n'avait pas monté un ordre puritain pour mettre ces jeunes hommes sous sa dépendance, il n'aurait pas fait tant souffrir autour de lui. Mais cet homme inculte, élevé dans la martyrologie chrétienne, ne semble pas avoir vu d'autres moyens pour assouvir ses désirs que d'imaginer une immense entreprise de soumission dont les membres sont sortis broyés. Juan Vaca a mis douze ans avant de parler. Pendant toute cette période, son silence a été acheté par des récompenses, mais aussi à coups de menaces lui faisant craindre la damnation éternelle. « Il ne fallait jamais parler en mal de la Légion à l'extérieur, sinon le diable allait la détruire. » Cette phrase pourrait faire sourire si elle n'était le fruit d'années de propagande, qui explique pourquoi si peu de cas d'abus sexuels ont été signalés pendant toutes ces années.

Le 13 mai 2002, une équipe de Channel 8 Connecticut est retournée sur les lieux où d'anciens Légionnaires du Christ avaient été abusés. L'un des garçons se rappelle s'être plaint à ses supérieurs ; on lui a répondu qu'il était faible. Un autre s'est vu conseiller d'aller prendre un bain. Juan Vaca se souvient aussi de plusieurs cas réglés en interne. Une année, il fut envoyé à Ontaneda comme vice-recteur du petit séminaire. Il découvre alors que quatre jeunes se plaignent d'« attouchements » de

la part du recteur. « J'ai immédiatement téléphoné à
Maciel à Rome[1]. » Vaca ne manque pas de signaler
que le père de l'un des jeunes garçons est policier… Le
fondateur ordonne aussitôt de transférer le recteur dans
une autre province, au Yucatán, où les parents indiens
protesteront moins. Pour avoir couvert ces abus, Vaca
est récompensé. On l'envoie présider les Légionnaires
du Christ aux États-Unis et prendre la tête du séminaire
du Connecticut. Son prédécesseur à ce poste, le père
Felix Alarcon, lui aussi abusé par Marcial Maciel, a
fini par quitter les Légionnaires. Vaca se décidera à
suivre son exemple en 1976. Libéré de son serment,
il écrit à Rome pour raconter ce qui se trame au sein
de la Légion et réclamer la révocation du père Maciel.
Nous sommes en octobre 1978. Depuis deux ans déjà,
deux autres prêtres, victimes des mêmes abus au cours
de leur séminaire à Rome et en Espagne entre 1940 et
1950, ont prévenu la hiérarchie. Ils se sont notamment
confiés à un évêque de New York, John McGann, qui
écrit au Vatican pour tirer la sonnette d'alarme à trois
reprises : en 1976, 1978 et 1989. Le Saint-Siège accuse
réception mais ne réagit pas.

Pendant ce temps, la double vie de Marcial Maciel
continue. Dans les années quatre-vingts, il commence
à avoir des enfants, notamment avec des femmes mexi-
caines. Le journal espagnol *El Mundo* a retrouvé la trace
d'une famille de trois enfants en Suisse. Comment expliquer qu'il ait bénéficié, si longtemps, d'une telle immu-
nité ? Jason Berry, un journaliste américain qui a mené

---

1. J. Berry et G. Renner, *op. cit.*, p. 145.

l'enquête, pense qu'elle doit beaucoup à l'argent[1]. La fortune de ceux que l'on surnomme parfois les « Millionnaires du Christ » est estimée à 25 milliards d'euros, dont une partie sert à soutenir financièrement le Vatican.

L'Église face aux viols pédophiles

Il aura fallu attendre 2002 et la pression de l'opinion publique pour que l'Église veuille bien sortir du déni concernant les viols commis par des prêtres aux États-Unis. D'après un rapport de l'Église, 4 392 prêtres américains ont violé 10 667 enfants entre 1950 et 2002[2]. Les associations de victimes, elles, parlent de presque 100 000 enfants abusés, dont 80 % ne veulent pas parler. Une telle ampleur s'explique par la technique de la « tournante » pratiquée sous Jean-Paul II, donc sous le cardinal Ratzinger. Lorsqu'une famille venait rapporter un viol commis par un prêtre à son supérieur, les évêques choisissaient de culpabiliser la famille, de dissuader les parents de porter plainte, de nier la souffrance de l'enfant et de soutenir le prêtre violeur en le trans-

---

1. Jason Berry, "Money Paved Way for Maciel's Influence in the Vatican", *National Catholic Reporter*, 6 avril 2010.   2. Le document précise qu'il ne s'agit pas du nombre de prêtres accusés ou d'allégations, mais de ceux dont les éléments ont été vérifiés. Sont exclus des 4 392 prêtres ceux dont les témoignages concordent, mais qui sont morts. Le rapport émane de la commission des évêques américains : A Report on the Crisis in the Catholic Church in the United States (158 pages). Bien qu'il soit très sévère envers l'aveuglement de l'Église, cette introspection et cette recherche d'éclaircissement n'ont pas été jusqu'à trouver un titre clair et direct.

férant dans une autre paroisse, souvent à quelques kilomètres de là. Au risque de faire de nouvelles victimes[1].

Rome porte une responsabilité directe dans cette politique du silence. Le magazine *Golias* a publié un courrier révélateur[2] : il s'agit d'une lettre envoyée en 2001 par le cardinal Castrillon Hoyos, en charge du dicastère de la Congrégation pour le clergé (c'est-à-dire le responsable de l'ensemble des prêtres catholiques à travers le monde), à Mgr Pican, alors évêque de Bayeux-Lisieux. Son supérieur, un proche du cardinal Ratzinger, le félicite de « n'avoir pas dénoncé un prêtre à l'administration civile ». Alors que ce prêtre s'est rendu coupable de viols pédophiles... Et le responsable du Vatican de poursuivre : « Je me réjouis d'avoir un confrère dans l'épiscopat qui, aux yeux de l'histoire et de tous les autres évêques du monde, aura préféré la prison plutôt que de dénoncer son fils-prêtre. » En conclusion, le cardinal signale à l'évêque français que la Congrégation vaticane du Clergé « transmettra copie de cette missive à toutes les conférences d'évêques » de l'Église catholique « pour encourager les frères de l'épiscopat dans ce domaine si délicat ». La consigne est claire. Et elle sera appliquée partout. À l'époque, le pape Jean-Paul II charge le cardinal Ratzinger de traiter les affaires d'abus sexuels. Ce der-

---

1. Voir le très bon film documentaire d'Amy Berg, *Délivrez-nous du mal*, qui raconte l'histoire du père Oliver O'Grady, un prédateur d'enfants systématiquement protégé par ses supérieurs, qui l'ont déplacé de paroisse en paroisse alors que les plaintes contre lui s'accumulaient.   2. Christian Terras « Quand le Vatican "félicitait" Mgr Pican de "n'avoir pas dénoncé" son prêtre pédophile... », *Golias*, 16 avril 2010.

nier écrit aux évêques une lettre[1] ordonnant d'en référer
à ses services avant d'envisager la moindre sanction. Il
rappelle que les « causes de ce genre sont soumises au
secret pontifical ». Un secret qu'il pratique depuis toujours, et une sanction qui est rarement à la hauteur. À
titre d'exemple, en 1985, le préfet de la Congrégation
pour la doctrine de la foi écrit à l'évêque d'Oakland
(Californie) pour le dissuader de relever de ses fonctions un prêtre pédophile condamné par les tribunaux.
Marcial Maciel sera l'un des grands bénéficiaires de
cette politique. Au vu de ses bons et loyaux services, il
risquait encore moins qu'un prêtre de base.

Obsédés par la lutte contre le communisme, Jean-
Paul II et Joseph Ratzinger ont désespérément besoin
de mouvements missionnaires tels que les Légionnaires
du Christ pour lutter contre la théologie de la libération en Amérique latine. « Par peur de contamination
idéologique, par souci pastoral ou par ignorance, Rome
et un certain nombre d'évêques se sont évertués à rectifier ces orientations », explique Guzman Garriguiry
Lecour, Uruguayen et sous-secrétaire du Conseil pontifical pour les laïques, plutôt favorable à la théologie de
la libération[2]. Son faible rendement en termes d'évangélisation sert alors de prétexte pour écarter tout évêque
soupçonné de se préoccuper davantage du social que
du religieux... Tandis qu'à l'exact opposé, Rome ne

---

1. Lettre de la Congrégation pour la doctrine de la foi aux
évêques et aux autres ordinaires et hiérarques des églises catholiques orientales intéressés par les délits (les) plus graves réservés à
la Congrégation pour la doctrine de la foi, 18 mai 2001.   2. Cité
par *La Croix*, 12 mai 2007.

ménage pas son soutien aux Légionnaires du Christ, lesquels présentent l'immense avantage de ne pas être soupçonnables de sympathie envers le marxisme. Pour eux, le social n'est pas une fin en soi, mais un moyen au service du prosélytisme. Dès lors, cette congrégation est comme une formidable réserve de cadres pouvant remplacer ceux qu'il faut purger. Mieux vaut des prêtres fascinés par Pinochet ou Franco que par Marx !

En janvier 1979, le jeune pape effectue le premier voyage officiel de son pontificat au Mexique. Le père Maciel l'accompagne à chaque étape dans son avion privé. Impressionné par la capacité de Regnum Christi à mobiliser autour de sa venue, le vicaire du Christ repart nécessairement convaincu qu'il dépend de cette énergie pour reconquérir le continent. En guise de remerciement, la congrégation et son fondateur sont invités dans les jardins de la Cité du Vatican le 28 juin 1979. Pour Gonzague Monzon, c'est le début d'« une longue amitié » entre Jean-Paul II et les Légionnaires[1]. Le 3 janvier 1990, Jean-Paul II célébrera le cinquantième anniversaire de la fondation de la congrégation par un geste symbolique : il ordonne 60 prêtres Légionnaires du Christ à la basilique Saint-Pierre. En octobre de la même année, le pape invite Maciel à participer au synode des évêques sur la formation sacerdotale. C'est dire si l'éducation dispensée par les Légionnaires est appréciée. En 1994, plusieurs grands journaux mexicains ont publié une demi-page à la gloire du fondateur.

---

1. G. Monzon, *op. cit.*, p. 180.

On peut le voir baiser la bague du pape sous ce titre :
« Un guide efficace pour la jeunesse ». Ce compliment,
extrait d'une lettre ouverte adressée par Jean-Paul II à
Marcial Maciel, retourne le sang de ses victimes.

Les premiers signalements remontent à 1956. Ils vont
s'intensifier au cours des années 1978 et 1989. Durant
toute cette période, l'attitude de la Légion consiste à
nier ou à parler d'accusations venant d'ennemis souhaitant la détruire. La congrégation ne répond quasiment
jamais aux demandes d'interview, dont la nôtre[1]. Ces
entretiens l'obligeraient à s'expliquer sur ses méthodes :
« Les Légionnaires ne veulent aucune publicité » fait
donc office de réponse. Dans les années 1990, alors que
sept anciens Légionnaires viennent de sortir du silence
pour dénoncer les abus sexuels pratiqués au sein de la
congrégation, le père Maciel commence toutefois à
s'inquiéter. Lors d'une cérémonie de béatification en
1992, il aurait confié : « Ne commencez pas le processus de la canonisation moins de trente ans après ma
mort[2]. » Le temps que les victimes de ses abus sexuels
soient toutes décédées ?

Il faut attendre mars 1997 pour que Marcial Maciel,
alors âgé de soixante-seize ans, daigne prendre le temps
de démentir les accusations de viols portées contre lui,

---

1. Nous avons sollicité à plusieurs reprises un entretien avec des
membres de la Légion, ou même le service de communication, en
vain. Finalement, nous avons décidé d'envoyer une liste de questions au service communication qui nous a demandé nos CV, une
copie de nos derniers articles, ce que nous allions dire dans le livre
avec un droit de relecture. Il n'a jamais donné suite. 2. Cité par
J. Berry et G. Renner, *op. cit.*, p. 148.

mollement. Dans un entretien accordé à la revue américaine *Inside the Vatican*, il se contente de déclarer : « Il s'agit d'accusations complètement fausses. » Exaspérées par un tel déni et un tel mépris, plusieurs de ses victimes écrivent à la Congrégation pour la doctrine de la foi, donc au cardinal Ratzinger, pour exiger un procès canonique. Nous sommes en 1998. Dans leur lettre, huit anciens Légionnaires expliquent que Maciel utilisait le confessionnal pour « pardonner » à ses victimes « leurs » péchés, en l'occurrence les viols que le confesseur avait commis sur eux. L'ambassadeur du pape, chargé de rédiger le dossier, insiste sur ce point : « profaner le confessionnal était un crime ». Mais plusieurs éminences, dont le cardinal Angelo Sodano, font pression sur Ratzinger pour éviter toute poursuite. Lui-même aurait reconnu qu'il s'agit d'un sujet « délicat ». L'enquête est enterrée. Elle ne reprendra qu'en 2004. Entre-temps, Jean-Paul II multiplie les gestes d'affection envers les Légionnaires du Christ et leur confie l'administration du Centre de Notre-Dame de Jérusalem.

Les victimes de Maciel désespèrent de voir l'Église se porter à leur secours. Certaines choisissent de chercher justice à l'extérieur. En 2002, l'association Regain, créée pour fédérer les témoignages des anciens Légionnaires ou d'anciens adeptes de Regnum Christi, commence à faire parler d'elle : « Les membres présents ou passés et tous ceux qui recherchent la justice et la vérité, la guérison sont appelés à nous rejoindre », peut-on lire sur leur site[1]. La Légion a essayé à plusieurs reprises de

---

1. http://www.regainnetwork.org.

faire fermer ce site, mais il reste accessible, et le Saint-Siège feint de l'ignorer. Le 30 novembre 2004, alors que le scandale des prêtres violeurs éclabousse l'Église aux États-Unis depuis des mois, Jean-Paul II reçoit le fondateur des Légionnaires du Christ à Rome pour le soixantième anniversaire de son ordination sacerdotale, en compagnie de 4 000 Légionnaires du Christ. Loin de freiner leurs ardeurs, le souverain pontife leur demande de proclamer l'Évangile en « témoins intrépides » et d'« annoncer la vérité sur Dieu, sur l'homme et sur le monde avec courage et profondeur intellectuelle, en écartant toute forme de peur pouvant paralyser » leur action… Moins d'un mois plus tard, Regain produit un nouveau témoignage accablant. Celui d'un novice violé par un prêtre des Légionnaires : « J'ai été dans la Légion pendant cinq ans. J'ai été recruté à l'âge de treize ans et suis devenu novice à seize ans. [...] J'ai été abusé en 1995. J'en ai parlé en 2000 à mon conseiller [...]. Aucune action n'a été engagée par la Légion. [Mon agresseur] a été entendu et il a nié. On m'a alors demandé comment j'avais pu inventer une histoire pareille. [...] Ils m'ont traité de menteur et [mon agresseur] vient d'être nommé directeur d'une école des Légionnaires à Medellín. [...] Ils n'ont agi que lorsque je me suis plaint à la police. »

La fin du silence

À partir de 2004 et plus encore après l'élection de Benoît XVI, la complaisance dont bénéficiait Maciel

commence à vaciller. Le nouveau pape n'est pas lié
d'amitié comme l'était Jean-Paul II. Après avoir étouffé
les plaintes pendant presque cinquante ans, la curie se
décide enfin à enquêter. Un promoteur permanent de
justice est chargé de vérifier si les victimes veulent
poursuivre la procédure. En toute hâte, la congrégation
élit un nouveau membre à sa tête, Alvaro Corcuera,
pour sauver les apparences. À quarante-sept ans, le recteur du collège supérieur des Légionnaires du Christ à
Rome a surtout l'avantage de ne pas avoir été accusé de
viols comme le fondateur. Concernant Maciel, la sanction tombera en mai 2006. Elle est incroyablement clé-
mente. Rome se contente de lui demander de « renoncer
à tout ministère public [et de mener] une vie discrète de
prière et de pénitence ». Le fondateur est alors âgé de
quatre-vingt-cinq ans ! Il mourra deux ans plus tard, le
30 janvier 2008, sans jamais avoir été inquiété par la
justice. Il n'est ni poursuivi ni révoqué, et sa Légion
continue d'être reconnue. Même s'il n'est pas question
de béatifier son fondateur.

En octobre 2006, le pape choisit plutôt de canoniser
l'un des bienfaiteurs des Légionnaires, le grand-oncle
du fondateur, l'évêque Rafaël Guizar Valencia. Rome
a décidé de punir le fondateur, mais tient à garder son
œuvre et même à la contrôler. Pour cela, l'Église a
besoin d'y voir clair. Le 31 mars 2009, le Vatican décide
d'inspecter la Légion de fond en comble grâce à une mission menée par cinq évêques. Ils ne seront pas déçus
du voyage : drogue, polygamie, viols, escroqueries…
Aucun vice ne semble manquer au fondateur et toutes
les accusations lancées depuis des années s'avèrent

exactes. On découvre qu'en plus de violer ses séminaristes, Martial Maciel a trouvé le temps d'avoir plusieurs
compagnes et de leur faire des enfants. Le Vatican parle
désormais ouvertement de « comportements immo-
raux ». Il est temps de mettre les choses en ordre.

Le 1er mai 2010, quelques mois après la mort de
Maciel et alors que l'Église est accusée de toutes parts
d'avoir couvert des crimes pédophiles, le Vatican
annonce une mesure exceptionnelle : la mise sous
tutelle des Légionnaires du Christ. Mieux vaut tard
que jamais. Mais comment séparer les Légionnaires de
l'esprit de son fondateur ? Peut-on faire confiance à la
Légion pour cesser d'idolâtrer Maciel au point de ne
pas reproduire son exemple ? Notamment dans les nombreuses écoles que le Vatican la laisse gérer ?

Avant même la mise sous tutelle, Rome a tenté
d'imposer certains réglages aux Légionnaires, sans
grand effet. À partir d'octobre 2007, l'Église fait savoir
que les vœux privés non communiqués à la curie sont
nuls et non avenus. Ce qui permet en principe de lever
la règle du silence servant à protéger depuis trop longtemps les abuseurs au sein de la Légion. Dans les faits,
à la même époque, les Légionnaires reçoivent de leurs
supérieurs un contrat leur interdisant de communiquer
des informations concernant d'éventuels abus sexuels.
La règle de silence supprimée par Rome est donc rem-
placée par un contrat de confidentialité interne, qui
garantit le maintien de l'*omerta*. Reste, c'est vrai, que
les familles se sentent plus encouragées à parler. Le
16 novembre 2007, de nouveaux abus sexuels sont
rapportés. Une mère porte plainte contre l'école Mano

Amiga de Zomeyucan pour viol et violences aggravées contre sa fille. Le père Ricardo aurait demandé à la fillette de le rejoindre à l'écart, puis l'aurait caressée sous le prétexte que Dieu le lui avait demandé. À cette occasion, d'autres plaintes sont médiatisées, comme celle de la famille Bonilla, dont le fils de trois ans, élève au sein du prestigieux Colegio Oxford Preschool, présentait des signes de sévices. En tout, neuf parents ont signalé des abus sexuels aux enquêteurs. La Légion est aussi connue pour imposer à ses jeunes une discipline militaire extrêmement sévère, voire totalement sectaire.

Cela n'empêche pas l'Église de la laisser diriger des écoles, des centres de formation et des activités pour la jeunesse aux quatre coins du monde. Plusieurs écoles jadis gérées directement par la hiérarchie catholique lui sont même confiées, comme l'école Donnellan, cédée par l'archevêché à la Légion en 1999[1]. Peu de temps après leur reprise en main, le principal et trois membres de l'équipe seront licenciés pour « action de mutinerie ». L'un d'eux, thérapeute, a été envoyé à Rome pour une séance de *coaching* chez les Légionnaires. Motif ? Avoir refusé de révéler au prêtre les confidences de son patient recueillies lors d'une séance. Malgré les protestations des parents contre ce non-respect du secret professionnel et contre ces méthodes, la hiérarchie catholique a choisi de soutenir la Légion. William

---

1. Mi-1999, l'archevêché d'Atlanta confie l'école Donnellan aux Légionnaires. Les nouveaux administrateurs licencient les opposants. Plusieurs parents choisissent de retirer leurs enfants. Pour éviter le scandale, la Légion fait un don de huit millions de dollars à l'évêché. *National Catholic Reporter*, 3 novembre 2000.

Weigand, évêque de Sacramento, a même demandé aux Légionnaires de créer une université dans sa région. Quant à l'archevêque d'Atlanta, John Donoghue, il a donné tous pouvoirs à la Légion et à Regnum Christi pour enseigner le catéchisme aux enfants de son diocèse. Idem pour le cardinal Roger Mahony qui, malgré les différentes mises en garde, a confié plusieurs écoles aux Légionnaires en 2004, alors que son archevêché (Los Angeles) compte plus de 500 procédures pour abus sexuels. Il ne fera des excuses publiques aux centaines d'enfants abusés qu'en juillet 2007.

Et demain ? Bien que sous tutelle, les Légionnaires du Christ continuent à se réclamer de l'Église pour ouvrir de nombreuses « Écoles de la foi », ainsi que des écoles pour enfants pauvres permettant d'apprendre des métiers techniques. Ce qui ne rassure pas quand on sait ce que la Légion entend par « éducation ».

Des troupes indispensables

Joseph Ratzinger s'est montré incontestablement plus soucieux que Jean-Paul II de « nettoyer les écuries d'Augias » en matière de pédophilie et infiniment plus sévère envers les Légionnaires. Mais ni Jean-Paul II ni Benoît XVI n'ont songé un instant à faire jouer le principe de précaution au point de mettre la Légion du Christ hors de l'Église, comme ce fut le cas pour des partisans de la théologie de la libération ou les traditionalistes à une époque. Beaucoup spéculent sur l'apport financier, jugé non négligeable, que représente ce courant. La Légion a plusieurs fois réglé la note de certains voyages papaux et distribue volontiers des enveloppes pour payer certaines factures, comme les buffets et frais de réception engendrés par la nomination d'un nouveau cardinal. Cela crée incontestablement des liens. Mais ce n'est pas la seule explication. La Légion du Christ a su se rendre indispensable parce qu'elle fournit à l'Église des bataillons de prêtres. Le cardinal Norberto Rivera, l'archevêque de Mexico proche de la Légion, a même imaginé un ambitieux programme : former 14 000 caté- chistes sur trois ans. Leurs salaires, s'ils étaient choisis par la Légion pour devenir prêtres, seraient entière- ment assurés par des mécènes. Un projet qu'Alfredo Marquez, légionnaire, explique très bien : « Les prêtres de chaque paroisse choisiront les candidats qui seront formés dans les Écoles de la foi de notre mouvement séculier Regnum Christi, et qui seront payés par les fonds que nous récolterons[1]. » Rome semble chercher à faciliter le passage de ces prêtres vers d'autres familles religieuses ou à les réintégrer dans le clergé diocésain. Mais rien ne dit qu'ils seront massivement volontaires pour ce changement. En attendant, la Légion demeure l'une des rares congrégations catholiques suffisamment offensives – en termes d'esprit missionnaire – pour permettre au giron catholique de résister aux assauts prosélytes des autres religions, notamment des sectes évangéliques. Benoît XVI le sait et ne souhaite pas se passer de ses services malgré l'inquiétude, sans doute sincère, qu'elle lui inspire. En mai 2007, lorsqu'il s'est

---

1. Cité par Alain Hertoghe, *La Croix*, 22 janvier 1999.

déplacé à Aparecida, au Brésil, les Légionnaires sont venus en nombre l'écouter tonner contre les « assauts de l'agnosticisme, du relativisme et du laïcisme », ou encore le « prosélytisme agressif des sectes » faisant tanguer la « foi fragilisée » des baptisés. Qui mieux que les Légionnaires pourraient aider l'Église dans ce combat ?

Jeunesse missionnaire et Famille missionnaire, les deux mouvements d'apostolat de Regnum Christi, ont justement été créées au milieu des années 1980 dans l'idée de reconquérir les paroisses susceptibles de se laisser séduire par les évangéliques. Gonzague Monzon le raconte dans son livre consacré au fondateur : « Ces derniers temps, de nombreuses sectes menacent la foi au Mexique. L'une de ces sectes préparait alors son arrivée à Cotija de la Paz, le village natal du père Maciel. Un groupe de jeunes de Regnum Christi se proposa alors auprès du curé de la paroisse pour organiser une semaine de mission du 10 au 16 octobre 1986. L'objectif était de visiter les foyers chrétiens pour fortifier et encourager la foi catholique des habitants du village par le biais d'une petite catéchèse qui prévenait des dangers des sectes[1]. » Et l'auteur d'ajouter : « Depuis cette première expérience, beaucoup d'évêques et de curés du monde entier ont accueilli favorablement cette initiative. »

Ces encouragements – les nombreux messages de félicitations venant des papes successifs – font partie des signes permettant à la congrégation de considérer le Mexique comme « une terre de mission confiée aux

---

1. Cité par G. Monzon, *op. cit.*, p. 172.

Légionnaires du Christ ». Ils se consacrent au moins
deux fois par mois à des missions d'évangélisation
dans tout le pays et font régulièrement de nouvelles
recrues. En 2005-2006, la Légion organise une campagne de sensibilisation auprès de ses sympathisants
pour les inciter à rejoindre la Mission Mexique en ces
termes : « Qu'est-ce que la Mission au Mexique ? C'est
mener une mission d'évangélisation dans une paroisse
défavorisée de Cancún, menacée par les sectes et tou-
chée par l'ouragan Wilma en octobre 2005. C'est
annoncer au plus grand nombre de personnes possible la Grande Nouvelle : le Christ a souffert, Il est
mort et Il est ressuscité ; Il est toujours VIVANT ! Il
est la Réponse à tout[1] ! » Pour participer à la mission,
chaque participant devra débourser 1 300 euros, mais
aussi « trouver deux autres jeunes intéressés pour former un groupe », « être prêt à témoigner dans les maisons et dans les rues de sa joie, de son authenticité
de vie, de ses convictions, de son enthousiasme, de
sa foi ardente, de sa disponibilité pour servir et pour
se donner, de son amour de l'Église et du prochain,
surtout du plus petit, de sa "jeunesse" ». Parmi les
objectifs affichés de la mission de 2006 : reconquérir
la péninsule du Yucatán. Les Légionnaires consacrent
également beaucoup de leur énergie en direction du
Chiapas. D'après les anciens Légionnaires, leur prosélytisme y est si important au Mexique que si l'un des
convertis s'avisait de quitter la Légion, il ferait mieux
de quitter le pays.

---

1. Site de la Mission Mexique.

À la différence d'autres courants de l'Église, les Légionnaires affichent un désir décomplexé de convertir. Chaque conversion est célébrée dans la joie et la fierté. Son annonce est traduite dans toutes les langues. Depuis 1994, la Légion organise aussi chaque année ce qu'elle appelle des « mégamissions » pendant la Semaine sainte. De grands rassemblements où l'on célèbre son nombre croissant dans un esprit proche des JMJ (Journées mondiales de la jeunesse). Pour se reconnaître, chaque missionnaire – qu'il soit mexicain ou étranger – reçoit un pack contenant un livre de prières, un livre-guide de mission, une croix en bois et un uniforme : un tee-shirt blanc frappé de l'écusson du Christ en croix imprimé en noir sur fond rouge et jaune (les couleurs espagnoles), une casquette et un bandana rouge. Des petits groupes sont formés en vue de faire du porte-à-porte, d'organiser des activités pour les jeunes, d'aider le curé pour les cérémonies, de distribuer de la nourriture, de reconstruire des bâtiments, ou d'apporter les premiers soins médicaux aux Mexicains les plus pauvres lors de « missions médicales ».

Voilà comment la Légion décrit les activités organisées lors de la mégamission de 2005 : « Les missionnaires vont de maison en maison parmi les populations les plus démunies et catéchisent les familles, les enfants, les jeunes et les adultes ; ils visitent les malades et les personnes âgées et les invitent à recevoir les sacrements. Ils les invitent tous à se rendre l'après-midi aux activités de formations catéchistiques organisées par les missionnaires ou à prendre part aux

célébrations de la Semaine sainte. Les prêtres Légionnaires du Christ qui les accompagnent célèbrent de
douze à quatorze heures par jour des baptêmes, des
mariages, des messes et surtout recueillent des confessions. À la fin de la Semaine sainte, les missionnaires
dispersés dans les villages retournent à la ville pour
prendre part à la messe du dimanche de la Résurrection. Chacun d'entre eux éprouve la joie d'être témoin
du Christ ressuscité, cette joie intime, fruit du don de
soi-même, du partage de la foi avec ses frères, de cette
foi qui est le trésor le plus élevé que nous possédons
comme chrétiens. "J'ai vraiment vu les fruits de cette
mission. Nous avons apporté Dieu dans le cœur de ce
peuple", nous a dit, au terme de la mégamission 2004,
Valeria Rodriguez, membre de Jeunesse missionnaire,
qui depuis six ans passe ses vacances de la Semaine
sainte à évangéliser les populations de la Sierra Norte
de Puebla, au Mexique[1]. »

Le repos est en principe prévu. Plusieurs jours sont
consacrés à la visite du Mexique. Ce qui joue sans
doute dans la motivation des plus novices. En 2002,
d'après la Légion, ces missionnaires auraient rencontré
un million de personnes dans 22 États du Mexique[2]. En
2005, pour sa douzième édition, le mouvement aurait
rassemblé plus de 160 000 jeunes et 17 000 familles
venant de 30 pays pour « participer à cet effort de Nou-

---

1. Site de Regnum Christi.   2. Aguascalientes, Baja California Norte, Chiapas, Chihuahua, Durango, État du Mexique,
Guanajuato, Guerrero, Hidalgo, Jalisco, Michoacán, Nuevo León,
Oaxaca, Puebla, Querétaro, San Luis Potosí, Sinaloa, Sonora,
Tabasco, Veracruz, Yucatán y Zacatecas.

velle Évangélisation[1] ». Toujours à l'en croire, « les Missions d'évangélisation ont touché quelque neuf millions de maisons lors des douze dernières années ». Il faut toutefois prendre ces chiffres avec précaution. Par esprit prosélytique, la Légion a souvent tendance à exagérer. Il n'empêche qu'en quelques décennies, à force d'organisation et d'aide aux plus pauvres, les Légionnaires ont tissé un véritable réseau d'influence au Mexique et en Amérique latine. Un réseau qui leur permet de gagner du terrain sur ce que l'Église appelle les « sectes ».

Benoît XVI n'a pas manqué d'adresser un message d'encouragement aux participants de la « mégamission » de 2006 : « Sa Sainteté salue cordialement les membres du mouvement Regnum Christi qui participent aux missions d'évangélisation de la Semaine sainte. » Son messager, le cardinal Angelo Sodano, secrétaire d'État du Saint-Siège, a même délivré un ordre de mission très explicite, lu aux missionnaires par le père Rodolfo Mayagoitia, directeur territorial de la congrégation des Légionnaires du Christ pour Mexico : « Le pape vous encourage tous à être témoins des valeurs de l'Évangile au Mexique, pour que, renouvelant ses racines chrétiennes, ce pays puisse construire jour après jour une société plus digne de l'homme et pour l'homme, en protégeant ses droits, et ouvert à une coexistence fraternelle. Avec ce fervent espoir et avec la protection

---

1. Essentiellement du Mexique, du Salvador, du Guatemala, du Costa Rica, du Venezuela, de Colombie, d'Argentine, du Brésil, d'Irlande, d'Espagne et d'Italie et, dans une moindre mesure, « d'une douzaine d'autres pays ».

maternelle de Notre-Dame de Guadalupe, le Saint-Père prie le Seigneur de répandre des grâces abondantes sur ceux qui ont participé à ces missions d'évangélisation. Le pontife suprême Benoît XVI envoie sa bénédiction apostolique au père Alvaro Corcuera, directeur général des Légionnaires du Christ, aux membres du mouvement Regnum Christi et à tous ceux qui ont participé aux missions[1]. »

Leur mission pour l'Europe

Jean-Paul II aurait-il demandé aux Légionnaires du Christ d'évangéliser l'Europe ? En 1992, à la fin d'une réunion représentative organisée dans toute congrégation pour faire un bilan et déterminer les objectifs de l'année à venir, le souverain pontife s'entretient avec quelques convives dont Marcial Maciel, qui raconte : « Après son discours, nous avons pu discuter et il m'a parlé de l'Europe de façon brève, seulement quelques mots. Il m'a dit qu'il fallait que nous nous préparions pour évangéliser l'Europe[2]. » L'ordre de mission est court, mais le père Maciel est un soldat très discipliné et il ne cesse d'accentuer ses efforts d'évangélisation en direction de l'Europe.

Le mouvement est d'ores et déjà bien implanté en Espagne, par facilité de langue mais aussi grâce au sou-

---

1. Bureau de la secrétairerie d'État, communiqué du Vatican, le 5 avril 2006. Traduction non officielle réalisée par le site www. regnumchristifrance.org.   2. Rapporté par G. Monzon, *op. cit.*, p. 184.

tien du gouvernement franquiste. *El País* demandait récemment au porte-parole de la Légion en Espagne, le père Rafael Pardo, si les Légionnaires vivaient mieux sous la dictature franquiste. La réponse est embarrassée, mais suffisamment claire pour être comprise : « Je ne sais pas quoi dire à ce sujet. On ne peut pas passer son temps à se lamenter, à regretter un passé où l'on vivait mieux[1]. » Autrement dit, il s'agit moins de regretter le passé que de s'appliquer à retrouver cet âge d'or. Les élites réactionnaires formées dans les laboratoires des Légionnaires conservent un vrai pouvoir d'influence. Le gouvernement de José María Aznar comportait deux ministres issus de la Légion : le ministre de l'Intérieur, Ángel Acebes, et celui de la Justice, José María Michavila. Une de leurs priorités fut de concocter une loi rendant l'enseignement religieux obligatoire du cours préparatoire à la première. Si le gouvernement n'avait pas perdu les élections de 2004, cette loi aurait pu être votée. D'ailleurs, elle figure toujours dans le programme de la droite espagnole. Elle aurait non seulement facilité l'extension des écoles tenues par les Légionnaires, mais favorisé la reconfessionnalisation de l'Espagne. Seule la non-réélection d'Aznar, battu au profit de José Luis Zapatero, a permis de l'éviter.

La droite espagnole reste à tout moment un relais possible pour les visées des Légionnaires du Christ et leur nostalgie de l'époque franquiste. Ce lien entre les Légionnaires et la droite espagnole est à la fois idéolo-

---

1. « Les Légionnaires du Christ infiltrent les allées du pouvoir », *El País*, traduit par *Courrier international*, 25 novembre 1999.

gique et historique. Il est maintenu grâce à l'entremise de certaines personnalités comme Ana Botella, l'épouse de José María Aznar, ou encore Alicia Koplowitz, une femme d'affaires connue en Espagne. Mais aussi grâce au fait que plusieurs membres du Parti populaire madrilène scolarisent leurs enfants à l'école Everest ou à l'université Francisco de Vitoria, toutes deux tenues par les Légionnaires.

Les Légionnaires ouvrent régulièrement de nouvelles écoles privées pour les transformer en lieux de prosélytisme. À la rentrée 2003, une trentaine de parents ont appris que Villa del Bosque, l'école privée où leurs enfants recevaient jusque-là une éducation laïque, venait d'être rachetée par cette congrégation. Parmi les nouveautés imposées, l'éducation des garçons et des filles se fait désormais de façon séparée, une chapelle a été construite au cœur de l'école et la récréation se passe désormais à communier.

La montée en puissance d'un mouvement s'inspirant aussi clairement de l'intégrisme ayant corseté l'Espagne sous Franco irrite les héritiers des républicains laïques. Un comique, Leo Bassi, tout particulièrement connu pour son irrévérence envers l'Église, est ainsi devenu presque l'ennemi intime des Légionnaires. Issu d'une longue lignée de saltimbanques anticléricaux, il a pris l'habitude d'emmener des journalistes et des curieux en bus pour une visite exotique et comique sur les traces du patrimoine des Légionnaires du Christ, ponctuée de commentaires irrévérencieux. La tension entre les nostalgiques de Franco et l'humoriste est montée d'un cran à l'occasion de son spectacle intitulé *La Révélation*, produit dans un théâtre de Madrid en 2005. Une charge féroce mais argumentée contre l'hypocrisie et l'absurdité d'un certain christianisme. Pas celui de Jésus-Christ, apôtre de l'amour et défenseur des pauvres, précise Leo Bassi, mais celui des nervis du Vatican et des faucons de la Maison-Blanche. Il faut le voir en Benoît XVI, s'agitant sous une immense croix baignée d'encens, en train d'égrener une longue série de repentances au nom de l'Église catholique : l'Inquisition, la lutte contre la théologie de la libération en Amérique latine, le sida… avant de bénir ses ouailles en distribuant des préservatifs multiparfums. Le spectacle a déjà été joué en Norvège, en Allemagne, en Italie, et en France, mais c'est en Espagne qu'il a mis le feu aux poudres. Très exactement à cinq cents grammes de poudre noire, mélangée à de l'aluminium et de l'essence. L'engin explosif n'a pas été conçu pour plaisanter, mais pour faire des dégâts. La mèche était allumée lorsqu'un permanent du théâtre a été alerté par l'odeur d'essence répandue sur un tas d'affiches prêt à s'enflammer. La police n'a aucune piste. Mais une chose est sûre. Les poseurs de cette bombe-là ne sont pas musulmans… Depuis des semaines, la presse intégriste catholique vomissait le spectacle. *La Razòn*, un journal d'extrême droite espagnol proche des Légionnaires, parle d'un « spectacle ordurier » sous la plume d'un membre de Regnum Christi. Quinze jours plus tôt, une association d'intégristes fascistes a organisé une manifestation bras levés en entonnant des chants franquistes et en jetant des boulons sur les spectateurs faisant la queue pour le spectacle. L'un d'eux s'est même fait tabasser. Des opposants à la pièce sont allés jusqu'à balancer un seau d'essence sur la façade du théâtre pour y mettre le feu. Le jour même où nous l'avons rencontré, Leo Bassi venait de recevoir un mail le menaçant de mort. Tandis qu'une centaine d'antifascistes se rassemblaient devant le théâtre pour le soutenir, aux cris de « *No pasarán* » et de « Fascistes, ce sont vous les terroristes ».

Le foyer irlandais

De par leur radicalité, les Légionnaires du Christ ont besoin d'un terreau particulier pour s'épanouir et importer la martyrologie qui sied si bien aux Cristeros mexicains. Ce n'est pas un hasard si leur évangélisation a porté ses fruits en Espagne et en Irlande, deux pays traversés par une guerre civile où l'identité catholique a joué un rôle majeur. En Irlande, où transitent la plupart des novices venant du Mexique sous prétexte d'apprendre l'anglais, la Légion a posé ses valises vers 1962, alors que l'IRA arrête en principe son combat armé, mais que les plaies sont encore à vif[1]. Comment imaginer meilleur climat pour une Légion inspirée par l'esprit guerrier et en mission pour résister à un éventuel recul du catholicisme ? D'après le père John, cette implantation s'est faite grâce aux recommandations du

---

1. De 1948 à 1962, l'IRA est une organisation qui poursuit une campagne armée. Elle réapparaît en 1970. Suite à une manifestation réprimée par l'armée britannique (Bloody Sunday, 30 janvier 1972) qui fait 13 morts, l'IRA réplique le 21 juillet et fait exploser 22 bombes en une heure à Belfast (Bloody Friday, 16 morts).

Saint-Siège et au concours de l'archevêque de Dublin, John Charles McQuaid. Et elle a porté ses fruits. À la fin des années 1990, grâce aux dons de parents, la Légion a pu acheter un immeuble imposant au sud de Dublin, d'une valeur estimée à 400 000 euros. Irlandais, John a été Légionnaire pendant trente-sept ans. Il se souvient du jour où des missionnaires de la Légion sont venus susciter des vocations dans son diocèse. Ils n'avaient pas la permission de l'évêque, seulement la bénédiction du principal de son école religieuse. Le futur prêtre des Légionnaires est alors en dernière année lorsque deux hommes, un jeune prêtre mexicain et un américain, s'adressent à sa classe dans un anglais approximatif. Cette année-là, Che Guevara vient de mourir en Bolivie et les deux jeunes missionnaires font rêver la classe en leur demandant de rejoindre l'armée du Christ qui résistera à l'avancée du communisme. Ils font passer une feuille et prennent les noms de ceux qui pourraient être intéressés pour suivre une formation. « C'était la seule chose qui les intéressait », raconte le père John. L'Américain l'invite à participer à des activités organisées à Dublin pendant la Semaine sainte, en lui faisant miroiter la présence d'autres jeunes originaires comme lui de Cork. Il est accueilli dans un superbe nouvel établissement de la banlieue de Dublin, en compagnie d'autres gens de son âge, à qui l'on donne des cours sur l'esprit missionnaire, le communisme rampant et l'Amérique latine. Bien que ses parents soient opposés à l'idée de le voir rejoindre une congrégation mexicaine, le jeune homme ne voit pas alors de formation plus tentante et dynamique pour devenir prêtre. L'Irlande traverse une période d'intense conflit religieux, presque tous les Irlandais se rendent à la messe le dimanche. Les premiers affrontements entre catholiques et protestants agitent ce pays plutôt pauvre et fervent par réaction. Le 12 juillet 1969, le voilà enrôlé. Les sept premières années, il ne verra sa famille que deux jours. Une fois, ses parents achetèrent un billet pour venir le voir à Rome lors de son ordination, mais il était déjà parti… Lui n'aura pas le temps d'y penser. Une fois les premières attractions sportives passées, le régime sec a commencé et il ne permet plus au Légionnaire de réfléchir. Rosaire à 5 h 15, prière à 5 h 50, une heure de méditation, puis la messe du matin suivie d'un petit déjeuner en silence. La matinée se poursuit à coups de vaisselle, de nettoyage et de récurage, avant le retour à la chapelle pour le saint sacrement, suivi de prières à 10 h 30 et d'un autre rosaire. Commence alors la classe du matin, entrecoupée d'une intense séance de sport. Au programme : des cours d'espagnol et beaucoup de mémorisation automatique de règles, de parties du Nouveau Testament ou des Épîtres de saint Paul. Avant le déjeuner, un court examen de conscience de dix minutes. Puis retour à la chapelle pour une nouvelle séance de prière. Vient le déjeuner, en silence ou accompagné de la lecture de certains livres sur l'histoire de l'Église. Après le déjeuner, honneur au sport et à l'entraînement physique, comme le football. Parfois, certains peuvent se contenter d'une petite partie de billard. D'autres doivent s'occuper du jardin. Puis revient le temps des prières, de 16 heures à 17 heures, où l'on demande souvent aux Légionnaires de méditer sur des lettres du fondateur. Suivent la bénédiction et le dîner de 18 heures, toujours en silence. Puis des lectures des discours du pape venant de *L'Osservatore Romano*, cette fois en anglais. Le temps de la vaisselle et le droit de marcher un peu. Avant de rejoindre de nouveau la classe où le maître des novices leur rappelle les règles de la congrégation. À 20 h 45, une pause snack en silence. Et à 21 heures, retour à la chapelle pour de nouvelles prières. Jusqu'à 21 h 30, où il est temps d'aller au lit. Un vrai tunnel, pensé pour robotiser.

Après trente-sept années à ce régime, John se rend compte qu'il approche de la retraite et que les Légionnaires n'ont jamais cotisé pour lui. Quelques mois après avoir rompu son engagement, il apprendra que l'un de ses compagnons a été régulièrement abusé par le maître des novices et son assistant lorsqu'il avait dix-neuf ans. Il ne se doutait de rien. Comme beaucoup de jeunes fréquentant les centres des Légionnaires. L'Irlande n'est pas le Mexique, mais son centre de formation a justement le mérite de pouvoir former des jeunes venant d'Amérique latine loin de leurs familles. C'est la première vocation du centre irlandais, mais pas la seule, puisque, avec les années, il a su devenir un lieu servant à radicaliser aussi les catholiques irlandais. Au moment de la sortie de *La Passion du Christ*, en 2003, Sean Ascough, qui dirige une organisation de jeunes chrétiens baptisée Youth 2000 Ireland, a fait imprimer 100 000 brochures pour faire la promotion du film controversé de Mel Gibson à la sortie des églises et des cinémas. « J'ai tout de suite compris qu'il y avait là une opportunité de montrer cette foi que nous aimons tant », explique-t-il, enthousiaste[1]. Au lieu de la trentaine de copies de films nécessaires en moyenne, le distributeur irlandais a dû mettre près du double en circulation à la demande des cinémas.

La France peut-elle être une terre de mission ?

Les Légionnaires peuvent-ils séduire en France, pays laïque par excellence et où le protestantisme n'est pas vraiment l'ennemi ? De l'aveu même d'un Légionnaire, ils ne seraient qu'une poignée de Français à avoir eu l'envie de participer à la dernière mégamission : « Vous avez dit mégamission ? C'est vrai, le père Chad m'avait parlé d'une mégamission, il m'avait montré les photos du Mexique avec des dizaines de milliers de mission-naires, un reportage télé, et tout et tout… Pourtant, en France, nous n'étions que douze adolescents… Comme les apôtres[2]. » N'est-ce pas suffisant pour y croire ? À l'image de leurs camarades mexicains, les douze « apôtres » ont « voulu passer cette Semaine sainte au service de l'évangélisation, pour aider les prêtres dio-césains dans leur ministère ». Ils ont notamment été accueillis par la paroisse de Sacy-sur-Marne (en Seine-et-Marne) et son curé, le père Piotr Kacprowski. Neuf villages, dont les églises sont d'ordinaire plutôt désertes, ont ainsi été visités par les « apôtres » des Légionnaires. Outre l'évangélisation, les journées étaient rythmées

---

1. AFP, 10 mars 2004.   2. http://www.regnumchristifrance. org/La-Megamissionversion-francaise?var_recherche=Chad.

par des prières mais aussi des activités sportives : foot et base-ball. Elles finissaient par des veillées ou par la projection de *La Passion du Christ*. Ces missions-là ne mobilisent que les plus motivés. Les Légionnaires du Christ touchent un public autrement plus large si l'on en croit le recensement lors des Journées mondiales de la jeunesse de Paris.

Le 17 août 1997, le Centre Saint-Vincent – chargé de répertorier les inscriptions – a établi que Regnum Christi était le deuxième mouvement à envoyer des participants (1 356) après l'Emmanuel (6 035)[1]. En principe, ce décompte ne concerne que les 58 122 Français enregistrés par le biais de différentes organisations, mais il est fort possible que Regnum Christi ait fait venir des troupes de l'étranger pour améliorer son score et accroître sa visibilité. D'autant que cette année semble correspondre à sa première tentative réelle de s'implanter en France. Son nom apparaît pour la première fois dans une dépêche AFP en décembre 1998, pour des faits remontant à un an. Le moins que l'on puisse dire, c'est que la publicité n'est pas positive.

Décrit comme une « nouvelle confrérie qui n'a pas été identifiée », il n'est pas l'objet principal de la dépêche. Un militaire se plaint parce que son fils, scout d'Europe, reçoit depuis quelque temps toutes sortes de prospectus d'extrême droite : le catalogue Durandal, des livres de Maurice Barrès, un ouvrage retraçant la vie du colonel de La Roque, un magazine permettant de commander des vidéos sur Mussolini, le fascisme ou

---

1. Cf. note 2, p. 18.

les Waffen SS, ainsi qu'un courrier des Légionnaires du Christ. C'est la première fois que ce nom apparaît et il est déjà associé à l'extrême droite. Suite à cette affaire, le président des Scouts d'Europe, François de Portzamparc, sera convoqué au ministère de la Jeunesse et des Sports afin de s'expliquer sur ces documents[1]. Pour les Légionnaires, la contre-publicité n'augure rien de bon. Mais elle n'empêche pas Mgr Lustiger de leur confier l'enseignement du catéchisme dès l'année suivante à Paris.

Depuis 1999, grâce aux bons soins de l'Église, la direction du patronage du « Chantier », installée dans le XIIe arrondissement, est entre les mains des Légionnaires et de son mouvement Regnum Christi. Le Chantier est décrit comme « un lieu où on aime se retrouver ». Des activités y sont proposées aux enfants à partir de six ans. Durant la semaine, après l'école, les responsables formés par Marcial Maciel s'occupent de leur soutien scolaire, leur entraînement sportif et de diverses activités culturelles. Côté spirituel, le Chantier prend en charge tous les aspects de la vie d'une paroisse : messe dominicale, catéchisme, première communion, confirmation, animation de cercles de réflexion, organisation de retraites ou de pèlerinages. Les Légionnaires du Chantier possèdent une dépendance sous la forme d'une propriété située au bord du lac Léman pour leurs activités.

Ils animent également deux centres tout spécialement destinés aux jeunes garçons. À Paris, le Centre Flam-

---

1. « Le président des Scouts d'Europe convoqué au ministère de la Jeunesse », AFP, 15 décembre 1998.

beau se présente comme « un club pour les garçons de dix à quinze ans qui font une alliance avec Dieu et entre eux pour découvrir, vivre et partager les trésors de la foi catholique[1] ». Il organise des activités sportives et religieuses. À Roubaix, le Centre Esplanade organise des camps de vacances permettant en principe de perfectionner son anglais ou son espagnol. Ils sont comme toujours surtout destinés à susciter des vocations. En août 2008, une mission d'évangélisation était prévue en Côte-d'Ivoire. Le Centre s'adresse exclusivement à des garçons ayant entre dix et seize ans. Pour reprendre la formulation de son site Internet, il « propose aux jeunes garçons catholiques de se rassembler dans une ambiance joyeuse et saine pour grandir humainement et spirituellement ». On notera le besoin d'insister sur l'« ambiance saine ». Le reste du message Internet promet une expérience inoubliable aux jeunes intéressés par ces activités : « Tu seras amené à faire une expérience personnelle du Christ comme ton ami intime et ton modèle, à vivre et accepter ta foi par conviction personnelle et à connaître et aimer l'Église et ses enseignements. Pour cela, nous accordons une attention particulière à la prière, à l'enseignement et aux sacrements. Nous te suivrons personnellement dans ce chemin spirituel[2]. »

Les parents sont d'autant moins méfiants que le signe des Légionnaires du Christ n'apparaît pas toujours sur les brochures puisque ces centres dépendent

---

1. Site du Centre Flambeau. org/article.php3?id_article=1.   2. http://www.centreesplanade.

de sa branche laïque, Regnum Christi, mise en avant. À Bordeaux, toutefois, le Centre Aigle – qui organise des camps pour filles et garçons tout au long de l'année – affiche la couleur : « Le Centre Aigle est un club de jeunes catholiques de dix à seize ans qui veulent vivre leur foi dans une ambiance saine et joyeuse. Ce club est affilié au Catholic Youth World Network, une organisation internationale encadrée par les Légionnaires du Christ et les membres de Regnum Christi, encouragée vivement par le pape et de nombreux évêques en communion avec Lui[1]. » Idem pour le Club Altior à Boulogne-Billancourt, qui reconnaît s'inscrire dans le cadre de l'ECYD, de Regnum Christi et de Marcial Maciel. Frappé du même logo (un aigle) et doté du même esprit, le Centre Zénit est moins clair sur son site. Mais tous arborent le sigle de l'ECYD ou celui de Jeunesse missionnaire. Parfois, ils utilisent le sigle NET pour faire branché, même si sa traduction exacte veut dire « Nouvelle évangélisation du troisième millénaire ». Sans faire mystère de leur vocation ni de leurs liens avec Regnum Christi, ces centres insistent surtout pour préciser qu'ils agissent en liaison avec la hiérarchie catholique : « Jeunesse missionnaire est une œuvre internationale d'apostolat du mouvement Regnum Christi qui cherche à collaborer avec les évêques des diocèses dans la rechristianisation de la société par l'organisation de missions dans les villes et dans les campagnes. Elle utilise les moyens de la justice et de la charité évangélique, suivant la consigne donnée par

---

1. http://www.centreaigle.org

le Christ lui-même[1]. » Et de citer l'Évangile : « Laissez venir à moi les petits enfants. »

Il est difficile d'établir le nombre de jeunes participants aux camps organisés chaque année par l'ECYD, le NET ou Jeunesse missionnaire. Au vu des photos souvenirs, il semble que les différents camps réunissent au moins une trentaine de jeunes chacun, plusieurs fois par an. Pour le moment, la branche laïque de la Légion vise surtout les classes bourgeoises et les familles huppées *via* des activités familiales, qui se présentent comme « une réponse aux nécessités de la famille chrétienne d'aujourd'hui ». Au programme : thérapies individuelles et séances de groupe. En fait, il s'agit surtout de se retrouver entre catholiques. On multiplie les journées à thème pour favoriser la sociabilité : journées de renouvellement des promesses du mariage, journées en famille, journées de préparation au mariage, informations sur les méthodes naturelles de régulation des naissances… Les buts affichés : « Promouvoir les valeurs de la famille, obtenir une relation harmonieuse entre conjoints et enfants. Obtenir une transformation profonde de la personne et non uniquement la transmission des connaissances. Motiver et aider la jeunesse et l'adolescence dans la phase décisive de leur maturation psychosociale, culturelle, humaine, éthique et religieuse. Augmenter et actualiser le patrimoine culturel relatif à la vie conjugale et familiale. Transmettre ce qu'enseigne le magistère de l'Église dans le domaine

---

1. http://www.campscatholiques.com/articlevrac.php3?id_article=12.

matrimonial et familial. Offrir des services de consultation et d'assistance médicale, psychologique, thérapeutique, pédagogique et légale dans le domaine de la famille[1]. » Les Légionnaires proposent une formation à l'éducation des enfants, ainsi qu'une formation pour « une meilleure unité entre les conjoints ».

En réalité, comme toujours, il s'agit de recruter, si ce n'est de futurs prêtres, au moins des missionnaires pour Regnum Christi. En avril 2007, 44 familles de la région de Lille ont ainsi participé à une retraite sur le thème du renouvellement des promesses de mariage. Les couples y auraient appris « comment se dire "je t'aime" ». Une journée répartie en trois conférences, toutes trois données par un célibataire, le père Julien Durodié : « Le jardin de l'amour », « Les quinze déclinaisons de l'amour » et enfin « La source de l'amour ». Chaque couple était invité à répondre à un questionnaire destiné à « travailler dans la relation » qui les unit. Attirer les parents, à partir de thématiques qui les concernent, est un bon moyen de les convaincre de confier un jour leurs enfants à une institution des Légionnaires du Christ.

Les écoles publiques françaises étant gratuites, Regnum Christi ne peut toutefois pas espérer le même succès auprès des classes populaires qu'au Mexique. Son impact possible est moins celui d'une déferlante missionnaire, comme au Mexique, que d'une reprise en main lente et progressive des paroisses désaffectées au fur et à mesure que l'identité catholique fera son retour.

---

1. Site de la Légion du Christ.

Un mouvement que les Légionnaires s'emploient à favoriser non seulement *via* leur action, mais aussi à l'aide d'un lobbying politique insidieux contre la laïcité à la française.

Ce modèle ambitieux en termes de séparation de l'Église et de l'État est en ligne de mire du Saint-Siège et du Département d'État américain depuis longtemps. Tous deux y voient une atteinte intolérable à la liberté religieuse. Notamment à cause d'une législation anti-sectes contraignante pour des mouvements comme les Témoins de Jéhovah ou la Scientologie, reconnus comme religions aux États-Unis. Les Légionnaires, qui militent si ardemment contre les « sectes » quand il s'agit de concurrents protestants, font partie des réseaux considérant ces sectes-là comme des « nouveaux mouvements spirituels », victimes de la dureté de la laïcité française. La Légion elle-même a témoigné contre elle devant l'OSCE (Organisation pour la sécurité et la coopération en Europe[1]). Mieux, en décembre 2001, lors de la formation de leurs séminaristes à l'université Regina Apostolorum de Rome, les intervenants ont réservé un sort tout particulier à la France lors d'un colloque intitulé « France, témoin d'espérance pour le nouveau millénaire ». Parmi les participants, le cardinal Poupard a vanté le patrimoine culturel religieux français et regretté la présence de « courants étonnamment hostiles [à l'Église] à l'intérieur de la société fran-

---

1. Notamment le 15 juin 2006 au Kazakhstan lors de la réunion « Promouvoir l'entente culturelle, interreligieuse et inter-ethnique ».

çaise[1] », alors que « la présence française elle-même au sein du Saint-Siège ne va pas sans diminuer ». Un Français, André Mulliez, industriel et membre de la famille fondatrice du groupe Auchan, est venu sauver l'honneur en témoignant « d'initiatives fondées sur la foi et la doctrine sociale de l'Église dans le milieu économique[2] » français.

Des entrepreneurs au service du Christ

Pour viser l'élite, les Légionnaires sont bien décidés à trouver des mécènes en pénétrant les milieux économiques européens. La Fondation Guilé fait partie de ces tentatives. Elle est née en 1997 au pays du secret bancaire, des amours d'un couple de cigarettiers suisses (les Burrus) et de la Légion. Une union concrétisée grâce à la bénédiction du diocèse de Bâle, sous la forme d'une fondation entièrement dévouée aux Légionnaires, mais ouverte à « toutes les religions qui respectent la dignité humaine ». L'ancienne propriété des parents de Charles Burrus, le domaine de Guilé à Boncourt, lui sert de siège. La maison et le parc ont été rénovés pour devenir un lieu de rencontre, d'échange et de réflexion pour entrepreneurs résidant en Suisse. « La Fondation a pour premier objectif d'orienter ses activités autour de ces thèmes, d'importance décisive, qui englobent les valeurs et la responsabilité entrepreneuriales », nous explique le site Internet de la fondation : « le

---

1. Yves Pitette, *La Croix*, 6 décembre 2001.   2. *Ibid.*

monde actuel, d'une complexité croissante, se trouve confronté à une concurrence et à une mondialisation dont le rythme s'accélère toujours plus. Dans cet environnement en mutation, les décideurs se voient sans cesse exposés à relever des défis et à solutionner des problèmes : notamment ceux ayant trait aux valeurs, à la quête de sens et de repères qui doivent servir à nous guider. En raison de ces mutations et des problèmes qu'elles occasionnent, il est urgent de trouver une réponse adaptée aux besoins de nos leaders au-delà des modes, des idéologies, des contraintes et de la pression qu'exerce notre temps ». Par « valeurs » et « repères », il faut bien entendu comprendre qu'un entrepreneur peut faire face au défi de la mondialisation en s'inspirant de la religion catholique. Un défi présenté comme une question de civilisation, car « une civilisation sans projet est une civilisation malade ». Pour les aider à guérir le monde, la fondation offre aux « décideurs » « des conditions privilégiées d'échanges interdisciplinaires et des parcours d'enrichissement personnel dans des lieux et des moments de qualité, d'aborder avec loyauté et bienveillance les questions communes que tous les décideurs se posent sans pouvoir toujours les exprimer faute de temps ou d'interlocuteur disponible ». Ces séminaires sont donc prévus pour éduquer les entrepreneurs aux grands dangers de notre temps. Or, la laïcité semble en faire partie, puisque des séminaires lui sont régulièrement consacrés sous le titre « Des lois laïques au néopaganisme contemporain » ou encore « Sécularisation : la dérive émotionnelle des valeurs ». Quelques militants viennent aussi donner des leçons comme

Tugdual Derville, qui a été assistant parlementaire de Christine Boutin, ministre du Logement sous François Fillon, sans doute la femme politique française de premier plan la plus proche du Saint-Siège. Parmi les autres personnalités ayant accepté de participer à ces échanges, on note la présence attendue de l'archiduc Michel de Habsbourg ou encore d'Otto de Habsbourg, deux grands soutiens de la droite catholique radicale, mais aussi celles de Rodrigo de Rato y Figaredo (ancien directeur du Fonds monétaire international)[1] et de Georges Blum (président d'honneur de la Société de banques suisses). Il y a même quelques Français : Jean-Loup Dherse (ancien vice-président de la Banque mondiale et ex-directeur général d'Eurotunnel), Jean-Didier Lecaillon (professeur d'économie à l'université de Paris Val-de-Marne), François Jusot (président de la faculté des langues de l'université Lyon-III) ou Jean-Philippe Douin (ancien chef d'état-major des armées). Ce dernier a même été membre du comité d'honneur de la fondation. Contacté par téléphone, il n'en fait pas mystère : « Je ne suis pas membre des Légionnaires, je suis membre de la Fraternité Saint-Jean, mais je les admire[2]. » Une admiration assumée qui en dit long sur le prestige des Légionnaires au plus haut niveau des institutions françaises.

La Légion profite de ce cadre enchanteur pour diffuser ses valeurs auprès de décideurs à travers des intitu-

---

1. Parlementaire et ministre espagnol, Rodrigo de Rato a été directeur général du FMI de juin 2004 à octobre 2007. Né à Madrid le 18 mars 1949, M. de Rato est de nationalité espagnole.   2. Entretien par téléphone réalisé le 5 mai 2008.

lés de conférence souvent innocents. Les participants espèrent y trouver un cercle et un réseau, ce qui est toujours recherché dans les milieux d'affaires. Mais la fondation ne touche pour l'instant que quelques initiés. Le 18 octobre 2007, elle s'est intéressée au futur de l'Afrique du Sud. Officiellement, plusieurs grands patrons sud-africains devaient venir présenter leurs problèmes, espérant le soutien de quelques banquiers suisses. Mais seul Harry Hollier, responsable de Siemens au Cap et dans le Natal, s'est présenté. En face, aucun politique n'était présent et n'avait pris le risque de s'afficher dans un cercle aussi marqué. La fondation a plus de succès lorsqu'elle organise des conférences-rencontres en petit comité destinées « quatre fois par an aux personnalités intéressées à dialoguer avec des leaders des mondes économique, politique, scientifique et de la société civile ». Le 18 avril 2007, par exemple, elle avait invité trois décideurs d'importance : l'ambassadeur Peter Maurer (chef de la mission suisse auprès de l'ONU à New York), Bertrand Gacon (haut cadre spécialisé dans ce domaine à BNP Paribas) et Pierre Veya (rédacteur en chef adjoint du journal *Le Temps*). L'intitulé était *a priori* innocent : « La globalisation à caractère durable ». Il a sans doute séduit ces décideurs, sans qu'ils sachent forcément qui dirige en sous-main la Fondation Guilé. C'est l'intérêt de ce type de cercles : permettre des contacts que la Légion n'obtiendrait jamais si elle avançait à visage découvert.

Une Légion qui influence aussi le Saint-Siège

Les Légionnaires du Christ ne menacent pas l'Europe occidentale en termes d'évangélisation. Leur influence est plus indirecte, *via* le Saint-Siège lui-même. Bien que Rome donne le sentiment de vouloir les reprendre en main, cette mise sous tutelle passe forcément par l'ingestion de prêtres formés à l'école de Martial Maciel. Le fait d'être une nouvelle garde indispensable, malgré les scandales, déteint logiquement sur l'Église elle-même, qui ne peut s'en passer. Les universités et les séminaires des Légionnaires forment déjà l'élite du Saint-Siège. Regina Apostolorum est même dotée d'un statut pontifical. En février 2005, elle organisait ainsi un séminaire contre l'exorcisme : sept cours de trois heures étalés du 17 février au 14 avril pour le prix de 180 euros, destinés aux prêtres et aux séminaristes. Selon le recteur de l'université, le père Paolo Scafaroni, ces cours permettraient de mieux résister au développement de la mode du satanisme dans la musique, l'habillement et les objets, mais également à l'essor de l'occultisme, de la magie et des expériences mystiques. Une centaine d'étudiants a suivi ce séminaire. Une autre université prestigieuse tenue par les Légionnaires, l'Université européenne de Rome, sert même à l'occasion de porte-voix diplomatique au Saint-Siège. Comme lorsqu'il fallut désamorcer la crise provoquée par les propos du pape sur l'islam en septembre 2006. À l'invitation du gouvernement turc, le souverain pontife cherche à recoller les morceaux en échange d'un assouplissement de sa position sur l'entrée de la Turquie en Europe. Le

29 mai 2007, alors que tous les réseaux catholiques s'élèvent contre cet élargissement, conformément à la doctrine du cardinal Ratzinger, les Légionnaires accompagnent la volte-face de Benoît XVI en organisant un colloque intitulé : « Oui à l'entrée de la Turquie dans l'Union européenne ».

Le siège romain des Légionnaires est devenu si chic que les personnalités y font parfois halte avant d'aller rendre visite au pape. À l'image de Jim Caviezel, l'acteur américain interprétant Jésus dans *La Passion du Christ* de Mel Gibson. Il a assisté à une projection privée au siège des Légionnaires avant d'être reçu en audience privée par le pape le 15 mars 2004. Le 26 novembre de la même année, Jean-Paul II confiait l'Institut pontifical Notre-Dame de Jérusalem aux Légionnaires du Christ. Tout un symbole. Cet institut, dont la première pierre a été posée en 1885, a longtemps été le principal hébergement des pèlerins français. Situé au nord de la Vieille Ville de Jérusalem, à quelques pas du Saint-Sépulcre, il peut accueillir 280 pèlerins et possède des salles de conférences que les Légionnaires utilisent aujourd'hui pour diffuser leur vision du catholicisme au cœur de Jérusalem. Mais s'il ne fallait retenir qu'un seul exemple de l'influence que peuvent exercer les Légionnaires du Christ sur le Vatican, il suffirait de noter qu'ils dirigent l'agence Zenit.

L'agence Zenit

Créée en 1999, Zenit se présente comme une agence internationale d'information dont le but est de fournir gratuitement sur Internet « une couverture objective et professionnelle des événements, des questions, des documents touchant l'actualité de l'Église catholique et du monde vu de Rome ». Elle couvre les activités quotidiennes du pape et tout ce qui intéresse le Saint-Siège. Elle publie aussi des entretiens avec des hommes et des femmes engagés dans l'Église ou encore une revue de presse des différents médias du Saint-Siège : Radio Vatican, *L'Osservatore Romano*, l'agence internationale Fides. Le tout diffusé en six langues (espagnol, anglais, allemand, français, portugais, italien). Les dépêches sont parfois reprises sans citation dans la presse du monde entier. Avec la puissance de Zenit, la congrégation a donc mis la main sur une partie de la communication du Vatican. Chaque cardinal ou chaque évêque souhaitant faire connaître un avis passe par cette agence. L'occasion de s'entretenir avec des Légionnaires, qui lui rappelleront les soucis qu'ils ont dans son diocèse et pourront le convaincre de leur ouvrir ses portes… que l'on sait ensuite si difficiles à refermer. Mais en prime, les Légionnaires peuvent filtrer et radicaliser la communication au nom du Saint-Siège.

En juin 2007, le cardinal Renato Martino est interviewé sur National Catholic Register, proche des Légionnaires. On peut lire : « si Amnesty International persiste dans ce type d'action, les organisations et les fidèles catholiques doivent suspendre leur soutien parce que, en décidant de promouvoir les droits à l'avortement, Amnesty International a trahi sa mission ». Le cardinal est invité à plus de fermeté. Les Légionnaires transforment son entretien en véritable consigne publique. C'est donc en tant que président du conseil pontifical Justice et Paix, *via* l'agence de presse du Vatican, que le prélat demande aux catholiques de ne plus financer Amnesty International : « Plus de financement catholique à Amnesty International », intime-t-il. En effet, Amnesty a intégré dans sa charte le droit à l'avortement pour les femmes victimes de viol ou en danger de mort. Et le cardinal de poursuivre : « Il est extrêmement grave qu'une organisation méritante comme Amnesty International se plie aux pressions de ces lobbies [...] pro-avortement qui continuent leur propagande dans le cadre de ce que Jean-Paul II appelait "la culture de mort". »

Zenit cherche aussi à être le fournisseur unique d'informations sur les persécutions subies par les chrétiens, un rôle pourtant jusqu'ici rempli par une organisation évangélique anticommuniste intitulée « Aide aux Églises en détresse ».

À l'avenir, le Saint-Siège souhaite se doter d'une seconde agence de télévision pour compléter la première, C2TV, qui se contente de vendre les images officielles des déplacements du pape aux autres chaînes. Provisoirement intitulée H20 News, cette seconde chaîne proposera en prime un contenu et des programmes distribués *via* vidéos, Internet, téléphones portables, etc. Soit un public minimum visé de 20 millions de personnes. Or, elle sera confiée à Jésus Colina, un Légionnaire. Le porte-parole du Saint-Siège a très vite tenu à rassurer : cette télévision serait indépendante de la Légion. La Légion, elle, n'a rien dit.

Purifier le siècle grâce à l'Opus Dei

Sans l'approbation de l'Église, sa caution et son soutien, l'Opus Dei ne serait qu'une secte espagnole. Son culte du secret et des mortifications fascine mais révulse, surtout depuis le succès du *Da Vinci Code*. Dans ce livre, Dan Brown est parvenu à catalyser toutes les peurs suscitées par l'Œuvre à travers le personnage de Silas, un albinos se flagellant jusqu'au sang, missionné par l'Opus pour protéger l'Église d'une révélation qui pourrait remettre en cause son dogme patriarcal. Bien que très romancée, l'intrigue recycle une part de son imaginaire et de ses codes. Dans la vraie vie, le quotidien de l'opusien est toutefois bien moins spectaculaire. L'exagération propre à la fiction va peut-être même finir par servir l'image de l'Opus Dei. En tout cas, l'Œuvre s'y emploie. Devant le succès du best-seller, elle déploie une véritable opération de séduction et de transparence. Arnaud Gency, son porte-parole en France, est tout particulièrement chargé d'assurer la contre-attaque : « Nous profitons de l'immense publicité que nous fait ce roman pour montrer que nous ne sommes ni une organisation criminelle, ni une secte de fanatiques, ni une Église dans l'Église[1]. » Méditant l'échec des campagnes contre *La Dernière Tentation du Christ* de Scorsese, l'Œuvre résiste à la tentation d'exiger la censure du livre. En janvier 2006, elle saisit tout de même la justice, mais pour exiger que le film tiré du roman soit interdit aux mineurs, au motif qu'« un adulte peut distinguer la réalité de la fiction », mais pas un mineur[2]. En interne, en revanche, l'Opus Dei interdit la lecture du *Da Vinci Code* à l'ensemble de ses membres. Considérerait-il ses fidèles comme des enfants ne sachant pas faire la différence entre fiction et réalité ? Est-ce vraiment le meilleur moyen de démontrer que l'Œuvre est une structure dénuée de tout esprit sectaire ? Sa consigne, en tout cas, a été suivie par l'Église, notamment par le cardinal Tarcisio Bertone. L'archevêque de Gênes a demandé à l'ensemble des catholiques de ne pas lire le *Da Vinci Code*.

Le culte du secret

L'Opus Dei a-t-il quelque chose à cacher ? On le surnomme parfois « la sainte mafia », on le décrit comme une « secte au cœur de l'Église ». Cette réputation doit beaucoup à ses activités au Chili et en Espagne, deux pays où il a prospéré à l'ombre des dictatures

---

1. *Le Nouvel Observateur*, 18 mai 2006.   2. Elle a en revanche voulu faire condamner en 2007 un autre roman, *Camino 999*, de Catherine Fradier, aux éditions Après la lune, pour diffamation. L'avocat de l'Opus était alors Me Alexandre Varaut.

de Pinochet et de Franco. Sous Franco, on a compté jusqu'à 19 ministres issus de l'Opus Dei. Quant à Pinochet, plusieurs membres éminents de son entourage appartenaient à l'Œuvre. Aujourd'hui encore, la mort des anciens cadres de la dictature donne lieu à des messes organisées par l'Opus. Ses superbes universités, sa très grande bibliothèque de Santiago servent régulièrement à organiser des cocktails mondains et des conférences en faveur de l'ultralibéralisme, où se retrouve le gratin des catholiques conservateurs, qui sont aussi souvent des nostalgiques du général. Ce mélange d'intégrisme catholique et d'idéologie sanctifiant le travail sur un mode ultralibéral caractérise l'Œuvre. Mais il est suffisamment répandu pour qu'on en vienne parfois à surestimer l'appartenance opusienne de certaines élites ultralibérales, en réalité simplement très catholiques et très à droite. En France, son influence est bien moins forte qu'en Amérique latine ou en Espagne. Si l'on en croit Arnaud Gency, un grand nombre des personnalités que nous lui avons citées ont été classées à tort comme faisant partie de l'Opus Dei, par fantasme. Il le confesse presque embarrassé : l'essentiel des troupes françaises – environ 300 membres – appartient aux classes moyennes et n'exerce que rarement des métiers prestigieux. L'élite est par définition une denrée rare. La plupart des personnalités associées à l'Œuvre sont en fait des personnalités ayant accepté de donner des conférences dans ses cercles de réflexion ou dans ses universités, comme Jean-Pierre Raffarin[1]

---

1. Le 11 mai 2006 au Centre Garnelles. Conférence intitulée « La France et le monde, incompréhensions et espérances ».

ou Xavier Lemoine, maire de Montfermeil[1]. On trouve
parmi eux des chercheurs comme Pierre Manent[2], directeur d'études à l'EHESS (École des hautes études en
sciences sociales), ou Jean-Louis Clément, de l'Institut
d'études politiques de Strasbourg[3]. Mais aussi des ecclésiastiques comme Mgr Barbarin[4], cardinal-archevêque
de Lyon, ou Mgr Jean-Louis Tauran[5], ancien chargé
des affaires avec les États à la secrétairerie d'État du
Vatican. Ou encore des journalistes comme Annie
Laurent[6] ou Michel Drucker[7].

Ces personnalités ne font souvent pas partie de
l'Opus Dei, loin de là, mais leur présence en dit long
sur l'institutionnalisation grandissante de l'organisation, y compris en France. Soutenue par l'Église,
elle est devenue si fréquentable que des personnali-

---

1. Le 12 mars 2007 au Centre Garnelles. Conférence intitulée
« Banlieues en crise, réponses d'un maire ».   2. Le 15 juin
2006 au Centre Garnelles. Conférence intitulée « La religion
est-elle soluble dans le politique ? ».   3. Le 30 mars 2006 au
Centre Garnelles. Conférence intitulée « Jean-Paul II et la France
(1978-2005) ».   4. Le 9 mars 2005 au Centre Garnelles. Sa
conférence n'avait pas de titre, mais l'Opus Dei en a souligné les
« phrases chocs qui ont marqué les esprits » : « Éteignez vos télé-
visions et allumez l'Évangile » ; « Chantez la chanson de Jean-
Paul II : *N'ayez pas peur !* » ; « Apprenez à dire beaucoup de petits
"oui" dans les petites choses du quotidien. C'est la seule façon de
répondre au "Grand Oui" que Dieu demande à chacun. »   5. Le
27 octobre 2005 au Centre Garnelles. Conférence intitulée « Le
Saint-Siège a-t-il un pouvoir politique ? ».   6. Le 17 avril 2008
au Centre Garnelles. Conférence intitulée « Chrétiens et musulmans : avons-nous le même Dieu ? ».   7. Le 25 mars 2006
au Centre Garnelles. Conférence intitulée « Petite chronique de
42 années de télévision ».

tés françaises de très haut niveau acceptent d'y donner un cours et donc, quelque part, de cautionner son action. Pour le reste, l'essentiel de ses troupes de haut rang est composé d'aspirants au corps préfectoral, aux affaires ou à la politique. Ceux-là voient dans l'Opus Dei un réseau de contacts à cultiver, même si leur engagement se limite le plus souvent à une fréquentation ponctuelle, comme « coopérateurs » et non comme membres à part entière. Ce qui n'interdit pas à l'Opus Dei d'espérer étendre son influence à travers ces décideurs. Ni à certains décideurs de sauter le pas vers un engagement plus conséquent. Le soupçon demeure toujours puisqu'il est impossible d'obtenir une liste vérifiable des membres de l'Opus Dei. La seule source réellement officielle permettant d'infirmer ou de confirmer les soupçons concernant l'appartenance d'un individu est posthume : il s'agit de la liste que l'Opus publie chaque semestre pour rendre hommage à ses membres décédés. Elle ne comporte à ce jour aucun des noms les plus glorieux associés à l'Œuvre. On y trouve essentiellement des hispanophones dont la notoriété n'a pas franchi les frontières. Pour le reste, il faut donc se contenter des estimations fournies par l'Opus Dei. À l'en croire, ils seraient environ 85 491, dont 57 % de femmes. Auxquels il faut ajouter un réseau de 900 000 personnes prenant part aux réunions ou aux activités de l'Œuvre sans en être membres et peut-être même parfois sans être au courant qu'il s'agit d'activités gérées par l'Opus Dei.

Des intégristes au cœur du monde laïque

Son image élitiste ferait presque oublier qu'il s'agit d'un mouvement autrement plus large, destiné à former des catholiques laïques se sanctifiant par leur travail, et donc tourné vers le prosélytisme *via* la formation professionnelle. Fondé en 1928 par Josemaría Escrivá de Balaguer, l'Opus compte beaucoup plus de membres laïques que de religieux. Selon l'annuaire officiel de l'Opus Dei, sur 85 491 membres de par le monde, on dénombrerait à peine 1 850 prêtres, dont 23 évêques sous la direction de la prélature[1], et 17 évêques appar-

---

1. Antonio Arregui Yarza (archevêque de Guayaquil, Équateur), Juan Luis Cipriani Thorne (archevêque de Lima, Pérou), Alfonso Delgado Evers (archevêque de San Juan de Cuto, Argentine), Alvaro del Portillo y Diez de Sollano (ancien prélat de l'Opus, mort), Antonio Augusto Dias Duarte (évêque auxiliaire de São Sebastião de Rio de Janeiro, Brésil), Javier Echevarría Rodríguez (prélat de l'Opus Dei), Ricardo Garcia (prélat de Yauyos, Pérou), Luis Gleisner Wobbe (évêque auxiliaire de La Serena, Chili), José Horacio Gómez (évêque de San Antonio, Texas), Juan Ignacio González Errázuriz (évêque de San Bernardo, Chili), Julián Herranz Casado (cardinal et président du Conseil pontifical pour l'interprétation des textes et des lois), Philippe Jourdan (administrateur apostolique en Estonie), Klaus Küng (évêque de Sankt Pölten, Autriche), Rogelio Ricardo Livieres Plano (évêque de Ciudad del Este, Paraguay), Rafael Llano Cifuentes (évêque de Nova Friburgo, Brésil), Anthony Muheria (évêque d'Embu, Kenya), Francisco Polti Santillán (évêque de Santo Tomé, Argentine), Jaime Pujol Balcells (archevêque de Tarragone, Espagne), Fernando Sáenz Lacalle (archevêque de San Salvador, Salvador), Juan Antonio Ugarte Pérez (archevêque de Cuzco, Pérou), et 3 évêques honoraires, Francisco de Guruceaga Iturriza (évêque honoraire de La Guaira, Venezuela), Luis Sánchez-Moreno Lira (évêque honoraire d'Arequipa, Pérou), Juan Ignacio Larrea Holguín (évêque honoraire de Guayaquil, Pérou).

tenant à la Société sacerdotale de la Sainte-Croix, non dépendants de la prélature[1]. Le gros des troupes agit au sein de la société civile et a été recruté *via* son réseau éducatif et professionnel, comportant 15 universités, sept hôpitaux (300 000 patients, 1 000 médecins), 11 écoles de commerce, 36 écoles, 97 établissements d'enseignement technique et 170 résidences universitaires.

Les clercs sont donc minoritaires au sein de l'Opus Dei. Pour une raison simple : l'Œuvre n'a pas été pensée pour offrir à l'Église des bataillons de prêtres, mais des soldats agissant dans le siècle. Le fondateur a beaucoup insisté sur le fait qu'il s'agit d'inciter des laïques à mener une vie sainte tout en restant actifs au sein de la société : « L'Œuvre est née pour contribuer à ce que ces chrétiens, insérés dans le tissu de la société civile – par leur famille, leurs amitiés, leur travail pro-

---

1. Isidro Barrio (évêque de Huancavelica, Pérou), Mario Busquets (prélat de la prélature territoriale de Chuquibamba, Pérou), Marco Antonio Cortez Lara (évêque auxiliaire de Tacna, Pérou), Nicholas DiMarzio (évêque de Brooklyn, États-Unis), Robert Finn (évêque auxiliaire de Kansas City, États-Unis), Gilberto Gomez (évêque auxiliaire d'Abancay, Pérou), Francisco Gil Hellin (archevêque de Burgos, Espagne), Gabino Miranda Melgarejo (évêque auxiliaire d'Ayacucho, Pérou), Justo Muller (président de l'Académie ecclésiastique, Rome), John Myers (archevêque de Newark, États-Unis), Isidro Sala (évêque d'Abancay, Pérou), Jacinto Tomás de Carvalho (évêque de Lamego, Portugal), Guillermo Patricio Vera Soto (évêque du territoire de la prélature de Calama, Chili), et quatre évêques honoraires, Enrique Pélach y Feliú (évêque honoraire d'Abancay, Pérou), Alberto Cosme do Amaral (évêque honoraire de Leiria-Fátima, Portugal), William Dermott Molloy, (évêque honoraire de Huancavelica, Pérou), Jesús Humberto Velásquez (évêque honoraire de Celaya, Mexique).

fessionnel, leurs nobles aspirations –, comprennent que leur vie, telle qu'elle est, peut être l'occasion d'une rencontre avec le Christ, c'est-à-dire qu'elle est un chemin de sainteté et d'apostolat[1]. » L'un des symboles de l'Opus Dei, une simple croix dans un cercle, témoigne de cette volonté d'accéder à la sainteté en vivant selon les principes de l'Évangile au milieu du monde. Par le travail, et non par la seule prière. Une minirévolution qui donnera bien du fil à retordre au droit canonique pour trouver un statut adéquat à l'Opus Dei. Car avant la création de l'Œuvre, la seule voie noble pour accéder à la sainteté au sein du catholicisme paraissait devoir être la vie monacale et le retrait du monde ; ou la voie ecclésiastique. Balaguer, lui, propose de suivre le Christ dans sa vie quotidienne au milieu des autres : « La plupart des chrétiens reçoivent de Dieu la mission de sanctifier le monde du dedans, en demeurant au milieu des structures temporelles ; l'Opus Dei s'attache à leur faire découvrir cette mission divine en leur montrant que la vocation humaine – la vocation professionnelle, familiale et sociale – ne s'oppose pas à la vocation surnaturelle ; bien au contraire, elle en est partie intégrante[2]. » En soi, cette troisième voie n'est pas fondamentalement révolutionnaire. Les catholiques libéraux ont, eux aussi, choisi de suivre plutôt l'exemple de Jésus que celui de l'Église. Ainsi que tous ceux ayant entendu l'appel du concile de Vatican II comme une invitation

---

1. *Entretiens avec Mgr Escrivá*, Paris, Le Laurier, 1987, Point 60, « L'Opus Dei : une institution qui encourage la recherche de la sainteté dans le monde ».   2. *Ibid.*

à reprendre son bâton de pèlerin pour agir au sein de la société. La différence, c'est que l'Opus Dei utilise cette ouverture pour mieux diffuser un catholicisme d'avant Vatican II. Chez ses adeptes, le culte de la sainteté débouche sur une surenchère dans l'abnégation, la dévotion et la recherche de la douleur. D'où l'importance des mortifications et la tendance à accepter un endoctrinement potentiellement abusif et liberticide. Au sein de l'Œuvre, bien que majoritaires, les laïques restent dominés par les clercs. Balaguer le rappelle dans son petit guide à l'intention des fidèles, *Chemin* : « Les laïques ne peuvent être que disciples. » Et pour certains même, nous le verrons, des semi-esclaves.

Selon un vocabulaire typiquement opusien, l'Œuvre se compose à 70 % de « surnuméraires », soit des hommes ou des femmes mariés « pour lesquels la sanctification des devoirs familiaux constitue une partie primordiale de leur vie chrétienne ». Auxquels il faut ajouter les « agrégés », soit des « hommes et femmes qui s'engagent à vivre le célibat, pour des motifs apostoliques » et qui « vivent avec leur famille, ou à l'endroit qui leur convient le mieux pour des raisons professionnelles ». Viennent ensuite les « numéraires ». Ceux-là sont célibataires et « vivent dans des centres de l'Opus Dei » où ils « s'occupent des activités apostoliques et de formation des autres membres de la prélature ». Ils sont secondés par des « numéraires auxiliaires », des femmes « qui se consacrent principalement aux travaux domestiques dans les sièges des centres de la prélature ». Ces femmes auxiliaires dévouent leur vie aux tâches ménagères et doivent s'occuper des résidences de l'Œuvre en toute discrétion, sans même dire bonjour et si possible sans être vues des autres membres. Elles sont les plus exposées au risque d'être exploitées et coupées de leur famille. Comme l'explique l'association américaine ODAN (Opus Del Awareness Network), fondée par des anciens de l'Opus Dei : « Ces femmes sont recrutées parmi les couches les plus pauvres de la société pour s'occuper de la cuisine, de l'entretien et du blanchissage des centres. On les convainc qu'il s'agit d'une vocation venant directement de Dieu et qu'elles doivent abandonner l'idée de se marier et d'avoir des enfants pour pouvoir répondre aux besoins de l'œuvre. Elles doivent travailler durant de très longues heures et produire un travail considérable. » D'où les témoignages d'anciennes adeptes exploitées ayant accentué la réputation sectaire de l'Opus. Un procès que l'Opus Dei évacue un peu facilement en expliquant que ses membres n'agissent pas en tant que dépositaires du groupe… Autrement dit, l'organisation ne se sent pas concernée par les actes de ses membres lorsqu'ils gênent. Cette défense tient d'autant moins la route que les opusiens sont guidés dans les plus petits instants de leur vie quotidienne par un directeur de conscience. Mais elle présente l'immense avantage d'esquiver les critiques.

L'école Dosnon

Le cadre est enchanteur. Une vieille bâtisse disposant d'un parc verdoyant et d'une salle de restaurant où les jeunes femmes peuvent s'exercer à servir à table.

L'ambiance est typique de l'idéal opusien : des jeunes femmes soignées et serviables dans un cadre propre et aseptisé.

Elles s'appellent Claire, Marie, Morgane, Mathilde ou Carmen. Elles viennent d'Europe ou d'Amérique latine. Et posent en uniforme blanc et vert, l'air grave, sur les marches de la bâtisse. On les voit servir à table ou montrer fièrement leurs plats. Nous sommes à l'école hôtelière Dosnon, rue de l'Église à Couvrelles, en Picardie. Non pas dans leurs locaux mais sur leur site Internet. Car depuis que des journalistes ont révélé les liens existant entre cette école hôtelière et l'Opus Dei, ils ne sont plus les bienvenus. Le porte-parole de l'Œuvre dit avoir tenté de convaincre les dirigeants de l'école de nous rencontrer, mais ils préfèrent rester discrets. Non pas qu'ils aient honte de leurs convictions (la directrice indique le site de l'Opus Dei parmi les « sites [qu'elle] aime » sur son blog) mais ils gardent visiblement un mauvais souvenir des derniers reportages qui leur ont été consacrés. Pour nous familiariser avec l'école, nous devrons donc parcourir de long en large son site, où plusieurs de ses élèves n'hésitent pas à dire leur enthousiasme et nous racontent aussi un peu leur parcours. Le plus souvent, il s'agit de jeunes femmes en difficulté dans leurs études. La plupart ont redoublé leur troisième et leurs familles ont cherché pour elles un BEP ou un CAP. L'école est privée et forme exclusivement des jeunes filles, pensionnaires ou demi-pensionnaires. En deux ans, elles obtiendront un CAP services hôteliers et un BEP des métiers de la restauration et de l'hôtellerie. Ce qui permet à l'école

de bénéficier des subsides liés à la taxe professionnelle, en plus des frais de scolarité des élèves (3 100
euros l'année si elles sont pensionnaires). Mathilde, par
exemple, est entrée à Dosnon « après une année de troisième difficile » : « Je devais redoubler et mon avenir
scolaire m'apparaissait plus qu'incertain. C'est en voulant m'occuper l'été que mes parents m'ont envoyée
faire un stage à l'école Dosnon. » Elle se dit ravie de
son expérience : « Mes années à Dosnon m'ont permis
de reprendre goût aux études, d'avoir confiance en
l'avenir grâce à un travail concret dans lequel je voulais
donner le meilleur de moi-même. Nous étions de plus
très soudées entre les élèves, ce qui nous a beaucoup
aidées dans les moments difficiles dus à l'éloignement
de la famille et à la fatigue du travail. » Mathilde insiste
sur l'importance de sa relation avec sa tutrice, très
importante dans le coaching opusien : « La confiance
que l'on m'a faite m'a toujours portée à croire que je
pouvais aller plus loin que mes attentes. »

Officiellement, cette école privée technique d'hôtellerie n'appartient pas à l'Opus Dei, mais elle a été fondée par des opusiens, elle est dirigée par des opusiens
et son aumônerie est officiellement tenue par l'Opus
Dei : « Les élèves qui le désirent peuvent recevoir
une formation chrétienne confiée à l'Opus Dei, institution de l'Église catholique fondée par Josemaría
Escrivá », précise son site Internet[1]. En principe aussi,
l'encadrement spirituel est optionnel. Dans les faits, on
ne voit pas bien comment une élève pourrait refuser de

---

1. Site de l'école Dosnon.

s'y intéresser tant l'esprit de l'Opus Dei imprègne « la formation humaine et professionnelle » que l'école souhaite dispenser. On peut se demander en quoi l'encadrement spirituel des élèves est nécessaire pour apprendre à servir dans un restaurant ou un hôtel ? Peut-être parce que le but est moins de former des jeunes aux métiers hôteliers que de former des jeunes voulant travailler dans la restauration à devenir de bons catholiques. Ce qui n'empêche pas de former de bons travailleurs, puisque le catholicisme de l'Opus Dei consiste à prôner la sanctification par le travail. Voilà sans doute l'une des caractéristiques des centres professionnels sous l'influence de l'Opus, dont la capacité à encadrer et donc à former des jeunes femmes travailleuses et rigoureuses n'est plus à démontrer. L'envers de la médaille, c'est qu'à force de considérer le travail comme une mission au service de Dieu, l'institut et ses partenaires font difficilement la différence entre sacerdoce et exploitation domestique, surtout lorsqu'il s'agit des femmes.

En février 2007, suite à la plainte d'une ancienne élève, le juge d'instruction Dominique de Talancé a mis en examen les dirigeants de l'école ainsi que ceux de l'ACUT (Association culturelle universitaire et technique) qui l'encadre pour « recours systématique au travail dissimulé des élèves mineures de l'école de Dosnon en se soustrayant aux obligations légales du Code du travail » et « conditions de travail contraires à la dignité humaine ». Entrée au service de l'association à l'âge de quinze ans, la jeune femme y a servi pendant treize ans au prix d'un demi-SMIC. Dans le *Courrier picard*, la directrice de l'école hôtelière, Claire de

Segonzac, se défend mollement : « Nous collaborons dans un climat de confiance. Son salaire n'était pas énorme, elle a été payée en liquide et nous n'avons pas fait de reçu. C'est une erreur dont nous avons tiré les enseignements. Nous avons été obligés par l'inspection du travail à lui payer 46 000 francs [de l'époque][1]. » Quant au fait que la jeune femme ne pesait plus que quarante kilos, la directrice croit tenir une explication : « Les jeunes filles veulent rester minces et nous ne pouvons les en empêcher[2]. » L'affaire embarrasse suffisamment l'Opus Dei pour qu'il cherche à minimiser. Dans un communiqué de presse, Arnaud Gency explique que « l'école dont il est question, l'école Dosnon, n'appartient pas à l'Opus Dei. À la demande de la direction de l'école, un partenariat avec l'Opus Dei a été établi, qui se limite à une assistance pastorale et à la nomination d'un aumônier. Les fidèles de l'Opus Dei sont pleinement autonomes et responsables, tant dans leur activité professionnelle ou familiale que lorsqu'ils prennent des initiatives éducatives ou sociales, comme la création et la gestion d'une école professionnelle ». Plus loin, il précise que « la seule finalité de l'Opus Dei est d'offrir une formation chrétienne qui aide chacun à rechercher l'identification à Jésus-Christ au milieu des événements ordinaires de la vie de tous les jours. Il le fait dans le respect de la liberté et de la dignité des personnes qui s'adressent à lui, et dans le respect des lois civiles ».

On serait tenté de croire à cette version faisant de l'Opus Dei un simple « prestataire de services » de Dosnon, mais ce serait nier l'importance des liens entre

---

1. *Courrier picard*, 11 avril 2007.   2. *Ibid.*

l'institut et cette école. En septembre 2004, lorsque des journalistes de Canal+ ont souhaité interroger le directeur de communication de l'Opus, ce dernier leur a fait savoir qu'il n'avait pas apprécié l'attitude des journalistes à Dosnon. « En mars 2003, […] vous aviez enregistré mes réponses en caméra cachée à mon insu. Votre équipe avait utilisé ce même procédé pour filmer des personnes, dont des mineures, à l'école Dosnon[1]. » Si Dosnon n'a aucun lien avec l'Opus autre que l'aumônerie, pourquoi son directeur de communication prend-il sa défense[2] ? Et qui peut croire qu'une école fondée par une association de l'Opus, encadrée spirituellement par elle, n'est pas sous son influence pour former « humainement et professionnellement » des jeunes ?

L'école Dosnon a été imaginée par l'Opus Dei en 1970, *via* l'ACUT, qui lui sert à s'implanter dans le milieu de la formation professionnelle et technique depuis le milieu des années 1950 en France. Fondée par un prêtre et trois étudiants opusiens, l'association a déposé ses statuts à la préfecture le 28 février 1956. Parmi ses objectifs affichés, il s'agit de « favoriser le séjour et les études en France des étudiants originaires des pays de langue française et des pays latins, favoriser leur formation culturelle, organiser toutes activités culturelles, scientifiques, sportives ou autres, destinées aux jeunes de tous âges et de toutes conditions ». L'intitulé est vague. Dans un premier temps, l'ACUT s'est surtout chargée d'acheter les futures résidences de l'Œuvre où

---

1. Bénédicte et Patrice Des Mazery, *L'Opus Dei : enquête sur une Église au cœur de l'Église*, Paris, J'ai lu, 2005, p. 284.
2. Nous avons tenté de joindre l'école Dosnon, en vain.

pourront loger des étudiants étrangers, notamment sud-américains, lors de leurs études en France. À Strasbourg, par exemple, sept jeunes sont logés dans une résidence confortable et ultramoderne tenue par l'Opus. Ils ne sont pas tous catholiques ni forcément numéraires, mais tous apprécient ces conditions d'études idéales et ne cachent pas leur mépris pour un livre comme le *Da Vinci Code* lorsqu'une équipe de LCI vient les interroger. L'Œuvre sait rendre des services qui valent gratitude et reconnaissance, voire donnent envie d'en faire partie. Comme dans presque tous les pays, elle espère attirer à elle des étudiants en quête d'ascension sociale ou simplement d'une formation à la fois professionnelle et catholique. L'enseignement public étant gratuit et ouvert à tous, elle ne peut concurrencer les lycées et les universités généralistes. Elle se tourne donc vers la formation aux métiers techniques, une filière qui attire les jeunes désireux de travailler au plus vite. Ce chantier fait partie des missions prioritaires de l'ACUT, qui accomplit son œuvre grâce au soutien financier d'héritiers et de rentiers issus du monde libéral et catholique, tels que Catherine Bardinet (héritière des rhums Négrita-Bardinet) ou le comte Jacques d'Armand de Châteauvieux (héritier des Sucreries et rhumeries de Bourbon implantées à l'île de la Réunion). L'association s'est aussi dotée d'un comité de parrainage prestigieux, où figurent notamment des gaullistes historiques comme la maréchale Thérèse Leclerc de Hautecloque, ou encore feu Maurice Schumann (alors futur ministre des Affaires étrangères), Paul Baudoin (ex-ministre des Affaires étrangères de Vichy), René Capitant (juriste et ancien ministre), Jean Foyer (alors futur garde des Sceaux), Georges Vedel (futur membre du Conseil constitutionnel). On ne peut pas déduire que toutes ces personnalités soient membres de l'Opus (plusieurs sont décédées et les autres n'ont pas souhaité répondre à nos courriers[1]), mais toutes ont contribué au prestige de l'Opus Dei et ont cautionné son recrutement *via* l'école Dosnon, poursuivie par l'Inspection du travail pour avoir exploité plusieurs jeunes filles sous prétexte de les faire travailler pour Dieu. Avec la bénédiction de l'Église, dont l'Opus Dei peut se prévaloir pour recruter.

Une secte dans l'Église

L'une des erreurs récurrentes des détracteurs de l'Opus Dei consiste à vouloir présenter l'institut comme une secte agissant hors de l'Église. Comme s'il enrôlait en vue de se remplir les poches ou de manipuler des gouvernements pour son propre compte. Une vision simplificatrice que les chargés de communication de l'Opus Dei n'ont aucun mal à démonter, d'autant que l'Œuvre a considérablement revu ses méthodes de communication ces dernières années. Dans un article paru dans *Le Monde diplomatique*, Jérôme Anciberro raconte ce passage de « la légende noire à la normalisation médiatique[2] ». Avant même la nécessaire riposte au *Da Vinci Code*, l'Opus Dei s'est mis à réorienter et

---

1. Georges Vedel est décédé en 2002. Aucune nécrologie n'est alors publiée par l'Opus Dei, ce qui semble signifier qu'il n'en était pas membre.   2. Jérôme Anciberro, « Opus Dei : de la légende noire à la normalisation médiatique », *Le Monde diplomatique*, n° 648, mars 2008.

professionnaliser sa communication dès 1992, entre la béatification et la canonisation de son fondateur. Depuis 2006, en collaboration avec l'Association internationale des journalistes accrédités au Vatican, il est même en charge d'un cours annuel destiné aux correspondants étrangers venant couvrir l'actualité religieuse à Rome. Un moyen de rappeler aux observateurs qui en douteraient encore que l'Opus est bien partie prenante de l'Église. Le soutien officiel de la hiérarchie catholique fait d'ailleurs partie des principaux arguments invoqués par les opusiens pour rejeter le soupçon d'être une secte. Y compris face aux critiques formulées par des familles catholiques ayant vu l'Opus Dei les couper de leurs enfants. Si certains prêtres conseillent discrètement aux parents de sortir leurs filles au plus tôt de l'Œuvre, d'autres ont plutôt tendance à répondre que « l'Opus Dei n'est pas une secte mais un institut très officiellement reconnu par l'Église[1] ». Ce qui laisse le champ libre à l'Opus Dei pour répondre à toute critique en expliquant qu'« il n'y a aucune définition ou théorie, universitaire ou populaire, qui permette d'appliquer les termes péjoratifs "secte" ou "culte" à l'Opus Dei[2] ». Une version angélique régulièrement écornée. Plusieurs anciens membres témoignent d'un contrôle social de type sectaire. Mieux, la définition d'une secte donnée par l'Église peut s'appliquer à l'Opus Dei.

---

1. C'est notamment la réponse faite par le chanoine Henri Minnaert, ancien doyen du VIIe arrondissement, le 1er mai 1985 à des parents, M. et Mme Dupont, qui s'inquiétaient de voir leur fille couper les ponts suite à son entrée dans l'Opus Dei. Cité par B. et P. Des Mazery, *op. cit.*, p. 55.   2. Site de l'Opus Dei.

Le 7 mai 1986, le Saint-Siège a publié une note intitulée « Le phénomène sectaire ou nouveaux mouvements religieux : défi pastoral ». Il s'agissait surtout de
fournir un mode d'emploi pour résister à l'avancée des
mouvements évangéliques protestants, mais l'ODAN
estime que les critères établis par le Saint-Siège pour
définir une secte correspondent point par point à
l'Opus Dei. C'est ce que cette association écrit dans un
Guide sur l'Opus Dei à l'usage des parents publié aux
États-Unis en 1991 : l'Opus Dei « possède les caractéristiques distinctives d'une secte : autoritaire dans sa
structure, utilisant un certain contrôle mental et entre-
tenant une contrainte collective en inspirant des sentiments de culpabilité et de peur[1] ». À plusieurs reprises,
des parlementaires ont d'ailleurs classé l'Opus parmi
les sectes, comme en Belgique en 1997. Le travail d'enquête le plus abouti, celui ayant démontré son orientation sectaire, est souvent venu de catholiques libéraux,
comme Catholics for a Free Choice, Golias[2], ou alors
de jésuites[3]. Ces courants critiques ont vu leurs relations se rafraîchir avec le Vatican tandis qu'elles ne
cessent de se réchauffer entre l'Église et l'Opus Dei.
Ce contraste va bien au-delà de l'anecdote. Il trahit
un véritable tournant réactionnaire. Car Rome a non
seulement choisi de s'appuyer sur l'Opus par commu-

---

1. J. J. M. Garvey, *Parent's Guide to Opus Dei*, New York,
Sicut Dixit Press, 1991.   2. Golias a publié plusieurs ouvrages
et numéros spéciaux sur la question.   3. En 1995, James Martin
publie notamment une longue enquête décrivant l'Opus comme une
secte : « une organisation puissante, voire dangereuse, semblable à
une secte et utilisant le secret et la manipulation pour percer » (S. J.,
America Magazine, 25 février 1995).

nauté de vues et de valeurs, mais l'Église va jusqu'à
défendre l'Œuvre contre le moindre chrétien inquiet de
ses méthodes.

Pour avoir mis en garde contre cet institut dès 1981,
le père Longchamp, jésuite, n'a plus droit au chapitre
depuis plus de vingt ans. La revue qu'il dirigeait à
l'époque, *Choisir*, a publié un dossier intitulé « L'Opus
Dei : une Église dans l'Église ? ». Sérieux et étayé, il
répondait sévèrement à cette question. Il s'inquiétait
notamment de voir des jeunes adolescents formés par
l'Opus « devenir de plus en plus intolérants et étroits
d'esprit ». Pierre Emonet, qui a enquêté et rédigé
l'article, dit avoir « découvert un goût du secret, un
contrôle très strict de la part des supérieurs, le goût
du pouvoir et une certaine collusion avec le monde de
l'argent[1] ». Il était loin d'imaginer combien la collusion
était surtout forte entre l'Opus Dei et le Saint-Siège.
Le directeur de la revue est immédiatement rappelé à
l'ordre. Un messager du Vatican, arrivé par avion spécialement pour le rencontrer, est venu lui apporter une
lettre signée du cardinal Casaroli. Dans cette lettre, il lui
est demandé de ne « pas blesser la charité de l'Église »
et de ne plus diffuser aucune information sur l'Opus
Dei, fût-elle exacte. Cette mesure n'a jamais été abo-
lie par le Saint-Siège malgré les demandes répétées du
père Longchamp et la mobilisation de certains fidèles
plaidant sa cause. En 2002, il a demandé une audience
à Rome pour faire le point : « On n'a pas daigné me
recevoir mais, en revanche, j'ai eu pour consigne de

---

1. Selon les propos de Pierre Emonet recueillis par B. et P. Des
Mazery, *op. cit.*, p. 59.

ne rien écrire contre la canonisation du fondateur de l'Opus Dei, Escrivá de Balaguer[1] ! »

Au cœur de l'Église

Benoît XVI pourra difficilement égaler Jean-Paul II en termes de soutien et de confiance accordés à l'Opus Dei. Lui-même a été l'un des acteurs de cette proximité en tant que préfet de la Congrégation pour la doctrine de la foi, où il travaillait avec plusieurs collaborateurs de l'Œuvre choisis par ses soins, notamment Mgr Fernando Ocáriz (numéro 2 de l'Opus Dei), Mgr Ángel Rodriguez Luno et Mgr Antonio Miralles. Le plus connu d'entre eux, Joaquín Navarro-Valls, fut le porte-parole de Jean-Paul II pendant vingt-deux ans. Médecin psychiatre, il travaillait comme journaliste et correspondant en Italie pour le quotidien madrilène *ABC*[2] lorsque le pape l'a contacté, en 1984, pour lui proposer de réformer de fond en comble la communication du Vatican. Les traditionalistes ont difficilement compris que l'on confie ce poste à un laïque, devenu le « laïque le plus puissant du Vatican ». Sa présence à ce poste, auprès du pape le plus médiatisé de l'histoire catholique, symbolisait pour beaucoup l'influence de l'Opus Dei. Selon le *Figaro*, « nombreux parmi les responsables de l'Église s'interrogeront sur l'influence dont l'Opus

---

1. *Ibid.*, p. 61.   2. Créé en 1903, *ABC*, diffusé à 270 000 exemplaires, est conservateur et monarchiste. C'est le troisième quotidien du pays après *El País* et *Marca*. Il est la propriété du groupe basque Correo.

Dei, au travers de Navarro-Valls, disposait sur le souverain pontife. Élégant, raffiné, le porte-parole du Vatican menait la salle de presse d'une main de fer, n'hésitant pas à sanctionner, voire à exclure, les journalistes qui lui déplaisaient. Au point qu'on a pu parfois l'accuser de déformer les messages pontificaux suivant ses vues conservatrices[1] ».

La relève, difficile, sera assurée par le père Lombardi. Âgé de soixante-trois ans, ce jésuite est entré dans les ordres en Italie avant de partir étudier en Allemagne, ce qui le rapproche du nouveau souverain pontife. Il s'est fait connaître pour ses talents de communication à la direction des programmes de Radio Vatican, puis de la télévision vaticane en 2001. Or, Radio Vatican fait partie des médias dans le collimateur de l'Opus Dei à cause de ses critiques. Faut-il voir dans cette nomination un symbole, celui du déclin de l'influence de l'Opus Dei sur le Saint-Siège ? Cela paraît difficile tant l'Opus a su se rendre incontournable au fil des années. L'actuel pape connaît l'Œuvre depuis longtemps, au moins depuis 1978. En tant que préfet de la Congrégation pour la doctrine de la foi, il a certainement eu à cœur de limiter le pouvoir de cette Église au cœur de l'Église, mais pas de s'en priver. En 1983, devant d'anciens élèves de Munich, il aurait expliqué avoir beaucoup milité pour que l'Opus Dei ne soit pas un diocèse personnel, mais une simple prélature personnelle du pape[2]. On murmure également que la « vacuité idéologique et le caractère

---

1. « Le Vatican change de voix », non signé, http://www.lefigaro. fr/international/2006/07/11/01003-20060711.   2. Anecdote rapportée par Christian Terras, *Opus Dei*, Villeurbanne, Golias, 2006, p. 218-219.

ennuyeux » de l'Œuvre lui taperaient sur les nerfs. Ce ne
sont que des murmures. Joaquín Navarro-Valls n'a pas
été démissionné. Il songeait à prendre sa retraite depuis
longtemps, et la mort de Jean-Paul II est venue logiquement incarner ce moment à ses yeux. Ce spécialiste de
la communication a moins d'atomes crochus avec le
nouveau pape, d'un naturel peu télégénique. Autrement
dit, Benoît XVI n'a pas voulu son départ. Il aurait aimé
garder auprès de lui cet homme incontestablement doué,
dont le talent garantissait une certaine continuité. Le
choix de son successeur n'est certes pas anodin. Il est
possible que l'Œuvre agace parfois cet amoureux d'une
théologie autrement plus évoluée, qu'il se soit inquiété
de son pouvoir. Dans ce cas, la nomination d'un jésuite,
qui plus est, responsable de Radio Vatican, peut être
interprétée comme le signe d'un rééquilibrage. Mais si
ce rééquilibrage est devenu nécessaire, c'est parce que
l'Opus Dei a obtenu un nombre impressionnant de postes
clés sous Jean-Paul II. Outre Navarro-Valls, Gio María
Poles, opusien laïque, dirigeait le ministère du Travail :
le service du personnel du Vatican. Les opusiens ont également longtemps été représentés par Mgr Herranz à la
tête du Conseil pontifical pour l'interprétation des textes
législatifs, l'un des onze conseils pontificaux, chargé
d'expliquer le droit canon. En février 2007, ayant atteint
la limite d'âge, il a été remplacé par quelqu'un qui n'était
pas membre de l'Opus. Pour veiller au maintien d'une certaine ligne, Benoît XVI a néanmoins nommé Mgr Juan
Ignacio Arrieta Orchoa de Chinchetru, un autre membre
de l'Opus Dei, au poste de numéro 3 du Conseil.

Le nouveau pape a donc souhaité maintenir l'équilibre, mais il n'a pas pour autant pris ses distances avec

l'Opus Dei. De nombreux opusiens ou leurs alliés restent actifs au Vatican. Le secrétaire particulier du pape, Georg Gänswein[1], a enseigné le droit canon pendant cinq ans à l'Université romaine de la Sainte-Croix, l'une des universités de l'Opus Dei. Un poste qu'il a abandonné pour travailler sous les ordres de Joseph Ratzinger, alors évêque de Ratisbonne, puis de Munich, avant de suivre le futur pape à Rome lorsque celui-ci a été nommé préfet de la Congrégation pour la doctrine de la foi. Il n'est vraisemblablement pas membre de l'Opus Dei (très peu se reconnaissent dans ce titre), mais il en est très proche, a suivi leur formation et partage leur corpus théologique et idéologique.

---

1. Sportif, jeune, la mèche soignée, ce Bavarois incarne ce que le Saint-Siège peut offrir de plus lisse et de plus esthétique. La jet-set l'adore. Il a inspiré Donatella Versace dans sa dernière collection : « J'ai trouvé l'austérité du père Georg très élégante. » Tellement élégant qu'il fait régulièrement la couverture des magazines people, comme celle de *Chi*, le *Gala* italien, où on le voit en bras de chemise jouant au tennis. Dans d'autres magazines, on le découvre en train de faire du ski ou de conduire un avion. Mais le secrétaire particulier du pape n'a rien d'un jeune premier désireux d'incarner une certaine modernisation au sein de l'Église catholique. Fidèle parmi les fidèles de Benoît XVI, il fait partie du staff rapproché, de cinq personnes. Lui et quatre religieuses. Son aura moderne ne lui sert pas à tempérer Benoît XVI, mais à donner un peu de reluisant à une politique qui défend la supériorité du catholicisme sur les autres religions, l'islam en tête. Dans une interview parue dans *Süddeutsche Zeitung* le 27 juillet 2007, il explique que le discours du pape à Ratisbonne questionnant le rapport de l'islam et de la raison était « prophétique ». Et de poursuivre : « Il ne faut pas minimiser les tentatives d'islamisation de l'Occident [...]. Et le danger qui en découle pour l'identité de l'Europe ne doit pas être ignoré sous prétexte d'une prévenance faussement compréhensive. Le catholicisme le voit bien et le dit clairement. »

En tout, sept prêtres opusiens administrent ou président des commissions et des congrégations clés, telles que l'Accademia Ecclesiastica (chargée de former les diplomates du Saint-Siège), l'Académie pontificale pour la vie (qui œuvre tout particulièrement contre le droit à l'avortement au nom du Saint-Siège), le Conseil pontifical pour l'interprétation des textes de loi, la Congrégation du clergé, celle des évêques, ou encore le Conseil pontifical pour la famille. Sept autres ont des postes de moindre importance au sein de commissions telles que la Congrégation pour l'évangélisation des peuples, la Congrégation pour la cause des saints ou le Conseil pontifical pour la laïcité[1]. Selon John Allen, un spécialiste du catholicisme à qui l'Opus Dei a ouvert certaines de ses archives, il existerait ainsi 500 postes d'importance au Vatican dont 3,6 % occupés par l'Œuvre. Un chiffre peu impressionnant à ses yeux : « Comparé aux Jésuites, aux Dominicains, ou même aux Franciscains, c'est ridi-

---

1. Archevêque Justo Mullor (président de l'Accademia Ecclesiastica), Mgr Nguyen Van Phuong (*capo ufficio* de la Congrégation pour l'évangélisation des peuples), Mgr Jacques Suaudeau (administrateur de l'Académie pontificale pour la vie), père Francisco Vinaixa Monsonis (administrateur du Conseil pontifical pour l'interprétation des textes de loi), Mgr Celso Morga Iruzubieta (*capo ufficio* de la Congrégation du clergé), père Andrew Baker (Congrégation des évêques), père Gregory Gaston (notable du Conseil pontifical pour la famille). Mgr Francesco di Muzio (administrateur de la Congrégation pour l'évangélisation des peuples), Mgr José Luis Gutiérrez Gomez (*relatore* de la Congrégation pour la cause des saints), Mgr Delgado (*capo ufficio* du Conseil pontifical pour la laïcité), Mgr Stefano Migliorelli (secrétaire aux Affaires de l'Église), Mgr Oscaldo Neves (diplomatie), père Mauro Longhi (Service des affaires diocésaines), Mgr Ignacio Carrasco de Paula (chancelier de l'Académie pontificale pour la vie).

cule[1]… » Sauf que les ordres classiques cités sont autrement plus anciens et exclusivement voués à fournir les rangs du clergé ; tandis que cette branche cléricale n'est qu'une part émergée de l'Opus Dei, dont la vocation principale est de former des laïques. On ne compte que 1 850 prêtres opusiens sur 405 000 prêtres, soit 0,4 %. Si l'on tient compte de ce chiffre, et si l'on compare le nombre des postes clés occupés par des opusiens au poids réel de leur Œuvre au sein du clergé, on peut estimer que l'Opus Dei est bien surreprésenté au regard d'un ordre comme celui des Jésuites. Cette reconnaissance institutionnelle illustre l'ascension en cours de l'institut, bien qu'il soit plus jeune que la Compagnie de Jésus et qu'il forme bien moins de prêtres ou d'évêques. Serait-ce parce que ses valeurs et la rigidité de sa formation correspondent parfaitement à la ligne voulue par le Saint-Siège ?

En tant que gardien du trône de Pierre, Benoît XVI a visiblement à cœur de poursuivre la digestion de l'Opus par l'Église en vue de continuer à l'utiliser comme bras armé dans la lutte contre le « laïcisme », la théologie de la libération, l'évangélisme protestant et le relativisme. Echevarría, prélat de l'Opus Dei, laisse d'ailleurs volontiers entendre que les liens sont encore plus étroits que sous Jean-Paul II, ce qui paraît difficile, mais les signes amicaux sont là. Benoît XVI a accepté de devenir docteur *honoris causa* de l'une des universités phares de l'Opus Dei, à Pampelune. Enfin, à l'été 2005, il a volontiers participé à l'érection d'une statue de cinq mètres de haut à la gloire de Josemaría Escrivá à l'extérieur

---

1. Cité par J. Anciberro, art. cit.

de la basilique Saint-Pierre à Rome. Une décision prise par Jean-Paul II juste avant sa mort, mais confirmée par Benoît XVI et qui fait entrer le fondateur de l'Opus Dei parmi les cent cinquante saints gravés dans la pierre de ce haut lieu de l'Église catholique.

Josemaría Escrivá de Balaguer

Son nom aurait pu lui porter malheur. En espagnol, *Escrivá* s'écrit parfois *Escriba*, soit le mot « scribe », associé de façon si péjorative aux pharisiens dans les Évangiles. Quant à « de Balaguer », les adversaires de l'Opus Dei relèvent qu'il s'agit d'un ajout tardif, destiné à anoblir le nom du fondateur, alors qu'il n'évoque rien d'autre que la terre catalane dont est originaire une branche de ses ancêtres. Josemaría vient néanmoins d'une bonne famille. Il est né le 9 janvier 1902 à Barbastro, en Aragon. Ses parents sont de fervents catholiques. Sa mère, Dolores, vient d'une famille catalane très pieuse et plusieurs de ses frères sont prêtres. Riche commerçant et militant catholique, son père fréquente des journaux comme *Le Croisé aragonais* et le Centre catholique de Barbastro, dont le but est surtout de « promouvoir la défense et la mise en place de l'ordre social et de la civilisation chrétienne selon les enseignements de l'Église[1] ». En ce début de siècle, l'Espagne traverse

---

1. Andrés Vázquez de Prada, *Le Fondateur de l'Opus Dei : vie de Josemaría Escrivá*, vol. I, Paris, Le Laurier-Wilson & Lafleur, Montréal, octobre 2001, p. 49.

une intense époque de revendications sociales. Dans cette petite ville qui a connu l'invasion mauresque puis les Croisades, sa famille fait partie de cercles où l'on vit surtout dans l'angoisse de voir l'Église défigurée par « la barbarie marxiste[1] », selon l'expression du biographe officiel du fondateur de l'Opus Dei.

Andrés Vázquez de Prada, écrivain, diplomate et ami personnel de Josemaría Escrivá, a consacré trois énormes volumes de plus de 600 pages à la « vie du fondateur de l'Opus Dei ». Aucun détail, pas même le plus rébarbatif et le plus insignifiant, n'est épargné au lecteur. Comme si la moindre des pensées d'Escrivá, même mal formulée et répétitive, devait être consignée. Malgré l'immense effort de l'auteur, on ne trouve pourtant guère trace de charisme ou d'une pensée exceptionnelle. Plutôt l'obsession masochiste d'un bourgeois élevé dans une famille très pratiquante, marquée par un revers de fortune, n'ayant pas la vocation pour être clerc et cherchant à former un ordre permettant d'assouvir son goût pour l'architecture et la mortification. L'un des côtés sombres de la foi d'Escrivá vient probablement de la série de drames que traverse sa famille lorsqu'il est encore jeune. Il voit mourir l'une après l'autre trois de ses sœurs. Second de cette famille de six enfants, il est alors persuadé que son tour approche, que Dieu cherche à l'éprouver personnellement et qu'il ne pourra trouver le salut que dans la douleur : « J'ai toujours fait beaucoup souffrir mon entourage. Non que j'aie provoqué des catastrophes ; mais le Seigneur, pour me frap-

---

1. A. Vázquez de Prada, *op. cit.*, p. 15.

per, moi, qui étais le clou – pardon, Seigneur –, frappait une fois sur le clou et cent fois sur le fer[1]. » Un jour, à la première poussée de fièvre, ses parents eux-mêmes croient perdre leur fils. La légende veut que Josemaría ait miraculeusement guéri après que sa mère eut promis d'effectuer un pèlerinage à l'ermitage de Torreciudad, en hommage à la Sainte Vierge. Ce que le jeune couple fera à dos de mule. Josemaría est convaincu de devoir cette sortie de fièvre à un miracle de la Vierge Marie : « Notre-Dame, ma mère, tu m'as donné la grâce de la vocation ; tu m'as sauvé la vie quand j'étais enfant[2] ! » Il passe une partie de son enfance à se demander ce que « Jésus attend de lui ». Une question qui le hante tout au long de sa scolarité, plutôt studieuse et brillante. Josemaría n'a jamais connu autre chose que des écoles religieuses, notamment maristes. Même lorsque son père fait faillite, trompé par un associé, la famille ne pourra se résoudre à l'envoyer à l'école publique de la nouvelle ville, Logroño, où ils sont contraints de déménager. Ses parents, comme leur fils, vivent très douloureusement leur déclassement. Ce changement de situation jouera un rôle important dans le rapport ambigu qu'entretiendra toute sa vie Escrivá avec l'argent, qu'il recherchait avec avidité pour étendre son œuvre. Jeune, il n'est pas sûr de sa vocation : « La simple pensée de devenir éventuellement prêtre plus tard me gênait[3]. » Il se dit même « anticlérical », pas au sens d'être attaché à la laïcité, bien sûr, mais au sens où il préfère servir

---

1. *Ibid.*, p. 59.   2. *Ibid.*, p. 30.   3. Cité par Alvaro del Portillo, Sum. 104 *in* A. Vásquez de Prada, *op. cit.*, vol I.

le religieux en tant que laïque. Il hésite à intégrer une
école d'architecture, mais atterrit tout de même au séminaire, où il vit très douloureusement les railleries de ses
camarades – qui le traitent de « fils à papa » pour se
moquer de son tempérament maniaque, pointilleux et
parfois colérique. Son recteur le décrit comme un séminariste pieux, moyennement discipliné et appliqué, de
caractère « inconstant et hautain, mais bien élevé et
poli[1] ». Des traits de caractère qui, à défaut d'en faire
un bon camarade, en font un bon chaperon. À la rentrée
de 1922, sur recommandation du cardinal Soldevilla, il
est nommé inspecteur au séminaire et tonsuré. Il bénéficie alors d'un statut assez exceptionnel pour son jeune
âge : celui d'un clerc et d'un supérieur, à la fois étudiant et directeur. Autant dire qu'il tâtonne pour trouver
sa place et imposer son autorité. Ce sont néanmoins ses
premières passes d'armes en tant que leader. Il obtient
de très bons résultats à ses examens et souhaite commencer des études supérieures civiles de droit en plus de ses
études ecclésiastiques. À l'université de Saragosse, où
il rencontre ses premiers vrais mentors, le séminariste
choisit d'étudier le « droit naturel », les « institutions
du droit romain » et le « droit canonique ».

L'année suivante, sa situation familiale connaît une
nouvelle épreuve. Son père est foudroyé par une crise
cardiaque. Son jeune fils décide de prendre les choses
en main. Toute la famille doit déménager pour le suivre
à Saragosse, où il loue un appartement et tente de sub-
venir aux besoins de sa mère, de ses frères et sœurs. Le

---

1. A. Vázquez de Prada, *op. cit.*, vol. I, p. 138.

rythme est infernal et Josemaría Escrivá doute plus que jamais de sa vocation. Bien que réclamé par son diocèse, il ne rêve que de finir ses études de droit à l'université de Madrid. La fondatrice de la Congrégation des dames apostoliques de la ville, doña Luz Rodriguez, lui permet alors de devenir aumônier de la Fondation des malades, l'une des œuvres de charité dont elle s'occupe. L'enfant torturé, fasciné par la maladie comme châtiment divin, se sent dans son élément lorsqu'il délivre les sacrements au chevet des malades, des pauvres et des nécessiteux, au milieu du siècle et de la douleur. Il aime aussi être dans le feu de l'action. Ces années-là, alors que l'extrême gauche monte, la Congrégation des dames apostoliques souhaite œuvrer « à la préservation » de la foi catholique en Espagne. « Une œuvre difficile et ingrate » que le biographe du fondateur de l'Opus Dei décrit comme un « apostolat de choc », notamment « dans la zone prolétarienne de Madrid, où la propagande anticatholique faisait rage[1] ». Rivalisant d'esprit missionnaire, les Dames apostoliques tentent notamment de séduire les parents *via* leurs enfants, en édifiant un solide réseau d'écoles catholiques. En 1928, elles règnent sur 28 écoles scolarisant en tout 14 000 enfants madrilènes. Une charge énorme pour le jeune aumônier, affecté au suivi de 4 000 d'entre eux, mais qui lui a sûrement donné des idées pour la suite. Épuisé, le jeune homme effectue une retraite chez les pères de Saint-Vincent-de-Paul. Le 2 octobre, après quelques jours de repos et de méditation, il lui vient

---

1. *Ibid.*, p. 278.

l'idée de bâtir une Œuvre au service de Dieu. Une révélation divine, bien entendu. « L'Œuvre de Dieu n'est pas sortie d'un cerveau humain », dira rétrospectivement Josemaría Escrivá. « Voici de nombreuses années que le Seigneur l'inspirait à un instrument inepte et sourd, qui le vit pour la première fois le jour des Saints Anges gardiens, le 2 octobre 1928[1]. » Comme dans chacune de ses confidences, le fondateur de l'Opus Dei utilise un vocabulaire extrêmement négatif ou dépréciatif pour parler de lui. Dans ses lettres ou dans ses notes, il se décrit volontiers comme « un petit gros », « une poubelle » ou « un chiffon mal lavé ». Plus souvent, il se compare à un « bourricot », mais à un bourricot pour qui Dieu a de grands projets. Se déprécier constamment en tant qu'être humain vise surtout à se présenter comme un instrument de Dieu qui n'aurait jamais réussi s'il n'avait pas été élu par lui pour réaliser ses projets divins. Une Œuvre qu'il met tellement de temps à nommer qu'elle finit par s'appeler tout simplement l'Œuvre de Dieu : Opus Dei.

Des débuts besogneux

Les débuts sont extrêmement longs et besogneux. Loin d'électriser les foules ou de bâtir une congrégation dans un souffle, Josemaría Escrivá passe des années à mûrir, petit à petit, cette idée. Tout en reprenant sa mission d'aumônier pour la Fondation des malades, il tente

---

1. Instruction du 19 mars 1975, citée par A. Vázquez de Prada, *op. cit.*, vol I, p. 297.

surtout de convaincre quelques jeunes prêtres de faire partie de son ébauche de congrégation, mais ses slogans chocs et son goût pour les mortifications ne séduisent pas vraiment. « Je continue de demander des prières et des mortifications à beaucoup de gens. Comme les gens ont peur de l'expiation[1] ! » s'exclame-t-il, réellement peiné et surpris[2]. Lui-même ne ménage jamais sa peine dans ce domaine. Il prie le Seigneur de lui envoyer une maladie, très dure et douloureuse, pour l'éprouver et vérifier qu'il est sur la bonne voie. Comme au temps où sa mère l'aurait guéri en priant la Vierge Marie. Il espère ne pas servir son ego en rêvant d'une nouvelle congrégation sous ses ordres… Tout en ayant l'obsession de ne pas être un soldat parmi d'autres mais le fondateur d'une congrégation se différenciant des autres, notamment de la Compagnie de Saint-Paul, dont il apprend avec dégoût la mixité : « Même si l'Opus Dei ne se différenciait des pauliniens que par le fait de ne pas admettre de femmes, bien loin de là, ce serait déjà une différence appréciable[3]. » Ce mépris ne se démentira jamais et inspire encore aujourd'hui l'Opus Dei. Lorsque Josemaría Escrivá finira par comprendre qu'il lui faut une branche féminine, ce sera essentiellement pour cantonner les femmes à des travaux domestiques au service des hommes. Mais de même que les opusiens ne veulent jamais reconnaître aucune responsabilité, Josemaría ne se sent jamais responsable de ses déci-

---

1. *Cahiers*, nº 195, cité par A. Vázquez de Prada, *op. cit.*, vol. I, p. 313.   2. Cité par A. del Portillo, Sum. 76 *in* A. Vásquez de Prada, *op. cit.*, vol I.   3. *Cahiers*, nº 1870, cité par A. Vázquez de Prada, *op. cit.*, vol. I, p. 321.

sions, qu'il impute à Dieu plutôt qu'à lui-même : « La fondation de l'Opus Dei s'est faite sans moi ; la section féminine, contre mon avis personnel[1]. » Pourtant ce sont bien les événements, le parcours et le tempérament de Josemaría Escrivá qui ont dessiné les contours de l'Opus Dei et ses règles.

En l'occurrence, l'Œuvre a été façonnée par la guerre civile espagnole déchirant l'Espagne entre républicains anticléricaux et nationalistes (conservateurs catholiques et/ou franquistes) après des années d'instabilité et de troubles. En juillet 1936, l'assassinat de José Calvo Sotelo, un leader monarchiste, sert de prétexte au général Franco et à ses hommes pour entamer un soulèvement militaire visant à renverser le gouvernement républicain au profit d'une dictature. Les républicains résistent. Selon les historiens, il y aurait eu entre 20 000 et 86 000 exécutions en zone républicaine (dont plusieurs milliers de prêtres et de religieux) et entre 40 000 et 200 000 exécutions en zone nationaliste. Prêtre et engagé, Escrivá milite, bien entendu, pour que l'Espagne reste guidée par le catholicisme. Le fondateur et ses premiers « fils » vivent dans la terreur d'être fusillés par des communistes ou des militants anarchosyndicalistes de la CNT (Confédération nationale du travail), qui réquisitionnent l'un des bâtiments utilisés par ses séminaristes pour se réunir. Le père doit vivre ailleurs. Il évite la soutane, tente de dissimuler sa tonsure et célèbre la messe à voix basse pendant qu'un

---

1. Cité par A. del Portillo, Sum. 537, *in* A. Vázquez de Prada, *op. cit.*, vol. I, p. 313.

disciple fait le guet. Avec quelques compagnons, il finit même par se cacher dans un asile pour aliénés tenu par le consulat du Honduras. Pendant cette période, entre l'automne et l'hiver 1937, il écrit plus de 170 lettres à sa famille et à ses « fils » disséminés en Espagne, toujours en parlant de lui comme d'un « cinglé » ou d'un « âne », à la troisième personne, pour ne pas éveiller les soupçons. Bien qu'assez jeune, il parle également de lui comme d'un « grand-père » écrivant à ses « petits-fils ». Il quitte la clinique le 14 mars 1937, muni d'une lettre le déclarant non guéri et « inapte à quelque travail que ce soit[1] ». De fait, à Madrid où il se terre, il tombe gravement malade, perd beaucoup de poids, mais semble heureux comme après chaque douleur. Il ne doit pas être si traqué, car il parvient sans difficulté à obtenir une carte de militant de la CNT, ce qui lui permet de circuler et de parer à d'éventuels contrôles. Avec un petit groupe, il se réfugie dans la banlieue de Burgos, passée sous contrôle du général Franco et de ses hommes. Il y a des contacts, et peut reprendre une vie de prêtre en attendant la fin de la guerre civile. Le retard que prend l'Œuvre le torture : « Je suis malheureux, parce que je suis un pécheur, désordonné, et que je n'ai pas de vie intérieure[2] », écrit-il dans l'une des notes qu'il prend presque chaque jour sur des cahiers.

---

1. Cité par A. Vázquez de Prada, *op. cit.*, vol. II, p. 63.
2. *Cahiers*, nos 1568-1569, cité par A. Vázquez de Prada, *op. cit.*, vol. II, p. 278.

L'élan donné par Franco

En mars 1939, Escrivá fait son entrée à Madrid en soutane et au milieu des troupes nationalistes. Des gens viennent lui baiser la main. L'Œuvre dont il rêve et qui tâtonne depuis si longtemps va enfin pouvoir se développer à la faveur de deux événements : le retour en force du catholicisme suite à la victoire de Franco et l'arrivée d'un nouveau pape conservateur, Pie XII, à la tête de l'Église. Dans un message radiodiffusé le 16 avril 1939, Pie XII adresse ses « paternelles congratulations pour le don de la paix et de la victoire » aux catholiques espagnols et donc au régime de Franco : « Nous exhortons les dirigeants et les pasteurs de la catholique Espagne à éclairer l'esprit de ceux qui se sont laissé abuser, en leur montrant avec amour les racines matérialistes et laïcistes d'où procédaient leurs erreurs et leurs malheurs. » Les troupes nationalistes viennent alors tout juste de récupérer Madrid. Dans une lettre adressée à ses « fils » écrite à la veille de ce qu'il qualifie de « victorieuse reprise de Madrid », Josemaría Escrivá se montre tout excité : « Je veux que vous commenciez à vous préparer à une lutte qui vient de loin, défense et service de l'Église romaine, Sainte, Une, Catholique et Apostolique, en priant, dans un esprit monastique et guerrier, car telle est la vibration de notre appel, le psaume de la Royauté du Christ », et il précise : « Je vous parle de luttes et de guerres, et à la guerre, il faut des soldats[1]. » C'est donc avec cet esprit

---

1. A. Vázquez de Prada, *op. cit.*, vol. II, p. 372.

guerrier, au service de la Royauté du Christ, que le fondateur reprend son travail d'apostolat en direction des jeunes mais aussi des femmes, présupposées à l'administration domestique. Notamment grâce au soutien des évêques qui le sollicitent aux quatre coins du pays pour organiser des retraites à la faveur de « cette renaissance spirituelle de l'Espagne[1] ».

On a souvent reproché au fondateur de l'Opus Dei d'avoir soutenu le franquisme[2]. Qu'il l'ait apprécié est incontestable, mais la position de Josemaría Escrivá est plus ambiguë. Dans l'ordre des pouvoirs qu'il respecte, le pouvoir temporel arrive toujours loin derrière le pouvoir spirituel. Autrement dit, Josemaría Escrivá admire en premier Dieu, puis le Saint-Siège, puis Franco. Contrairement à la coutume du moment, à laquelle presque tous les catholiques de l'époque se plient volontiers, Josemaría Escrivá semble n'avoir jamais voulu faire le salut fasciste, qu'il « considérait comme une manifestation à caractère politique[3] ». Ce qui ne l'empêche pas de collaborer au régime ni de partager ses valeurs. Il devient membre du Conseil national de l'éducation à la demande d'un ministre

---

1. *Ibid.*, p. 438.   2. Thierry Meyssan, qui écrit parfois sous le pseudonyme de Didier Marie, est allé plus loin en accusant Escrivá d'avoir été le « directeur de conscience » de Franco. Sans aucune preuve. Cela paraît peu vraisemblable dans la mesure où les deux hommes se sont vus trois fois dans leur vie. Thierry Meyssan reste le principal pourvoyeur d'informations en français sur l'Opus Dei malgré le discrédit dont il est l'objet depuis sa thèse farfelue exposée dans *L'Effroyable Imposture*, où il explique que le 11-Septembre est un vaste complot américain.   3. A. Vázquez de Prada, *op. cit.*, vol. II, p. 416.

de Franco qu'il avait bien connu à Burgos. Mais à en croire Josemaría Escrivá, il fallut surtout l'insistance de l'évêque de Madrid pour qu'il accepte ce poste. Plus par peur d'être inféodé à un pouvoir temporel que par rejet des valeurs incarnées par ce pouvoir. Le fondateur de l'Opus Dei savoure pleinement la victoire de Franco, dont le régime s'empresse de protéger l'Église et de soutenir toute personne pouvant diffuser l'esprit du catholicisme. Sans doute même rêvet-il d'aller au-delà : vers une monarchie entièrement fondée sur le religieux et non limitée par ce pouvoir militaire conservant la royauté pour la forme. Il rêve aussi de convertir les Rouges, mais il reste choqué par certaines exactions commises par la dictature, selon une position très exactement conforme à la volonté de Pie XII. Le pape souhaite un apostolat intense pour reconquérir les cœurs de ceux qui se sont laissé abuser – par la République, le marxisme ou l'anarchisme –, mais « avec amour », c'est-à-dire sans violence. Ce qui n'est guère compatible avec la dictature sanglante qui s'installe. Selon les observateurs, le régime fera exécuter entre 30 000 et 200 000 opposants entre 1939 et 1943.

De même, si Escrivá fut incontestablement « germanophile » au début de la Seconde Guerre mondiale, il finira par se méfier du totalitarisme nazi. Moins par compassion pour le sort des Juifs que par inquiétude pour celui des catholiques. Cette idéologie lui semble bien trop païenne et antireligieuse. Là aussi, il est à l'unisson de la position ambiguë de Pie XII. Son prédécesseur avait fait préparer une encyclique condamnant le nazisme et l'antisémitisme et incitant les catholiques à protéger les Juifs. Pie XII ne publiera jamais cette encyclique. Dans son esprit, comme dans celui de Josemaría Escrivá, le critère catholique prime toujours sur le reste. Cette ligne de conduite avait déjà inspiré une position « nettement germanophile » au fondateur de l'Opus Dei lors de la Première Guerre mondiale : « J'avais quinze ans environ, et je suivais avidement dans les journaux les péripéties de la Première Guerre… Mais surtout je priais énormément pour l'Irlande. Je n'avais rien contre l'Angleterre, mais j'étais pour la liberté religieuse[1]. » Dans le même esprit, le fondateur n'insistera jamais assez sur le fait que « l'Œuvre de Dieu n'avait pas été imaginée par un homme pour résoudre la situation lamentable de l'Église en Espagne depuis 1931[2] ». Persuadé qu'il a reçu cette mission de Dieu, il rêve d'un destin autrement plus international et surtout plus intemporel. Si bien qu'il saisit la première occasion de fuir l'Espagne, fût-elle franquiste, pour s'établir à Rome.

Premiers soupçons

Un autre facteur a pu jouer. En Espagne, l'Opus Dei suscite soupçons et méfiance à mesure qu'il grandit. Celui qui sera un jour le successeur du fondateur,

---

1. *Entretiens avec Mgr Escrivá, op. cit.*   2. Instruction du 19 mars 1934, nº 6, citée par A. Vázquez de Prada, *op. cit.*, vol. II, p. 416.

Alvaro del Portillo, se charge tout particulièrement d'élever le niveau spirituel d'une bonne partie du clergé espagnol. L'Opus Dei développe aussi ses branches féminine, scientifique (avec le Conseil supérieur de la recherche scientifique) et pastorale (avec la Société sacerdotale de la Sainte-Croix). Cette montée en puissance déborde incontestablement sur le terrain d'un ordre autrement plus ancien et mieux implanté : les Jésuites. Une véritable guerre larvée, faite d'accusations et de contre-accusations, commence et fait du bruit jusqu'à Rome. Les Jésuites se disent choqués par le caractère sectaire du catholicisme propagé par l'Opus Dei. Comme ils le seront, quelques mois plus tard, en découvrant les Légionnaires du Christ sur le campus de l'université de Comillas. Cette fois, ce ne sont pas les méthodes militaires et les soupçons d'abus sexuels qui les alertent, mais plutôt le goût pour la dissimulation et les mortifications. En 1940, Manuel Vergès, célèbre orateur dirigeant la Congrégation mariale de Barcelone, profite d'une neuvaine à laquelle sont conviées toutes les congrégations pour donner la parole au père Carillo, très remonté contre l'Opus Dei, son fondateur et son livre, *Chemin*, qu'il cite à maintes reprises pour en démontrer l'hérésie. Le père Vergès lui-même mettra en garde contre « la propagande d'une association qui, sans la moindre approbation du pape ni de l'évêque du diocèse […], se présente comme une spiritualité nouvelle… avec de nouvelles vertus ». Et d'interroger les fidèles : « La coercition, l'intransigeance et l'effronterie : depuis quand sont-elles devenues des vertus ? » Il met surtout en garde contre le vœu de dissimulation

visiblement formulé par ses membres : « je sais perti-
nemment que certains y sont affiliés, et qu'ils l'ont nié
devant moi[1] ». À l'époque, des membres de la Congrégation mariale de Madrid participant aux formations
où interviennent des « fils » de l'Opus Dei se font
également l'écho d'accusations plus burlesques, entendues déjà avant-guerre, décrivant l'Œuvre comme une
franc-maçonnerie blanche admirant la croix nue (sans
le Christ). Finalement, ce mélange d'accusations déli-
rantes mêlées à des inquiétudes plus fondées finit par
discréditer l'ensemble des méfiants. Surtout après
qu'un tribunal de répression antimaçonnique imaginé
par les autorités civiles a instruit le dossier de l'Opus
Dei, sans succès. Daté de juillet 1941, l'acte d'accusation est très révélateur de l'atmosphère qui règne alors
en Espagne. Le père Escrivá est accusé de constituer
une branche maçonnique ayant des accointances avec
des sectes judaïques ! Le tribunal conclut à la relaxe
et classe l'affaire[2]. Mais l'époque franquiste est décidément propice à la paranoïa. L'année suivante, l'Opus
Dei est montré du doigt par la Phalange. Dans un « Rapport confidentiel sur l'organisation secrète de l'Opus
Dei », les franquistes fustigent ses conceptions « inter-
nationalistes » et donc antinationales. Pour eux aussi,
le goût de la dissimulation pose problème. « Sa clandestinité » et « son sectarisme » s'opposeraient aux buts

---

1. Propos rapportés par Santiago Balcells, membre de la
Congrégation mariale, *in* A. Vázquez de Prada, *op. cit.*, vol. II,
p. 499.   2. Voir le rapport du Dr Luis Ortiz, alors secrétaire
général de ce tribunal, recoupé par le témoignage d'A. del Portillo,
Sum. 425.

de l'État, donc « à l'ordre des idées défendu par le Cau-
dillo[1] ».

Dans un tel climat, torturé par la méfiance instinctive
que son œuvre inspire, le fondateur de l'Opus Dei comprend très vite que seule la caution de l'Église peut le
sauver de ses accusateurs. Le premier soutien réel viendra de Mgr Leopoldo Eijo y Garay, évêque de Madrid
et ami de longue date de Josemaría Escrivá. Ils se sont
connus à Madrid avant de nouer une relation amicale à
Burgos, pendant les années de guerre passées en zone
franquiste. Le 19 mars 1941, alors que les accusations
venant des Congrégations mariales battent leur plein,
l'évêque accorde à l'Œuvre un *Decretum laudis*[2] :
« Nous approuvons canoniquement par le présent décret
l'Opus Dei, comme pieuse union, en vertu du canon
78 du CIC [Code de droit canonique] en vigueur[3]. »
L'évêque va même recommander le fondateur de
l'Œuvre à Rome en soulignant « sa grande obéissance à
la hiérarchie ecclésiastique » : « La marque particulière
de son activité sacerdotale, c'est qu'il suscite, en paroles
et en écrits, en public et en privé, l'amour de notre sainte
mère l'Église et du souverain pontife de Rome[4]. »

---

1. Ce rapport, daté du 16 janvier 1942, a été publié dans l'ouvrage
de José Luis Rodriguez Jimenez, *Historia de la Falange Española
de las JONS*, Madrid, Alianza, 2000, p. 420-423.   2. « Le
Decretum laudis est le moyen officiel par lequel le Saint-Siège
concède aux instituts de vies consacrées et aux sociétés de vies apostoliques le caractère ecclésiastique d'institut de droit pontifical. »
(Wikipédia)   3. Document conservé à l'archevêché de Madrid
publié par Amadeo de Fuenmayor, cité par A. Vázquez de Prada,
op. cit., vol. II, p. 504.   4. Cette correspondance a été remise
par la curie de Madrid à la fondation de la Société sacerdotale de la
Sainte-Croix en 1943.

Cette correspondance est révélatrice. Elle témoigne de l'état d'esprit du clergé et de la bonne disposition de l'Église à accueillir en son sein le moindre mouvement, fût-il sectaire, du moment qu'il jure fidélité et obéissance au pape. Néanmoins, l'Opus Dei va devoir se battre pendant presque soixante ans pour obtenir ce qu'il désire réellement : un statut sur mesure.

Une structure ambiguë au regard du droit canon

L'Opus Dei ne deviendra prélature personnelle du pape que le 28 novembre 1982. La légende veut que cette quête ait épuisé Escrivá, mort avant d'avoir vu son vœu le plus cher exaucé. La difficulté vient moins de ses méthodes particulières, qui suscitent méfiance et même adversité, que de son statut particulier au regard du droit canon. L'ayant étudié, Josemaría Escrivá est tout particulièrement attaché à l'idée de trouver un statut qui corresponde parfaitement à sa création, qu'il pense tenir de Dieu. Or, l'Opus Dei n'est ni une congrégation ni une simple association, mais une œuvre intermédiaire, faisant vivre des laïques selon une règle hiérarchique et tutorale quasi cléricale, tout en leur demandant de mener leur vie au sein du siècle et d'exercer leur métier. Si le Saint-Siège éprouvait de réelles réticences envers son action sur le fond et non sur la forme, l'Opus n'aurait pas obtenu si facilement – dès 1943 – l'agrément pour sa Société sacerdotale de la Sainte-Croix, chargée de ses prêtres. Cette branche correspond aux critères régissant les congrégations, pensées pour offrir un statut à ceux qui s'engagent dans les ordres. Mais que faire des autres activités laïques de l'Opus Dei ? L'Église tarde notamment à trouver un statut approprié à la branche féminine, essentiellement destinée à recruter des femmes non religieuses pour les transformer en saintes femmes de ménage... Sans leur offrir la moindre sécurité ni le moindre statut, à la différence des congrégations. Or, Josemaría tient à ce point, et le rappelle dans ses recommandations à Portillo : « Insiste clairement pour dire que mes filles ne sont pas des "religieuses". Il n'y a pas de raison de les assimiler à celles-ci[1]. »

Portillo a été envoyé à Rome pour faire avancer les négociations. Il rencontre la plupart des cardinaux dans ce sens depuis des mois. Mais au Vatican, les avis sont partagés. Certains pensent pouvoir incorporer l'Opus Dei dans l'ensemble normatif du Code de droit canonique. D'autres le considèrent comme l'une de ces « formes nouvelles », l'une de ces « pieuses unions » ou confréries s'apparentant à une société de vie commune sans vœux, qui barbotent depuis un moment dans un certain vide juridique. Une commission est chargée d'examiner leur cas, dont celui de l'Opus Dei, depuis 1945. Le 3 avril 1946, Portillo cherche à faire avancer le dossier en prenant rendez-vous avec Pie XII en personne. L'idée d'un apostolat parmi les intellectuels et les citoyens ordinaires enchante le pape. Le numéro 2 de l'Opus Dei lui remet un exemplaire de *Chemin*, que le pape feuillette en s'exclamant : « Cela paraît très

---

1. Lettre citée par A. Vázquez de Prada, *op. cit.*, vol. III, p. 25.

bon pour la méditation[1]. » En sortant, le pape demande au préfet de la Congrégation des religieux d'examiner au plus vite cette question des « formes nouvelles » : l'Opus Dei figure désormais en tête de liste pour être approuvé. L'Œuvre enthousiasme tout particulièrement le cardinal Montini, à qui Portillo remet une biographie du fondateur et une photo pour qu'elle soit dédicacée par le pape. L'institut obtint son *Decretum laudis*, soit l'approbation du Saint-Siège pour son apostolat. Ce n'est pas encore le statut rêvé par Escrivá, mais c'est une première réponse aux détracteurs de l'Opus Dei, qui lui permet d'aller chercher le soutien des diocèses dans chaque pays où il se considère en mission.

Tout au long de sa vie, le fondateur de l'Opus Dei aura deux obsessions nées des deux métiers qu'il aurait aimé exercer s'il ne s'était pas senti chargé d'une mission divine : trouver une forme juridique canonique appropriée à l'Œuvre (sa vocation de juriste) et construire des maisons partout dans le monde pour la développer (il voulait devenir architecte). Les deux passions vont d'ailleurs de pair. En effet, la caution du Vatican était nécessaire pour faire face aux critiques, enrôler et donc encourager davantage de disciples à soutenir l'Œuvre, donc à financer les belles maisons dont rêvait le fondateur. Il a passé sa vie à lancer des chantiers de construction sans avoir le moindre argent en poche, quitte à considérablement s'endetter et à constamment

---

1. Lettre d'A. del Portillo, Rome, 5 avril 1946, citée par A. Vázquez de Prada, *op. cit.*, vol. III, p. 20.

se plaindre de soucis financiers, comme au temps du revers de fortune traumatisant de ses parents. Mais l'argent finit toujours par arriver, comme par miracle. Les vitrines de l'Opus, son siège en Espagne, ses universités sont tous de très beaux bâtiments, luxueux et confortables. Le biographe d'Escrivá, pourtant obsédé par l'idée de nous raconter le moindre détail de la vie du fondateur, ne s'attarde pas sur la provenance de cet argent. L'Œuvre tient visiblement à rester aussi discrète sur ses mécènes qu'elle l'est sur ses adeptes. Tout juste sait-on que l'un de ses plus gros donateurs – plus de 60 millions de dollars en actions de Ben Venue laboratoires – a permis d'acheter le siège de l'Œuvre au cœur de Manhattan. L'impressionnant Murray Hill Place existe grâce au don de la famille de Templeton Smith, fondatrice d'un empire pharmaceutique spécialisé dans la production d'œstrogènes de synthèse et de plasma humain lyophilisé, dont on se demande ce que l'Église et l'Opus Dei auraient pensé en d'autres circonstances.

En dehors des mécènes, le financement vient d'un pourcentage pris sur le salaire des adeptes, que l'Œuvre encourage à se sanctifier par le travail. Le fondateur insiste : « Sans vocation professionnelle, on ne peut pas venir à l'Opus Dei [...]. Car notre vie peut se résumer en disant que nous devons sanctifier la profession, nous sanctifier dans la profession et sanctifier par la profession[1]. » Voilà qui alimente sûrement les cotisations de l'Opus, mais ne simplifie pas la tâche

---

1. Cité par A. Vázquez de Prada, *op. cit.*, vol. III, p. 95.

du Saint-Siège pour lui trouver un statut approprié. La présence d'Escrivá à Rome semble bientôt indispensable. Il arrive en 1946, soit juste après la guerre. C'est le début de la « romanisation » réelle de l'Opus Dei. Bien qu'il retourne régulièrement en Espagne, le fondateur comprend que tout se joue ici. Il ne rêve que d'y bâtir « une maison qui sera comme le cerveau de notre dispositif[1] ». De fait, à force d'opiniâtreté, la première masure romaine, démembrée et humide, va bientôt devenir la dépendance d'un superbe Collège romain de la Sainte-Croix[2] et servir de base à un apostolat dans plus de quatre-vingts pays. Le fondateur ne s'y est pas trompé. Cette université symbolise l'institutionnalisation de l'Opus Dei. « Quand les gens tombent sur cette université à deux pas de la piazza Navona et voient que les étudiants viennent de partout et que les membres de la curie y enseignent normalement, ils se détendent », explique John Wauck, prêtre de l'Opus Dei et enseignant à la faculté de communication[3].

Il faut dire qu'entre-temps, le fondateur a obtenu ses entrées au Vatican, notamment grâce à la bienveillance de Mgr Montini, la « première main amie » comme le décrit Escrivá. L'homme connaît déjà l'Œuvre grâce à Portillo et confirme son enthousiasme dans une lettre adressée au fondateur : « J'ai éprouvé le plus grand plaisir à connaître la Société de la Sainte-Croix

---

1. *Cahiers*, n° 220, 1931, cité par A. Vázquez de Prada, *op. cit.*, vol. II, p. 370.   2. Le Collège romain de la Sainte-Croix a reçu son décret d'érection le 29 juin 1948.   3. Cité par J. Anciberro, art. cit.

et l'Opus Dei, et j'admire les objectifs qu'ils se sont fixés dans leurs activités et l'esprit avec lequel ils les accomplissent. J'ai remercié le Seigneur pour le bienfait qu'il a apporté à l'Église en citant des âmes qui cultivent des domaines aussi délicats et importants. Ainsi, même si mes moyens sont limités, sachez que je serai toujours prêt à vous aider quand vous aurez besoin de moi[1]. » Le ton modeste de la lettre ne doit pas faire oublier que Mgr Montini, numéro 2 de Pie XII et futur Paul VI, peut beaucoup. Il est aussi la « main amie » qui aidera les Légionnaires du Christ exactement à la même époque. Après leur premier entretien, le 1er juillet 1946, Montini s'emploie à présenter Escrivá à de nombreuses personnalités de la curie. Le fondateur commence une série d'entretiens directs avec les papes successifs. Ils ne sont pas si nombreux, mais se déroulent toujours dans une très grande fébrilité tant Josemaría Escrivá est impressionné chaque fois qu'il rencontre le « vicaire du Christ sur la terre ». De fait, chaque rencontre accélère considérablement l'institutionnalisation de l'Opus Dei. Mais face aux critiques, étranglé par ses besoins financiers grandissants, Escrivá veut toujours aller plus vite et perd patience lorsqu'on lui demande des modifications sur certains points du codex qui lui paraissent rogner « la spécificité de l'esprit de l'Opus Dei » : « J'écris avec un stylo qui me rend nerveux. Patience, là aussi ! Je pense à celle dont Notre-Seigneur a dû faire preuve pour écrire des pages aussi belles en se servant de cet

---

1. Cité par A. Vázquez de Prada, *op. cit.*, vol. III, p. 43.

instrument digne de la poubelle que je suis[1]. » Pourtant, l'institutionnalisation avance. En 1947, dans un bref *Mirifice de Ecclesia* soulignant que la « raison d'être, l'essence et la fin propre de l'Opus Dei consistent à acquérir la sainteté au moyen du travail quotidien », le pape accorde des « indulgences » (des dérogations) permettant le travail manuel de ses membres, notamment celui des femmes : « celles qui s'occupent des tâches du foyer et qui, à l'exemple du Seigneur, qui est venu pour servir et non pas pour être servi, et de la très Sainte Vierge Marie, esclave du Seigneur, accomplissent joyeusement, inspirées par une véritable humilité, les tâches manuelles et domestiques auxquelles s'adonnait Marthe, animée par l'esprit de Marie[2] ». Voilà, en quelques lignes, l'exploitation des femmes de l'Opus Dei sanctifiée.

Le 18 mars 1948, Pie XII va encore plus loin. À la demande d'Escrivá, il approuve un statut particulier permettant d'incorporer les personnes mariées ou célibataires, de toutes conditions et de toutes professions, dans les constitutions déjà approuvées de l'Opus. L'Œuvre obtient enfin son approbation définitive en 1950. Le répit n'est que de courte durée. Le 5 janvier 1952, Portillo, qui est alors procurateur général de l'Opus Dei, reçoit une lettre officielle du secrétaire de la Sacrée Congrégation des religieux, Mgr Larraona, lui demandant « copie des constitutions de l'Opus

---

1. Lettre à ses « fils » du Conseil général, de Rome. Cité par A. Vázquez de Prada, *op. cit.*, vol. III, p. 60.   2. *Mirifice Ecclesia*, 20 juillet 1947, A. de Fuenmayor *et al.*, appendice 24, p. 670-671.

Dei ». Visiblement, suite à certaines plaintes, une mini-enquête est en cours. Escrivá est désespéré. Il décide d'écrire au pape pour s'en plaindre. L'affaire se tasse et n'empêche pas le développement de l'Œuvre. L'année suivante, elle inaugure le Collège romain Sainte-Marie, qui servira de centre international pour former les femmes de l'Opus Dei. Des femmes du monde entier, sans distinction de niveau social ou de nationalité, y convergent pour apprendre l'humilité et surtout à être une bonne servante de Dieu, donc des hommes de Dieu. Les hommes de Dieu, eux, reçoivent une formation autrement plus théorique. À l'occasion d'une cérémonie, le préfet de la Sacrée Congrégation des séminaires et des universités félicitera le fondateur pour la qualité de la formation de ses « numéraires laïques », chacun faisant deux ans de philosophie et quatre ans de théologie à « l'égal des prêtres[1] ».

Tout au long des années 1960, en Espagne et ailleurs, Escrivá est invité de toute part à assurer des formations. Le nonce demande à l'Opus de prendre en charge la basilique pontificale Saint-Michel à Madrid en 1960. Le fondateur est nommé membre numéraire du collège d'Aragon et membre *honoris causa* de l'université de Saragosse, à la demande de la faculté des lettres. Le 6 août 1960, enfin, le Saint-Siège érige l'université de Navarre et nomme Escrivá chancelier. Autant dire que l'œuvre apostolique par la formation est en bonne voie lors du pontificat de Jean XXIII. Escrivá reprend aus-

---

1. Lettre du cardinal Pizzardo du 24 septembre 1953, A. de Fuenmayor *et al.*, *op. cit.*, appendice 24, p. 696-698.

sitôt ses suppliques en faveur d'une révision juridique reconnaissant pleinement le « caractère séculier de l'institut[1] ». Une opportunité qui s'ouvre avec le concile de Vatican II.

Le tournant de Vatican II

Escrivá n'est en rien opposé au concile initié par Jean XXIII. Au contraire, il espère un « renouveau » du catholicisme et une ouverture juridique en direction des « nouvelles formes » de spiritualité comme l'Opus Dei. Mais il partage bientôt les craintes de son successeur, Paul VI, désireux de ne pas laisser l'esprit de rénovation l'emporter sur la tradition : « Vous savez bien, très chers fils et filles, combien me préoccupe et m'inquiète la confusion doctrinale – théorique et pratique – qui se répand partout de plus en plus », écrit-il à ses disciples le 2 octobre 1963. L'esprit de libération qui souffle sur le concile a des relents de marxisme inacceptables pour cet opposant au républicanisme espagnol. Il n'a pas de mots assez durs contre cette « légion de réformateurs improvisés, même dans le clergé et parmi les religieux, qui, avec un infantilisme consternant, prétendent changer les coutumes et les institutions, uniquement par désir de changement. Ils se laissent éblouir par le progrès du monde moderne et, sans saisir les valeurs profondes ou les

---

1. Cité par A. de Fuenmayor *et al.*, *op. cit.*, appendices 44 et 43 respectivement p. 704-706 et 703-704.

meilleurs signes du temps, se lancent dans une course fébrile qui nuit à leur âme, rend leurs travaux stériles et fait sourire ironiquement les ennemis de l'Église et de l'État[1] ».

Le concile va pourtant doublement servir l'Opus Dei. D'une part, il ouvre la porte aux adaptations juridiques permettant de reconnaître « la vocation divine du laïcat », selon les termes d'Escrivá. D'autre part, il va inciter le Saint-Siège à s'appuyer sur des instituts comme l'Opus Dei, novateurs sur la forme mais intransigeants sur le fond et surtout totalement fidèles à Rome. Dans ce moment, plus que dans aucun autre, la fidélité est appréciée en haut lieu, où l'on doit faire face à la fois à la fronde libératrice des chrétiens progressistes et à la fronde sécessionniste des catholiques traditionalistes. Escrivá le comprend : « Les années qui suivent un concile sont toujours des années importantes, qui exigent de la docilité pour appliquer les décisions adoptées, qui exigent aussi de la fermeté dans la foi, un esprit surnaturel, l'amour de Dieu et de l'Église, la fidélité au pontife romain[2]. »

Le Saint-Siège a désespérément besoin de cette fidélité pour résister à l'« esprit du concile » qui menace de saper son autorité. Mais il est aussi plus soupçonneux que jamais. S'il doit s'appuyer pleinement sur l'Opus Dei, il faut d'abord lever certaines ambiguïtés. Paul VI décrit l'Œuvre comme « une expression vivante de la jeunesse pérenne de l'Église » et choisit de visiter en

---

1. Lettre du 15 août 1964, citée par A. Vázquez de Prada, *op. cit.*, vol. III, p. 503.   2. Lettre du 24 octobre 1965, *ibid.*, p. 520.

personne l'un de ses centres en 1965[1]. Sans que l'on sache s'il est question de féliciter ou d'inspecter. Sans doute un peu des deux. Une commission spéciale est également chargée d'enquêter une fois pour toutes sur les zones d'ombre de l'Opus à la fin des années 1960, en vue de lui suggérer quelques adaptations. Des velléités de réformes et de reprise en main qui mettent le fondateur hors de lui. La colère lui dicte une lettre très directe à son ami Montini devenu pape : « Très Saint-Père, devant l'éventualité qu'une commission spéciale du Saint-Siège prenne des décisions à l'égard de l'Opus Dei sans que nous soyons informés des motifs et sans qu'on nous ait demandé notre avis, après y avoir réfléchi longuement en présence de Notre-Seigneur, et songeant au statut éternel de mon âme ainsi qu'à celui de milliers de membres de l'Opus Dei, dont la vocation se verrait compromise, je ne voudrais pas que le jugement de l'histoire m'accuse de ne pas avoir fait ce qui était en mon pouvoir pour sauvegarder la configuration authentique de l'Opus Dei », écrit-il le 16 septembre 1969[2]. Le ton de la lettre sonne comme un ordre à la limite de l'acte de désobéissance. Autant dire qu'elle n'est guère appréciée du Saint-Père. Se serait-il trompé ? L'Opus Dei serait-il de la graine de désobéissants ? Dans le doute il n'est plus tout à fait en odeur de sainteté. Le 25 janvier 1971, le cardinal Jean Villot écrit à l'institut pour lui demander, sèchement, de faire

---

1. Le Centre Elis, 21 novembre 1965.   2. Lettre d'accompagnement à l'*Appunto* (16 septembre 1969), citée par A. Vázquez de Prada, *op. cit.*, vol. III, p. 590.

connaître la liste de ses membres travaillant à la curie romaine auprès du secrétariat d'État du Saint-Siège. Une sorte d'épuration se prépare-t-elle ? En tout cas, les accusations visant à présenter l'Opus Dei comme une « Église dans l'Église » ne laissent plus indifférent le Saint-Siège. Il peut visiblement tout pardonner, sauf la mutinerie.

L'année suivante, en 1972, le même cardinal écrit une lettre « strictement confidentielle » au fondateur de l'Opus Dei, pour lui demander de « donner l'assurance explicite » que ni le droit particulier ni la pratique de l'Opus Dei « ne comportaient l'obligation ou la coutume de faire savoir à leurs supérieurs, ou à d'autres personnes qualifiées, des choses dont ils auraient eu connaissance dans leurs services rendus à l'Église ou au Saint-Siège en général[1] ». En d'autres termes, la curie panique à l'idée que des laïques, notamment des laïques qui exerceraient un métier d'importance au sein de gouvernements d'autres États, puissent servir d'espions ou faire fuiter des informations concernant le Saint-Siège. Une préoccupation d'autant plus sensible que sept membres du gouvernement espagnol sont présentés comme étant à l'Opus Dei et que certains sont impliqués dans un scandale financier retentissant. On comprend l'embarras du Saint-Siège et son besoin d'examiner de plus près l'une de ses brigades. Josemaría Escrivá tentera par tous les moyens de le rassurer. Il assure au secrétaire d'État du Saint-Siège que

---

1. Secrétaire d'État, numéro du dossier : 208080, 30 octobre 1972.

rien, dans la pratique de l'Opus Dei, n'incite à violer le moindre « secret professionnel ». De fait, ses consignes seraient plutôt de cultiver le secret. La curie semble rassurée. Le fondateur est chaleureusement reçu le 25 juin 1973 par Paul VI, qui le qualifie de « saint » et se plaint de ne pas le voir plus souvent. Visiblement, les investigations et les soupçons de son entourage ne sont pas parvenus jusqu'à lui. Pendant toutes ces années, Escrivá aura surtout maille à partir avec le bras droit de Paul VI, Giovanni Benelli, cardinal de Florence. Non pas qu'il veuille freiner les activités de l'Opus Dei. Au contraire, la principale pomme de discorde entre Benelli et Escrivá concerne la création d'un parti politique démocrate-chrétien en Espagne. Le Saint-Siège a besoin de l'Opus Dei pour monter ce projet, mais cet affichage politique est jugé inapproprié par le fondateur de l'Opus. Bien que vexé par ce refus, le bras droit de Paul VI continue de tenir Escrivá en haute estime. Il dira un jour de lui qu'il a été au concile de Vatican II ce qu'Ignace de Loyola, le fondateur de l'ordre des Jésuites, a été pour le concile de Trente. Mais la plus grande marque d'estime et de reconnaissance vient après sa mort, lorsque le Saint-Siège s'empresse de vouloir le béatifier.

Béatifié et canonisé

De nouveau malade, épuisé de devoir lutter en permanence contre le soupçon, Josemaría Escrivá meurt le 26 juin 1975, à l'âge de soixante-treize ans, d'une crise cardiaque. Il rentre d'une tournée missionnaire à la rencontre « de ses fils et de ses filles » d'Amérique latine. L'année précédente, il avait demandé à la commission permanente du Conseil général de l'Œuvre d'« approuver sur tous ses points » un codex se pliant aux demandes du Saint-Siège. Quitte à accepter, selon les mots mêmes d'Escrivá, « un habillage juridique qui ne répondrait pas à la nature de notre esprit ». Visiblement, cette concession lui coûtait. Jusqu'au bout, il tenait à se présenter comme étant par « volonté divine, le seul et exclusif dépositaire » de l'Opus Dei. Une fois Escrivá décédé, en revanche, plus rien ne s'oppose à faire de l'Opus Dei une main séculière entièrement contrôlée par le Saint-Siège. Le fondateur est remplacé par Alvaro del Portillo, ingénieur des Ponts et Chaussées et l'un des tout premiers prêtres ordonnés en 1944 par l'Œuvre. Il présente la double qualité d'être en partie l'architecte du développement de l'institut et l'homme le plus introduit au sein de la curie. À sa mort, en 1994, il sera remplacé par un autre fidèle de la première heure, Javier Echevarría.

Les deux successeurs d'Escrivá se sont appliqués à œuvrer en même temps aux intérêts du Saint-Siège et à ceux de l'institut. Si bien qu'ils se confondent de plus en plus. C'est une fois Josemaría Escrivá disparu, sous Jean-Paul II, que l'institutionnalisation de l'Opus Dei a réellement pris son envol. De l'aveu de John Allen, « aucun groupe appartenant à l'Église catholique n'a reçu autant de signes évidents d'approbation pendant le pontificat de Jean-Paul II […]. De nombreuses personnes, à l'intérieur de l'Église catholique ainsi que dans la presse populaire, en sont venues à considérer l'Opus Dei comme faisant partie des "sections d'assaut", des unités d'élite du pape ». Le fait que le pape prenne chaque année le temps de recevoir les jeunes de l'Opus Dei à l'occasion de leur venue à Rome – l'Univ' – a permis à l'Opus de recruter ces jeunes et de les convaincre qu'ils réalisaient la volonté du pape en s'engageant à ses côtés. Quant à Jean-Paul II, il soutient d'autant plus cet effort qu'il mise sur l'Opus pour résister à la modernité et à la sécularisation, jusqu'au cœur du siècle. En 1979, Portillo et Echevarría lui écriront pour souligner l'intérêt de faire de l'Opus Dei une prélature personnelle en vue de mieux l'utiliser : « La transformation de l'Opus Dei d'une institution séculière à une prélature personnelle [...] offrirait au Saint-Siège la possibilité d'utiliser avec une plus grande efficacité une unité mobile de prêtres et de laïques bien préparés, pouvant être présents n'importe où avec un ferment catholique et spirituel de vie chrétienne, et par-dessus tout dans des contextes sociaux et des activités professionnelles où il n'est pas souvent facile de se montrer efficace avec les moyens de l'Église[1]. » Cet argument a visiblement touché juste. Jean-Paul II fera de l'Opus Dei une prélature personnelle en 1982 et béatifiera son fondateur dix ans plus tard, le 17 mai 1992. Soit à peine dix-sept ans après sa mort. Du jamais vu dans l'histoire de l'Église. Même Thérèse de Lisieux, une figure autrement moins controversée, a dû attendre vingt-six ans après sa mort

---

1. Cité par John Allen Jr, *Opus Dei*, Outremont, Stanké, 2006, p. 191.

pour être béatifiée. Josemaría Escrivá sera béatifié avant
Jean XXIII, pourtant mort bien avant lui !

Pourquoi une telle précipitation ? Sans doute par
peur que le pape, déjà affaibli, ne meure prématuré-
ment et qu'un éventuel successeur soit moins bien
disposé. Cela n'explique pas comment l'Opus a pu
obtenir une telle accélération du calendrier. Les liens
unissant Jean-Paul II à son conseiller en communication, Joaquín Navarro-Valls, ont pu jouer. La vitesse
avec laquelle Escrivá a obtenu cette béatification n'en
a pas moins choqué, y compris au sein de l'Église.
Franz König, un cardinal autrichien connu pour son
ouverture d'esprit, mais qui a longtemps soutenu
l'Opus Dei, estime « que l'on n'aurait pas dû accélé-
rer les choses[1] ». Selon lui, « ce procès a révélé qu'il
y a beaucoup de gens habiles à l'Opus Dei ». La critique la plus argumentée viendra d'un journaliste,
Kenneth L. Woodward, collaborateur de *Newsweek* et
essayiste : « Quelle que soit la manière avec laquelle
on examine la cause de Josemaría Escrivá, des erreurs
volontaires ou des omissions ont été commises, c'est
évident[2]. » Faits à l'appui, il a démontré que la Congrégation pour la cause des saints a systématiquement
écarté toute personne critique envers le fondateur de
l'Opus Dei. La *positio*, étonnamment longue (plus
de 6 000 pages), fait état de 82 témoins, dont la moitié sont membres de l'Opus Dei. Sur 2 201 pages de
témoignages, 832 seraient en fait fondés sur les seuls

---

1. Propos cité par Ch. Terras, *op. cit.*, p. 25.   2. Traduit en
français et cité par Ch. Terras, *op. cit.*, p. 29.

témoignages d'Alvaro del Portillo (prélat de l'Opus Dei) et de son adjoint Javier Echevarría. Malgré une liste potentielle éminemment fournie, un seul témoin plutôt critique a été entendu : le sociologue espagnol Alberto Moncada, ancien adepte de l'Opus Dei. Mais son témoignage, qui n'occupe que deux pages dans la *positio*, a été rejeté comme partial et religieusement inapte. « Le pire, écrit Kenneth L. Woodward, est que les témoins potentiels qui ont été radiés sont eux-mêmes sévèrement critiqués dans la *positio* par Javier Echevarría, à l'époque vicaire général de l'Opus Dei. D'une manière terrifiante, il attribue à certains d'entre eux des problèmes mentaux et un comportement sexuel pervers. » Un réflexe typiquement sectaire, que l'Église couvre. En principe, la loi canonique veut que l'on recherche les témoins à décharge, autrement dit que l'on donne la parole à l'« avocat du diable ». Mais, fort opportunément, une réforme a supprimé le rôle de cet « avocat du diable » en 1983, alors que la procédure pour la béatification de Josemaría avait déjà commencé. Bien sûr, les artisans de cette réforme se sont assurés qu'elle s'appliquerait aux procédures en cours. Un signe qui ne trompe pas sur le pouvoir acquis par l'Opus au sein du Vatican, même si cette béatification intervient sous un pontificat détenant le record incontestable dans ce domaine. Entre 1978 et 2002, Jean-Paul II aura procédé à 470 canonisations et à 1 300 béatifications[1]. Cela n'explique pas pourquoi

---

1. En 15 ans de règne, son prédécesseur Paul VI n'avait fait que 23 saints ! Cf. Henri Tincq, « La canonisation exprès de Josemaría Escrivá, fondateur de l'Opus Dei », *Le Monde*, 27 février 2002.

le procès en béatification de Josemaría Escrivá fut plus
rapide que celui de Jean XXIII, ni autant à décharge.
D'autres « saints » plus progressistes attendent toujours : Mgr Oscar Romero, évêque assassiné par
l'extrême droite au Salvador en 1981, ou Madeleine
Delbrêl (1904-1964), missionnaire de la banlieue
ouvrière, ou encore Charles de Foucauld... Tandis que
la canonisation du fondateur de l'Opus Dei, elle, n'a
pas tardé à suivre sa béatification.

Le 21 septembre 2001, la congrégation ordinaire des
cardinaux et des évêques membres de la Congrégation
pour la cause des saints s'est appliquée à confirmer,
à l'unanimité, le caractère miraculeux d'une guérison attribuée au « bienheureux » Josemaría... à titre
posthume. Le 22 novembre 1992, un chirurgien der-
matologue espagnol, Emmanuel Nevado, aurait guéri
une maladie cancéreuse de la peau, non pas grâce à son
talent de médecin, mais grâce à l'invocation d'Escrivá.
D'où l'intérêt sans doute d'être membre de l'Opus Dei
tout en continuant à exercer un métier... Jean-Paul II a
lui-même assisté à la lecture du décret sur le miracle.
Le 26 février 2002, il a présidé le consistoire ordinaire
public des cardinaux en vue de canoniser le « bienheureux » Josemaría. Ce qui sera fait le 6 octobre 2002.
Dix ans après sa béatification, Benoît XVI rendra hommage au fondateur de l'Opus Dei, l'été 2005, en bénissant une statue de cinq mètres de Balaguer. Ce faisant
l'autorisant à rejoindre le panthéon restreint des saints
du Vatican composé de 150 statues.

Portrait type de l'opusien

On s'attarde généralement beaucoup sur les méthodes de l'Opus Dei et fort peu sur son contenu doctrinaire. Il faut dire qu'en dehors des principes mêmes de l'Église, il est assez sommaire. À l'en croire, Josemaría portait en lui le désir d'« écrire des livres de feu, qui parcourraient le monde comme une flamme vive, en communiquant lumière et chaleur aux hommes, en changeant les pauvres cœurs en braise, pour les offrir à Jésus, comme des rubis pour sa couronne royale[1] ». En guise de flamme, il a surtout laissé à ses disciples des recueils de maximes appelées des « Catherine », des notes gribouillées sur un coin de cahier tenu comme un journal de bord[2]. Le niveau de la réflexion et de la langue s'en ressent.

Le plus connu des livres de Josemaría Escrivá, celui que ses fidèles lisent comme une seconde Bible, est paru une première fois en 1934 sous le titre *Considérations spirituelles*. Il a été enrichi de quelques « notes naïves supplémentaires » pour former un ensemble de 999 maximes écrites pendant la guerre civile espagnole, lorsque le fondateur de l'Opus Dei se mettait à l'abri en zone franquiste. L'édition est renommée *Che-*

---

1. *Cahiers*, n° 218, août 1931, cité par A. Vázquez de Prada, *op. cit.*, vol. II, p. 406.   2. « Ce sont des notes naïves – je les appelais des "Catherine" dans ma dévotion pour cette sainte de Sienne – que j'ai très longtemps écrites à genoux et qui étaient pour moi un rappel et un stimulant. Je crois bien qu'habituellement je priais, tout en les écrivant avec une simplicité d'enfant », *Cahiers*, n° 1862, cité par A. Vázquez de Prada, *op. cit.*, vol. I, p. 337.

min et est publiée à Valencia en 1939. Une simple lecture objective rend sceptique sur la capacité de l'Opus Dei à former des élites à partir de l'œuvre écrite laissée par son fondateur. En les parcourant, le pape Pie XII parla de « points de méditation ». Josemaría Escrivá, lui, pensait avoir laissé des messages insufflés par Dieu : « C'est à toi, cher lecteur, que s'adressent ces lignes pénétrantes, ces pensées laconiques ; médite chaque mot, et imprègne-toi de leur sens. L'esprit de Dieu souffle entre ces pages. Derrière chacune de ces maximes, il y a un saint qui voit son intention et attend tes décisions. Les phrases sont entrecoupées pour que tu les complètes avec ta conduite[1]. » On imagine ce qu'une telle ambition peut devenir entre les mains de disciples littéralistes. Rendant un véritable culte à leur fondateur, les disciples de l'Opus Dei lisent ces « notes naïves » de façon littérale et les connaissent par cœur. Grâce à eux et à leurs lieux de « formation », le recueil s'est vendu à plus de 4,5 millions d'exemplaires et a été traduit dans plus de 43 langues (d'après l'Opus Dei). Mais il est aussi diffusé sur un mode électronique. Un site (www.escrivaworks.or) publie la plupart des œuvres et des maximes de Balaguer. Mieux, on peut envoyer une citation par mail ou l'enregistrer dans son téléphone portable.

Seule une étude approfondie de ces maximes permet de tracer le portrait-robot d'un opusien modèle. Lorsqu'il s'agit d'un homme, il se doit d'être viril. Le mot apparaît huit fois dans *Chemin*, notamment dès le

---

1. Introduction de *Chemin*.

premier chapitre consacré au « caractère » : « Sois fort.
– Sois viril. – Sois homme. – Et puis… sois ange[1]. »
Le fondateur insiste lourdement et y revient au chapitre sur la « sainte pureté » : « Il faut entreprendre
une croisade de virilité et de pureté qui contrecarre et
anéantisse le travail destructeur de ceux qui tiennent
l'homme pour une bête. Et cette croisade est votre
œuvre[2]. » Notons qu'il arrive que les fidèles profitent
tout de même de leur marge de manœuvre – à l'occasion d'une traduction ou d'une reproduction – pour
réécrire les tournures de phrase les plus relâchées du
fondateur. Ainsi le point 3 de *Chemin*, ayant trait au
caractère et à la « gravité », existe en deux versions
assez différentes. L'édition papier madrilène de 1977
nous dit : « Gravité. – Abandonne ces minauderies de
femme ou d'enfant. – Que ton aspect extérieur reflète
la paix et l'ordre de l'esprit[3]. » Le même point est
rédigé de façon plus diplomatique sur le site Internet
http://fr.escrivaworks.org : « Gravité. – Abandonne ces
gestes et ces manières frivoles ou puériles. – Que ta
façon d'être reflète la paix et l'ordre de ton esprit. »
Même dans la prière, l'opusien doit être un homme,
un vrai : « Que votre prière soit virile. – Être enfant,
ce n'est pas être efféminé. » L'opusien est si viril que
« temporiser » l'associerait à une femmelette, à un
lâche : « Temporiser ? – C'est un mot que l'on ne trouve
– il faut temporiser ! – que dans le vocabulaire de ceux
qui n'ont pas envie de se battre – douillets, roublards

----

1. *Chemin*, point 22.   2. *Ibid.*, point 121.   3. Traduite en
français et republiée en 2005 par les éditions Le Laurier.

ou lâches – parce qu'ils se savent vaincus d'avance[1]. »
Certaines maximes semblent dures à concilier avec le
devoir de virilité, comme celle-ci : « La pudeur et la
modestie sont les sœurs cadettes de la pureté[2]. » Sauf si
l'on comprend qu'elles s'adressent surtout aux femmes,
aux opusiennes et non aux virils opusiens.

L'opusien, homme ou femme, n'est pas gourmand :
« La gourmandise est l'avant-garde de l'impureté[3]. » Il
est surtout vierge jusqu'au mariage. Lorsqu'on cherche
« chasteté » dans *Sillon*, on tombe sur cette maxime
éclairante : « Tu patauges dans les tentations, tu te mets
en danger, tu joues avec la vue et avec l'imagination,
tes conversations portent sur des sottises. – Et ensuite
tu t'effraies que les doutes, les scrupules, les troubles,
la tristesse et le découragement te harcèlent. – Accorde-
moi que tu es peu conséquent avec toi-même[4]. » Quant
à ceux qui auraient l'idée saugrenue de ne pas vouloir
se marier sans pour autant être chaste et numéraire, le
fondateur prévient : « Tu ris parce que je te dis que tu
as la "vocation du mariage" ? – Eh bien, tu l'as. Et c'est
bien une vocation. Mets-toi sous la protection de saint
Raphaël pour qu'il te conduise dans la chasteté jusqu'au
bout du chemin, comme il guida Tobie[5]. » D'une façon
plus diffuse, l'amour est méprisé comme un obstacle
à l'amour de Dieu : « Prends bien garde : le cœur est
traître. – Tiens-le renfermé sous sept verrous[6] », ou
encore : « Tout ce qui ne te porte pas vers Dieu est

---

1. *Chemin*, point 54.   2. *Ibid.*, point 128.   3. *Ibid.*, point
126.   4. *Sillon*, point 32.   5. *Chemin*, point 27.   6. *Ibid.*,
point 188.

un obstacle. Arrache-le et jette-le au loin[1]. » Quant au mariage, il est fait « pour la troupe et non pour l'état-major du Christ », ce qui est une façon de rabaisser les croyants mariés. D'autant que la « troupe » doit se tourner vers les directeurs de conscience non laïques et non mariés pour savoir comment vivre le mariage : « Le mariage est un sacrement, une chose sainte. – Lorsque, le moment venu, tu te disposeras à le recevoir, que ton directeur de conscience ou ton confesseur te conseille la lecture de quelques livres utiles. – Et tu seras mieux préparé à assumer dignement les charges du foyer[2]. »

Visiblement marqué par les critiques et les attaques dont il fut l'objet tout au long de sa vie, Escrivá insiste beaucoup pour que l'opusien ne soit pas médisant. Le fait de poser trop de questions est apparenté au fait de se « mêler de la vie des autres », autant dire à un défaut de femme : « Tu es curieux et questionneur, fureteur et toujours à la fenêtre : tu n'as pas honte d'être si peu viril jusque dans tes défauts ? – Sois homme ; et ce besoin de te mêler des affaires d'autrui, change-le en désir de te connaître toi-même et satisfais-le[3]. » L'invitation à ne pas être trop curieux serait fort sage s'il ne s'agissait pas seulement d'interdire la médisance mais aussi « l'esprit critique », un terme auquel le fondateur consacre un long développement ambigu : « Cet esprit

---

1. *Ibid.*, point 189.   2. *Ibid.*, point 27.   3. *Ibid.*, point 50. Il faut noter que la version papier disponible en France et la version Internet diffèrent un peu. La première a gommé les trois derniers mots, « et satisfais-le ». Il existe dans chaque pays une traduction. Elles peuvent varier, y compris en français, entre la version suisse, française, canadienne, ou Internet.

critique – je te concède qu'il n'est pas médisance –, tu ne dois l'exercer ni dans votre apostolat ni avec tes frères. Pour votre entreprise surnaturelle – pardonne-moi de te le dire – cet esprit critique est une grande entrave. En effet, pendant que tu examines le travail des autres – avec, je te l'accorde, une entière hauteur de vue, mais sans raison d'examiner quoi que ce soit –, tu ne fais rien de positif et, par l'exemple de ta passi-vité, tu enrayes la bonne marche de l'ensemble[1]. » Autrement dit, un opusien qui se pose trop de questions contrarie la « bonne marche de l'ensemble ». L'Opus Dei trahit ici son orientation fondamentalement sec-taire. Mais ce point n'inquiète pas outre mesure le Saint-Siège puisque, fort judicieusement, le fondateur a pris soin de préciser que cet aveuglement devait être mis au service de la fascination pour le dogme de l'Église : « Ne cède jamais sur la doctrine de l'Église. – Lorsqu'on fait un alliage, c'est le meilleur métal qui y perd[2]. » Josemaría Escrivá insiste sur ce devoir d'obéis-sance : « Merci, mon Dieu, de l'amour pour le pape que tu as mis dans mon cœur[3]. » Un amour qui n'a rien de passif. L'opusien modèle est actif mais « au service du Christ ». Un mot d'ordre rassurant, qui semble justifier de fermer les yeux sur la manière dont les fidèles lui sont acquis.

Si l'opusien ne lit pas beaucoup pour ne pas faire preuve d'un esprit critique qui gâcherait « l'ensemble », il ne parle pas beaucoup non plus : « Ton obéissance

---

1. *Chemin*, point 53.   2. *Sillon*, point 358.   3. *Chemin*, point 573.

doit être muette. Ah, cette langue[1] ! » Toujours cette peur des questions dérangeantes, tandis que les adeptes muets sont si reposants… D'une façon générale, face aux médisances sur l'Œuvre, l'opusien est invité à être discret sur les détails de son apostolat : « Ne révèle pas à la légère les détails intimes de ton apostolat : ne vois-tu pas que le monde est plein d'incompréhension égoïste[2] ? » On retrouve là l'invitation au secret et un goût pour la dissimulation typiques des sectes ou des confréries. Un opusien ne doit pas parler de son apostolat pour ne pas susciter la médisance ou simplement la contradiction, qu'il serait d'ailleurs peut-être difficilement en position de parer puisque son Œuvre ne lui a pas appris la repartie. On note ici une différence majeure avec la franc-maçonnerie. Certes, comme toute confrérie ayant été persécutée, la franc-maçonnerie protège l'identité de ses membres, mais elle ne leur interdit pas de se présenter comme franc-maçon. Elle interdit seulement l'*outing*, c'est-à-dire le fait de révéler l'appartenance d'un autre membre ou de dévoiler certains rites pratiqués ensemble. Mais, plus que tout, sa formation invite à la pratique perpétuelle de l'esprit critique et du questionnement : entre membres à l'intérieur d'une loge ou à l'occasion de « tenues blanches » faisant intervenir des conférenciers extérieurs. Il n'est pas question de répéter en boucle les seuls livres d'un gourou, mais au contraire d'affûter sa raison et de se nourrir de la pensée universelle en se confrontant à ce qu'elle pro-

---

1. *Ibid.*, point 627.   2. *Ibid.*, point 643.

duit de plus stimulant du point de vue intellectuel.
En cela, la franc-maçonnerie est même à l'opposé de
l'Opus Dei, dont les adeptes abandonnent tout esprit
critique pour n'apprendre par cœur que des maximes
ou se laisser guider par un directeur de conscience. Là
où la franc-maçonnerie forme en principe des citoyens
rationalistes, l'Opus Dei forme au contraire des soldats
du Christ.

L'opusien est un homme ordonné : « Vertu sans
ordre ? – curieuse vertu[1] ! », « Quand tu auras de l'ordre,
ton temps se multipliera : tu pourras ainsi rendre davantage gloire à Dieu, en travaillant plus à son service[2]. »
C'est surtout un bourreau de travail : « L'oisiveté ne
se comprend pas chez un homme qui possède une âme
d'apôtre. » Mais un bourreau de travail au service de
Dieu et non des hommes : « À l'exercice habituel de ta
profession, ajoute un motif surnaturel et tu auras sanctifié le travail. » Il ne doit pas s'inquiéter pour l'argent
et dépenser sans compter au service de l'apostolat :
« Que la crise financière qui menace ton entreprise
apostolique ne t'inquiète pas. – Redouble de confiance
en Dieu, fais humainement ce que tu peux et tu verras comme l'argent cesse vite d'être un problème[3]. »
Autrement dit, pour ajouter une touche spirituelle, ce
bourreau de travail doit songer à verser son obole, par
exemple en mettant ses biens matériels si durement
gagnés au service de Dieu... ou de son Œuvre. « Ce cri
– *serviam !* – exprime la volonté de "servir" très fidèle-

---

1. *Chemin*, point 79.   2. *Ibid.*, point 80.   3. *Ibid.*, point
487.

ment l'Église de Dieu, au prix même de tes biens, de
ton honneur et de ta vie[1]. » Cela tombe bien, l'opusien
n'est pas quelqu'un qui recherche la pauvreté, mais un
homme riche qui doit être généreux envers Dieu (ou
son Œuvre) : « Si tu es homme de Dieu, méprise les
richesses avec l'obstination que mettent les hommes du
monde à les acquérir[2]. » S'il n'est pas riche, il pourra
toujours se « sanctifier » en travaillant gratuitement
pour Dieu, c'est-à-dire pour son Œuvre ; à l'image des
femmes « numéraires auxiliaires » faisant le ménage
dans les résidences de l'Œuvre sans être correctement
payées.

L'opusien n'est pas emballé par le concept d'égalité : « Ne crois-tu pas que l'égalité, telle qu'on la comprend, est synonyme d'injustice[3] ? » N'oublions pas
que *Chemin* a été écrit dans le contexte de la guerre
civile espagnole. Il s'agit donc surtout d'une critique
adressée au marxisme. En dehors de quoi, l'opusien
n'aime pas non plus les discriminations puisqu'il s'agit
d'être « missionnaire » et d'accueillir le plus grand
nombre possible de fidèles, de toutes les origines et de
toutes les conditions sociales. Car l'opusien est avant
tout un prosélyte, dissimulé mais zélé : « Prosélytisme.
– C'est le signe certain du véritable zèle[4]. » Beaucoup
de maximes sont consacrées à la nécessité de « semer »
partout et toujours, notamment en donnant le « bon
exemple » : « Donner le bon exemple, c'est semer du bon
grain ; et la charité nous oblige tous à semer. » L'objec-

---

1. *Ibid.*, point 519.   2. *Ibid.*, point 633.   3. *Ibid.*, point
46.   4. *Ibid.*, point 793.

tif étant une « nouvelle Pentecôte » où l'on convertira
le plus grand nombre : « Aide-moi à réclamer une nouvelle Pentecôte qui embrase encore une fois la terre[1]. »
Cette incitation n'est pas un vain mot, mais une
consigne pouvant aller jusqu'à l'obstination méprisant
le choix et le libre arbitre. « Lorsque vous travaillez
à l'expansion d'une entreprise apostolique, un "non"
ne doit jamais être considéré comme une réponse définitive : revenez à la charge ! » exhorte Escrivá dans
Sillon[2]. Dans son zèle, le fondateur rêve d'une réaction en chaîne : « Âme d'apôtre, tu es parmi les tiens
comme la pierre tombée dans le lac. – Tu provoques
par ton exemple et ta parole un premier cercle… qui en
produit un autre… et celui-ci un autre… et un autre. Et
les cercles sont de plus en plus larges. Comprends-tu
maintenant la grandeur de ta mission ? » Une mission
si grande qu'elle justifie le recours à la tactique, comme
la dissimulation, et peut aller jusqu'au sacrifice : « Tu
veux être martyr. – Je vais mettre le martyre à portée
de ta main : être apôtre et ne pas te dire apôtre ; être missionnaire – remplissant une mission – et ne pas te dire
missionnaire ; être homme de Dieu et paraître homme
du monde : passer inaperçu ! » Le goût du martyre, que
l'on attribue volontiers aux musulmans, est présent à
chaque ligne : « Il faut se donner totalement, il faut se
renoncer totalement, il faut que le sacrifice soit holocauste[3] », ou encore : « Qu'il est beau de perdre la vie
pour la Vie[4] ! »

---

1. *Sillon*, point 213.   2. *Ibid.*, point 107.   3. *Chemin*,
point 186.   4. *Ibid.*, point 218.

Ce décryptage des maximes opusiennes, grâce à *Chemin* et à *Sillon*, donne un aperçu de l'enfermement auquel peut conduire l'engagement au sein de l'Œuvre.

L'emprise et le contrôle des lectures

L'Œuvre de Dieu est une construction hiérarchisée, dont la principale caractéristique est de soumettre des laïques à l'emprise directe de religieux. Pour Escrivá, nous l'avons vu, « les laïques ne peuvent être que disciples[1] ». Autrement dit, dans la milice au service du Christ, les laïques ne sont que la « troupe », sous les ordres de l'état-major du Christ. S'il n'y a rien de choquant à voir des croyants se soumettre à la hiérarchie d'un ordre ou d'une congrégation en échange d'un statut et d'une protection clairement définis, il est toujours plus risqué de voir des citoyens vivant dans le monde faire passer leur citoyenneté après leur soumission à un institut cultivant la dissimulation et se disant d'inspiration divine. Escrivá encourage ses fidèles à ne jamais discuter la parole d'un prêtre, qui doit être vénérée : « Aimer Dieu et ne pas vénérer le prêtre… c'est impossible[2]. » À la différence d'un chrétien pratiquant qui se contenterait de consulter un prêtre sur tel ou tel point, ou qui se confierait à lui à l'occasion d'une confession, les opusiens doivent « obéir » aux consignes de leur « directeur de conscience ». *Chemin* insiste sur ce

---

1. *Ibid.*, point 61. 2. *Ibid.*, point 74.

point : « Directeur. – Il t'en faut un. – Pour te donner, t'abandonner…, en obéissant[1] », ou encore : « Il faut beaucoup d'obéissance à son directeur et beaucoup de docilité à la grâce[2]. » « Obéissance », « docilité », « soumission » sont des mots qui reviennent de façon obsessionnelle. En plus des points cités, le point 28 est entièrement consacré à cette posture obligatoire. Josemaría Escrivá – qui niait toute responsabilité en se considérant comme un simple instrument entre les mains de Dieu – invite ses disciples à s'abandonner totalement entre les mains de son Œuvre, puisqu'il s'agit de l'œuvre de Dieu : « Obéissez comme un instrument obéit aux mains de l'artiste – un instrument ne se demande pas pourquoi il fait ceci ou cela –, assurés que jamais on ne vous ordonnera rien qui ne soit bon et tout à la gloire de Dieu[3]. » Non seulement les disciples doivent accepter d'être des « instruments », mais le moindre esprit critique est assimilé à un acte d'« orgueil » éloignant de la sainteté. « Si l'obéissance ne te donne pas la paix, c'est que tu es orgueilleux[4] », ou encore : « Tu vas à l'apostolat pour te soumettre, t'anéantir, et non pour imposer ton point de vue personnel[5]. »

Lues rapidement, ces maximes peuvent paraître anodines, mais elles forment le cœur d'une doctrine qui vous conditionne, jour après jour, à craindre la damnation éternelle si vous refusez la soumission à votre directeur de conscience, donc à l'Œuvre et à son chef.

---

1. *Chemin*, point 62.   2. *Ibid.*, point 56.   3. *Ibid.*, point 617.   4. *Ibid.*, point 620.   5. *Ibid.*, point 936.

C'est l'un des principaux reproches que font les anciens adeptes à l'institut. Une fois réveillés de leur endoctrinement, ils s'aperçoivent qu'ils se sont interdit de résister à certains ordres avec lesquels ils n'étaient pourtant pas d'accord, et qu'ils ont finalement perdu le contrôle de leur vie. Cette sanctification du rôle du directeur de conscience, associée à l'abandon de tout esprit critique, entraîne nécessairement des abus de pouvoir. Dans leur livre sur l'Opus Dei[1], Bénédicte et Patrice Des Mazery retranscrivent le témoignage d'une ancienne adepte ayant quitté l'Opus Dei parce qu'elle se sentait de plus en plus mal à l'aise vis-à-vis des sous-entendus de son confesseur, le père Jean. Avant de prendre sa décision, elle a décidé d'enregistrer certaines de leurs conversations pour les réécouter à froid, prendre du recul et se demander si elle ne les interprétait pas de travers. Leur retranscription est édifiante[2]. Le confesseur est visiblement attiré par celle qu'il confesse et dirige depuis des années : « Oui, petite femme aimable, mais c'est comme si je te connaissais depuis toute la vie, comme si je t'avais vue grandir depuis que tu avais le lait sur les lèvres. » Lorsque la jeune femme lui demande s'il se souvient de la première fois où il l'a vue, la réponse est encore plus ambiguë : « Oui, petit bout de chou. Dès la première fois que je t'ai vue, je t'ai déshabillée complètement. » Le confesseur ne voit rien de mal à cela puisqu'il est religieux et que son désir est donc spirituel : « Si, moi, je t'aimais pour toi-même, ça se

---

1. *Op. cit.*, p. 49-53.   2. Enregistrements effectués entre novembre 1994 et février 1995.

passerait mal, ça tournerait à l'érotisme très vite. Parce
que tu es une femme et que tu es très bien faite et que tu
es charmante. » Et quand la jeune femme rappelle qu'il
y a une grille à respecter entre eux, il est encore plus
explicite : « Mais la grille, je la fais sauter, ce n'est pas
un problème. Oui, je peux te prendre à la sortie. Non, je
ne te veux pas pour moi, petit bout de chou, je te veux
pour Dieu. » Cette précision n'a pourtant pas rassuré la
jeune femme. En parlant avec d'autres femmes ayant le
même confesseur, elle s'est d'ailleurs aperçue qu'elle
n'était pas seule à être ainsi désirée pour Dieu par le
père Jean…

L'abus de pouvoir au nom du refus de « l'esprit
critique » se caractérise aussi par l'interdiction de certaines lectures, conformément aux consignes données
dans *Chemin* par le fondateur : « Tu ne devrais pas
acquérir de livre sans consulter des chrétiens intelligents et expérimentés. On achète facilement ce qui est
inutile et nocif. Souvent les hommes croient qu'ils ont
entre les mains un livre. En réalité, ils transportent un
chargement de déchets[1]. » Cette maxime est loin de
s'appliquer au seul *Da Vinci Code*. Comme au temps
de l'Inquisition, l'Opus Dei a mis à l'index plus de
1 000 livres. Au départ, la liste des livres diaboliques
est établie à partir des critères de l'Église catholique

---

1. *Chemin*, point 339. La version papier disponible en France
est un peu différente : « Des livres : n'en achète pas sans demander
conseil à des chrétiens compétents et avisés. – Tu pourrais acheter
quelque chose d'inutile ou de nuisible. Combien croient porter un
livre sous le bras… qui ne portent qu'un ramassis d'ordures. »

(Hugo, Kant, Balzac, Locke, Rousseau, Voltaire et Zola), mais l'Œuvre y a ajouté ses propres critères pour continuer la liste abandonnée depuis par l'Église. Ainsi, *Le Docteur Jivago*, pourtant férocement anti-communiste, ne trouve pas grâce en raison des « scènes d'amour qu'il comporte ». Un ancien membre est allé jusqu'à brûler les livres qu'il avait lus et aimés, comme ceux d'Alexandre Dumas : « On les brûlait physiquement pour qu'ils ne circulent plus. Même pas à l'extérieur de l'Opus. C'était un poison de moins en circulation[1]. » Voilà qui explique pourquoi « la plus grande bibliothèque d'Amérique latine », comme aime à le répéter l'Opus Dei, celle construite pour son université de Santiago, n'est grande que par sa taille et non par le nombre de ses livres en rayons. On ne risque pas d'y trouver les livres d'un théologien catho-lique invitant à l'esprit critique comme Hans Küng. En revanche, les œuvres complètes d'un spécialiste de la pensée dictatoriale comme Augusto Pinochet y sont à l'honneur[2]. Un numéraire de l'Opus Dei, pourtant issu d'une famille d'avocats espagnols très cultivés, a reconnu devant une caméra ne lire que certains livres et s'interdire d'aller au cinéma[3].

---

1. Citation du père Vladimir Felzmann citée par B. et P. Des Mazery, *op. cit.*, p. 224-225.   2. Relevé par Marcela Said Cares et Jean de Certeau dans leur documentaire « Opus Dei, une croi-sade silencieuse », Valparaíso Production-Planète-TV5 Monde, 2006.   3. Il est interviewé par Marcela Said Cares et Jean de Certeau, *op. cit.*

La soumission des femmes

Jamais organisation chrétienne n'aura pris autant au sérieux l'Épître de saint Paul aux Corinthiens : « le chef de tout homme, c'est le Christ ; le chef de la femme, c'est l'homme[1] ». Les membres de l'Opus Dei parleront bien entendu de « complémentarité ». Pourtant, il s'agit bien d'ériger la domination masculine en principe de vie. Ils mettront également en avant le fait que l'Opus Dei est l'un des rares instituts à accorder la même formation théologique aux hommes et aux femmes, qu'ils considèrent également du point de vue spirituel… Mais pas du point de vue humain. Les hommes sont attirés à l'Opus Dei par une formation intellectuelle et théologique accompagnée d'activités sportives. Tandis que les femmes apprennent essentiellement à faire le ménage, à coudre et à faire la cuisine. Bref, à être de bonnes servantes au service des hommes. Ce n'est pas un hasard si les anciens adeptes sont en très grande majorité des femmes et beaucoup plus rarement des hommes. Autant les hommes ont souvent profité du cadre de vie très rigoriste imposé par l'Opus Dei pour prendre confiance en eux et s'appliquer dans leur travail, autant certaines femmes en sont sorties rabaissées et humiliées. Elles vous diront que les femmes (55 % des membres de l'Opus) y sont considérées comme « inférieures[2] ». « J'ai toujours eu l'impres-

---

1. Iʳᵉ Épître aux Corinthiens XI, 3, *La Bible de Jérusalem*, Éd. du Cerf. Ce passage est régulièrement cité dans les revues et bulletins des traditionalistes français.   2. Témoignage d'une ancienne adepte recueilli par B. et P. Des Mazery, *op. cit.*, p. 48.

sion que pour l'Opus Dei, la femme était là pour faire des enfants et servir son mari », explique Véronique Duborgel dans son livre consacré à l'« enfer de l'Opus Dei[1] ».

À l'opposé, un ancien adepte masculin témoignant sur ODAN garde quelques bons souvenirs de cette formation très stricte, notamment des sorties entre hommes : « Nous avions des messes quotidiennes, des méditations le matin et le soir ainsi qu'une instruction doctrinale. On faisait du sport dans l'après-midi. Le camp était entretenu par des femmes qui nous servaient. Nous ne nous occupions d'aucune corvée culinaire. » Lui-même n'est parti de l'Opus que par inquiétude pour ses deux jeunes enfants, qui commençaient à être endoctrinés[2].

Toutes les femmes de l'Opus Dei ne subissent pas la misogynie au même niveau. Les auxiliaires, soit les 4 000 femmes uniquement affectées aux travaux domestiques, sont certainement beaucoup plus dominées que les surnuméraires, mariées et actives. Ces dernières peuvent même bénéficier de femmes de ménage grâce aux bons et loyaux services de ces auxiliaires. Contrairement aux religieuses, ces auxiliaires n'ont pas pour mission principale de méditer et de prier – en l'échange de la protection d'un couvent –, mais de prendre en charge les travaux « domestiques ». Ce que l'institut appelle

---

1. Véronique Duborgel, *Dans l'enfer de l'Opus Dei*, Paris, Albin Michel, 2007, p. 23.   2. « Ma principale objection à l'organisation, à l'époque et surtout aujourd'hui que je suis le père de deux jeunes garçons, était la façon ingénieuse et hypocrite dont elle recrutait à un âge vulnérable. »

poliment l'« administration » est géré par un Conseil consultatif central féminin, inféodé au Conseil général, uniquement masculin. Et comme seul le Conseil général masculin élit le prélat et prend toutes les grandes décisions, les femmes en sont tout naturellement exclues. Dans sa grande bonté, le fondateur aime à rappeler que les hommes de l'Opus Dei ne prennent toutefois jamais une décision sans consulter les femmes. D'où l'adjectif « consultatif » accolé à leur conseil, tandis que celui des hommes est simplement « général ».

Cette répartition des rôles proprement archaïque n'est pas seulement le fait des écrits de saint Paul ou de la conception patriarcale inscrite au cœur des fondements de l'Église, elle est accentuée par l'éducation et la personnalité du fondateur de l'Opus Dei. Les femmes de son entourage – celles que l'on appelle tendrement « la grand-mère », soit la mère de Josemaría Escrivá (Dolores), ou encore « la tante » (sa sœur Carmen) – ont été les premières femmes de ménage de l'Œuvre de Dieu. Paniqué à l'idée de devoir lui-même s'occuper de ranger la maison doctorale dont il était en charge après la guerre, il les a fait venir pour les mettre à contribution. Or, ce qui vaut pour sa famille semble valoir pour l'ensemble de l'institut, aux quatre coins du monde, quelle que soit l'époque. Sitôt la première maison, délabrée, ouverte à Rome, son obsession sera de faire venir des auxiliaires femmes pour l'aménager, avec ce mot d'encouragement : « Celles qui viennent à Rome vont apprendre ce qu'est la vraie pauvreté, ce qu'est un froid authentique, humide, sans chauffage, ce que c'est que vivre chez autrui jusqu'à ce que nous poussions dans ses retranchements le cœur de Jésus. Qu'elles soient prêtes avec leur enthousiasme et leur bonne humeur habituelle à affronter ces délicieuses petites choses. Il n'est pas possible d'envisager la fondation de maisons sans contrariétés. Et celles que j'ai signalées sont bien peu de chose[1]. » Dans un autre courrier, il détaille tous les instruments de cuisine qui leur permettent de lui préparer une « bonne tarte » tout en prenant soin de son diabète[2]. Les filles, elles, semblent moins gâtées. Faute de place, elles sont logées chez l'habitant. Et lorsqu'on les installe enfin dans la maison de Rome, humide et où courent les souris, elles demandent à partager une chambre pour se rassurer, mais Escrivá leur interdit la moindre source de réconfort : « Mes filles, si vous avez peur maintenant, comment pourrais-je vous envoyer sous peu en Afrique, au Congo… n'importe où ? Non, mes filles, soyez courageuses et dormez chacune dans votre chambre[3]. » Le père se dira d'ailleurs fatigué de leurs bavardages incessants et frivoles : « Que les femmes soient toujours contentes – et qu'elles soient très sincères ; qu'elles maîtrisent leur imagination, ne se créent pas de peines superflues ; et qu'elles sachent vivre notre vie de service de l'Église avec toute sa grandeur dans les choses communes, petites, extraordinaires, c'est là que Dieu est présent[4]. » On pourrait être tenté de reconnaître au fondateur de l'Opus Dei que la mission sacerdotale des opusiens impose une certaine rigueur aux femmes comme aux hommes. Mais María

---

1. Cité par A. Vázquez de Prada, *op. cit.*, vol. III, p. 64.
2. *Ibid.*, p. 72.   3. *Ibid.*, p. 419.   4. *Ibid.*, p. 126.

del Carmen Tapia, qui a été membre de l'Opus Dei pendant dix-huit ans et même la secrétaire personnelle de Josemaría Escrivá, se souvient d'une étrange habitude : « Si les membres masculins dormaient sur des matelas, les femmes, elles, dormaient sur des planches de bois. Alors qu'elles se cassaient le dos en faisant toute la journée du nettoyage, de la lessive, et à manger[1]. »

Contrairement aux ecclésiastiques, qui prennent en main leur intendance, les hommes de l'Opus Dei semblent donc incapables de se prendre en charge. Cette spécificité, à laquelle tenait beaucoup Josemaría Escrivá, est en grande partie à l'origine du montage juridique particulier de l'Opus Dei. Bien que ses numéraires vivent dans des centres séparés selon les sexes, l'Œuvre ne veut pas entrer dans la case « congrégations » parce que, si tel était le cas, les femmes de l'Opus ne pourraient plus faire le ménage chez les hommes… Leur statut est si ingrat que Josemaría a eu beaucoup de difficulté à trouver ses premières recrues féminines. Dès la fin des années 1940, il se montre pourtant obsédé à l'idée d'avoir autant de membres femmes que d'hommes, pour pouvoir faire marcher son Œuvre sur ses deux pieds, mais surtout pour avoir des résidences propres. Son biographe est assez clair : « Il était urgent […] de faire entrer davantage de femmes dans l'Opus Dei. Le besoin s'en faisait sentir, surtout pour ce qui concernait les numéraires auxiliaires si on

---

1. Conférence publique du 15 février 1995 au Press Club de France. Voir aussi María del Carmen Tapia, *Beyond the Threshold : a Life in Opus Dei*, Continuum, New York, 1997, 364 pages.

voulait assurer le bon fonctionnement de l'Œuvre[1]. »
L'idée d'affecter des hommes aux tâches des auxiliaires n'effleure même pas le fondateur. Lorsque les
auxiliaires corvéables à merci et gratuites manquent,
la solution envisagée est d'engager des domestiques
femmes hors de l'Œuvre, dans l'espoir de susciter leur
vocation.

Josemaría Escrivá pensait sincèrement que les activités de ménage correspondaient à la nature des femmes.
Dans l'une de ses lettres envoyées au Conseil général,
il se réjouit ainsi que ses « filles », bien que « laïques »,
aient obtenu de Rome le droit de nettoyer les linges
sacrés, comme les nappes d'autel. Il n'a pas compris
pourquoi ces filles ne lui ont pas aussitôt écrit pour
exploser de joie et s'en plaint dans le courrier suivant :
« Qu'elles me disent un peu ce qu'elles ont pensé du
privilège de purifier… parce qu'elles sont plus muettes
que des carpes[2]. » Son vocabulaire est volontiers vul-
gaire lorsqu'il parle des femmes. « Faites-vous rava-
ler la façade[3] », lançait-il parfois à ses auditrices. Il
n'hésitait pas à les rendre responsables des infidélités
de leurs maris : « Un vieux proverbe castillan dit que
la femme bien mise fait revenir le mari à la maison.
C'est pourquoi j'ose affirmer que les femmes sont
responsables, à quatre-vingts pour cent, des infidélités de leurs maris, parce qu'elles ne savent pas les
conquérir chaque jour, elles ne trouvent pas les gen-

---

1. A. Vázquez de Prada, *op. cit.*, vol. III., p. 124.   2. Lettre
à ses fils du Conseil général, de Rome, *ibid.*, p. 53.   3. Cité par
Véronique Duborgel, *op. cit.*, p. 123.

tillesses qu'il faut[1]. » Par « gentillesse », il faut bien entendu comprendre qu'une femme sainte est d'abord une femme au foyer : « La femme mariée doit d'abord s'occuper de son foyer. Je me rappelle une chanson de mon pays qui dit : la femme qui, pour l'Église, laisse brûler la marmite, est ange pour une moitié, et diable pour l'autre moitié. Quant à moi, elle me paraît diable en entier[2]. » Son Œuvre étant particulièrement attachée au travail, il n'exclut pas qu'elles aient d'autres activités « dans les divers métiers et emplois dignes qui existent dans la société où l'on vit ». À condition que ces métiers correspondent à la nature de la femme et qu'ils ne nuisent pas à l'entretien de son foyer, lequel doit rester une priorité puisqu'il n'est pas question que l'homme l'aide et partage cette tâche. Le fondateur insiste sur ce point : le fait d'être autorisée à avoir des activités politiques ou sociales extérieures (au service de l'Église notamment) ne doit pas être confondu avec un droit à l'égalité. « Développement, maturité, émancipation de la femme, tout cela ne doit pas signifier une prétention d'égalité – d'uniformité –, par rapport à l'homme, une imitation du comportement masculin. Ce ne serait point là un succès, mais bien plutôt un recul pour la femme : non pas parce qu'elle vaut plus ou moins que l'homme, mais parce qu'elle est différente. »

L'archaïsme castillan du fondateur de l'Opus Dei ne serait pas si grave s'il ne prétendait pas régir la vie des autres. Or, Josemaría Escrivá a fondé une « sainte

---

1. *Entretiens*, point 107.   2. *Ibid.*, point 107.

famille » dont les directeurs spirituels arbitrent la vie de milliers de familles aux quatre coins du monde et dont les adeptes boivent ses paroles et ses proverbes castillans comme s'ils étaient valables de tout temps et non empreints de leur époque. Ce qui débouche sur une vision politique diffusée à partir de cette Œuvre reconnue par l'Église. Dès lors, le système des numéraires auxiliaires pose la question de l'exploitation pure et simple. Car à force d'inciter ses membres à se sanctifier par le travail, les centres de l'Opus exploitent des centaines de numéraires auxiliaires, essentiellement des femmes, corvéables à merci et non rémunérées, donc sans espoir de retraite. À l'image de l'école hôtelière Dosnon, dont l'une des servantes a travaillé pendant treize ans pour la moitié du SMIC.

Le goût des mortifications

La sanctification de la douleur et de la souffrance physique est l'un des traits marquants de l'Opus Dei. Le roman de Dan Brown utilise cet aspect comme ressort dramatique. Les scènes où l'envoyé de l'Opus Dei se mortifie en se frappant le dos à l'aide d'une chaîne cloutée et d'un cilice, représentée dans le film par une chaîne à gros barbelés, exagèrent grossièrement des pratiques qui existent de façon moins spectaculaire au sein de l'Œuvre. Le service de communication de l'Opus a fait un communiqué pour donner sa version : « Certains membres de l'Opus Dei utilisent de façon modérée le cilice et la discipline, genres de mortification qui ont

toujours eu cours dans la tradition catholique en raison
de leur référence symbolique à la passion du Christ. La
description du cilice et de la discipline dans le *Da Vinci
Code* est totalement extravagante. » L'Opus Dei a raison de le souligner, le cilice porté par ses numéraires
est moins impressionnant que celui du film, mais Dan
Brown n'a rien inventé. La mortification et la douleur
physique sont bien au cœur de la pratique opusienne.
Essentiellement chez les numéraires (30 %) et quelques
agrégés qui portent ce barbelé à la cuisse plusieurs
heures par jour sous leurs vêtements. Dans *Chemin*,
Escrivá explique que « pour corriger le corps comme il
faut et le maintenir en esclavage, les numéraires et les
agrégés de l'Opus Dei, avec l'approbation de leur directeur spirituel, garderont fidèlement la pieuse habitude
de porter chaque jour, pendant au moins deux heures,
un court cilice ; en outre, une fois par semaine, ils se
donneront la discipline et dormiront sur le sol, sans pour
autant attenter à leur santé ». D'après l'Opus Dei, cette
douleur physique rappelant la couronne d'épines et la
crucifixion doit permettre de s'imaginer tel un Christ
en croix, d'où l'importance d'avoir pour symbole une
croix sans Christ… Puisque le fidèle est censé s'imaginer sur cette croix : « Lorsque tu verras une pauvre
croix de bois, seule, misérable et sans valeur… et sans
crucifié, n'oublie pas que cette croix est ta Croix : celle
de chaque jour, cachée, sans éclat et sans consolation…
Elle attend le crucifié qui lui manque. Et ce crucifié, ce
doit être toi[1]. »

---

1. *Chemin*, point 178.

Cet idéal masochiste n'a rien de très original. Il remet au goût du jour des pratiques chrétiennes ancestrales. Le pape Paul IV, par exemple, portait une haire : un tissu en poil de chèvre ou en crin, parfois doublé de petites pointes irritantes pour la peau. Les Carmélites et les Chartreux faisaient de même. Mais depuis quelques décennies, notamment depuis Vatican II, les catholiques sont censés s'éloigner d'une vision aussi doloriste de la chair, surtout s'ils sont laïques et non dans les ordres. Mais que seraient l'Opus Dei et sa capacité à fasciner sans ce goût pour la douleur ? Le culte de la mortification est omniprésent dans les œuvres d'Escrivá, notamment dans *Chemin*. Plusieurs dizaines de maximes lui sont consacrées, de façon répétitive et obsédante. Au point que l'on finit par penser que la recherche de la douleur physique est un but en soi. « 172 : Si tu ne te mortifies pas, tu ne seras jamais une âme d'oraison[1] », « 180 : Pas de vertu, sans mortification », « 208 : Bénie soit la douleur. – Aimée soit la douleur. – Sanctifiée soit la douleur… Glorifiée soit la douleur ! », « 223 : Que la pénitence a peu de prix, sans une constante mortification ! », ou encore : « 439 : N'oublie pas que la douleur est la pierre de touche de l'Amour. »

D'une façon générale, le corps est présenté comme un adversaire voire un « ennemi » de Dieu. Il doit donc être méprisé et même martyrisé, que ce soit par la mortification ou par le jeûne : « Puisque tu sais que

---

1. Dans la version disponible en France, « oraison » est remplacé par « prière ».

ton corps est ton ennemi et l'ennemi de la gloire de Dieu, parce qu'il l'est de ta sanctification, pourquoi le traites-tu avec tant de mollesse[1] ? » Outre le cilice, les numéraires se frappent aussi avec un martinet – appelé « discipline » –, sur le fessier ou sur le dos, tout en récitant une courte prière comme « Notre Père » ou « Je vous salue, Marie pleine de grâce ». Chaque petite mortification est bonne à prendre. Comme ne pas mettre du sucre dans son café pour endurer son amertume. Ou commencer la journée par une douche glaciale, comme saint François d'Assise. Escrivá en parle dans *Chemin* à propos de la « pureté » : « Pour défendre sa pureté, saint François d'Assise se roula dans la neige, saint Benoît se jeta dans un buisson de ronces, saint Bernard se plongea dans un étang glacé… – Toi, qu'as-tu fait[2] ? » Face au zèle des opusiens désireux de suivre cet exemple, Portillo a dû préciser que cet exercice ne faisait toutefois pas partie du règlement obligatoire. On imagine pourtant difficilement un numéraire prendre un bon bain chaud. Cela n'a rien de grave en soi, mais reflète une vision de la vie et du monde. Cette vision doit autant à l'histoire du catholicisme qu'à celle du fondateur de l'Opus Dei, qui entretenait une relation proprement sadomasochiste avec son corps[3]. Notamment depuis la mort précoce de ses sœurs, qui signifiait à ses yeux d'enfant qu'elles étaient plus saintes que lui. En vertu de quoi, le jeune Escrivá se rappro-

---

1. *Chemin*, point 227.   2. *Ibid.*, point 143.   3. Le fondateur de l'Opus Dei avait une image détestable de lui-même et de son corps, qui transpire dans le vocabulaire des « Catherine ».

chait un peu plus de la sainteté de ses sœurs chaque fois qu'il s'approchait de la mort par la voie de la douleur physique ou de la maladie. Dans sa biographie, chacune de ses nombreuses maladies est longuement détaillée et commentée. Mais quand il n'a pas cette « chance », le jeune homme s'enferme des heures pour infliger à son corps une violence directe, avec une dureté qui finit par inquiéter sa mère : « Arrête de te frapper et d'avoir cette mauvaise mine », lui aurait-elle dit un jour. D'après son biographe, « entendre les coups cinglants de la discipline que son fils s'assenait était un véritable supplice pour les oreilles de Dolores Escrivá[1] ». « Il avait beau aussi nettoyer soigneusement la salle de bains après cette opération, les yeux perspicaces de sa mère ne pourraient manquer de remarquer de petites traces de sang par terre ou sur les murs. » L'angoisse de sa mère explique sans doute cette maxime, écrite dans *Chemin* à cette époque : « Cherche des mortifications qui ne mortifient pas les autres[2]. » Une autre maxime semble poser un garde-fou : « Ne fais pas pénitence au-delà de ce que te permet ton directeur[3]. »

On imagine mal qu'un directeur de conscience opusien veuille stopper cette surenchère inspirée par le fondateur – dans la mesure où lui-même la pratiquait sans retenue, jusqu'au sang. D'ailleurs, malgré certaines précautions ajoutées depuis la mort d'Escrivá, les mortifications continuent. Durant le peu de temps

---

1. A. Vázquez de Prada, *op. cit.*, vol. I, p. 539.   2. *Chemin*, point 179.   3. *Ibid.*, point 233.

où elle quitta l'Opus Dei (avant d'être récupérée par l'organisation à la toute fin de sa vie), la secrétaire particulière de Balaguer analysa le rôle joué par ces mortifications comme faisant partie d'un dispositif de fragilisation en vue de conditionner l'opusien et de le préparer à la soumission : « Les mortifications faisaient partie de notre enseignement comme l'apprentissage du catéchisme. On portait son cilice deux heures par jour, sauf les jours de fête (dont le dimanche). Une fois par semaine, on devait dormir à même le sol et utiliser la discipline. Dans ce qu'on nous expliquait, on nous disait que c'était pour nous rapprocher des souffrances du Christ, mais surtout, on ne pensait qu'à ça, et pas à autre chose[1]. » María porta le cilice au point d'en conserver trente-trois cicatrices. Sharon Clasen, une autre ancienne adepte, a le même souvenir : « Quand je l'ai enlevé, j'ai remarqué que des points avaient commencé à marquer ma chair. Un tas de petits points sanglants, les traces des pics. Le lendemain, j'ai mis le cilice sur une autre partie de mon corps pour que la partie blessée se soigne. Mais ça ne se soignait jamais[2]. » Puisque le but recherché est la douleur, la rigidité des consignes de l'Œuvre ne permet pas certains accommodements pour moins souffrir : « Pendant plusieurs semaines, au lieu de le mettre sur ma cuisse, je l'ai attaché à ma taille. De cette façon, la douleur n'était pas aussi forte […]. Dans un entretien, le directeur a insisté […] sur le fait

---

1. Entretien avec une ancienne membre, mars 2007.   2. Sharon Clasen, *Making Modern-Day Martyrs Using Medieval Methods by Former Numerary*, http://www.odan.org/tw_making_modern_martyrs.htm.

que le cilice soit porté sur l'aine, j'ai cessé de le mettre sur ma taille. »

Des familles déchirées

On se demande toujours comment des individus apparemment sains de corps et d'esprit peuvent perdre à ce point leur capacité de jugement. La réponse tient aux méthodes proprement sectaires utilisées par l'Opus Dei. Une fois placés sous leur directeur de conscience, les membres de l'Opus – qu'ils soient numéraires ou surnuméraires – sont accablés de prières, de récitations et de tâches à effectuer chaque heure de la journée. Débordés, épuisés, ils en perdent le temps de prendre du recul et de penser. Un processus particulièrement bien raconté par Véronique Duborgel, qui a subi la loi de l'Opus Dei pendant des années avant de trouver le courage d'en sortir et de raconter son calvaire dans un livre intitulé *Dans l'enfer de l'Opus Dei*[1].

Elle a été initiée par son mari, dont elle ignorait l'appartenance à l'Opus Dei. En 1983, elle n'a que vingt ans et rêve de voir ce mariage se concrétiser malgré les réticences de sa belle-famille. Juste avant de l'épouser, sans lui dire qu'il appartenait à l'institut, son futur époux l'a présentée à un cercle d'amis. Elle apprendra par la suite qu'ils sont tous membres de l'Opus Dei et que cette soirée sert à la jauger. Quelques mois plus tard, son fiancé lui propose de fréquenter un centre

---

1. *Op. cit.*

culturel pour filles appelé Le Rocher à Genève, dont il lui dit le plus grand bien, toujours sans mentionner qu'il s'agit d'un centre de l'Opus Dei. Au centre, toutes les filles qui l'accueillent sont joyeuses, dynamiques et très serviables. Au programme, il n'est pas question de religion, mais de cours de couture et de fondue au chocolat. Son fiancé lui propose alors de la mettre en contact avec un prêtre espagnol de sa connaissance. Pourquoi pas ? L'entrevue est cordiale et porte sur la religion, le mariage, les enfants, la famille, mais il n'est toujours pas question de l'Opus Dei. Malgré l'omniprésence des photos du fondateur de l'Opus Dei et de ses brochures, Véronique Duborgel ne se doute toujours de rien. Et pour cause, elle ne connaît pas encore les rituels de l'Œuvre et ne peut les repérer. Une jeune fille espagnole se met à lui donner des cours de religion. Un an de cours de doctrine dispensés au sein d'un centre de l'Opus Dei, toujours en vue de ce mariage, récompensé par une nouvelle proposition : participer à l'Univ'. Quel catholique pratiquant ne serait pas tenté ? L'ambiance est comme toujours conviviale, façon JMJ, sauf que la messe est en latin. Une accompagnatrice est tout particulièrement chargée de la chaperonner, de lui faire découvrir les bienfaits de l'Opus Dei et de l'encourager à « siffler », selon le langage qu'utilisent les opusiens pour signifier leur engagement au sein de l'œuvre : « Avec le recul, je me rends compte que tout cela était rondement mené et psychologiquement bien ficelé. Tout était dirigé d'une main de maître[1]. »

---

1. V. Duborgel, *op. cit.*, p. 25.

Le 1er avril 1983, devant l'insistance de son chaperon, elle plonge et siffle. On lui tend une feuille blanche, qu'elle doit remplir de mots inspirés à l'intention du prélat, Alvaro del Portillo. De ce jour, la vie de Véronique va changer. Les filles qu'elle fréquente depuis quelques mois, visiblement opusiennes et au courant de son sifflement, la saluent désormais par un « *Pax !* » auquel elle répond par un « *In aeternam !* ». Dès le lendemain, elle reçoit même sa première « correction fraternelle ». Depuis le début du voyage, elle n'a pas vu son fiancé. Les garçons et les filles ont été strictement séparés, sauf dans la cour Saint-Damase, où ils sont reçus par le pape et chantent « Jean-Paul II, tout le monde t'aime ». Alors qu'elle le cherche des yeux, elle l'aperçoit avec les hommes, tout près du Saint-Père. Émue, elle éclate de joie. C'est alors qu'une femme de l'Opus, qu'elle ne connaît pas, la remet à sa place en lui faisant remarquer que cette effusion n'est pas digne d'un membre de l'Œuvre.

De retour chez elle, sa tenue vestimentaire est reprise en main. On lui recommande de se maquiller à coups de fard et de rouge aux lèvres, pour être plus « féminine ». Ce qui est une façon polie mais claire de lui signaler que son aspect extérieur est négligé. « Il m'a été demandé de porter des jupes ou des robes, car le pantalon est considéré comme provocant et antiféminin ! On m'a aussi reproché de croiser les jambes à la messe[1]. » Son emploi du temps, appelé « plan de

---

1. *Aujourd'hui en France*, 29 octobre 2007, propos recueillis par Philippe Baverel.

vie », est également totalement pris en charge par une directrice de conscience qui lui donne des exercices quotidiens : offrande au travail, oraison mentale (une heure répartie dans la journée), sainte messe, communion, visite du Saint-Sacrement, lecture du saint Évangile ou de livres recommandés, examen de conscience, récitation soit de l'*Angélus* soit du *Regina cœli*. Chaque semaine, l'opusienne doit aussi procéder à une confession sacramentelle, une mortification corporelle avec récitation soit des *Salve Regina* soit du *Regina cœli*. Et encore, il ne s'agit que du régime de base, qui peut être accéléré. Pour Véronique Duborgel, le plan de vie devient si dévorant qu'elle ne trouve plus le temps de se consacrer pleinement à sa famille et à ses enfants. Mais ce qui la choque le plus, ce sont les demandes de délation répétées venant de sa directrice spirituelle, qui l'oblige à surveiller les autres femmes pour mieux les corriger : « Une fois, elle m'a même demandé d'aller me renseigner auprès d'une autre femme membre qui, bien que mariée depuis dix-huit mois, n'avait pas d'enfant, pour savoir si elle avait recours à la contraception, considérée comme un péché mortel par les opusiens[1]. » Cette surveillance obsessionnelle de ce qui se passe dans les foyers des autres est d'autant plus troublante que sa directrice spirituelle ne lui est en revanche d'aucune utilité pour sauver son couple et la préserver de la brutalité grandissante de son mari : « Quand j'ai dit à ma directrice spirituelle que mon

---

1. *Aujourd'hui en France*, 29 octobre 2007, propos recueillis par Philippe Baverel.

mari me battait, elle m'a répondu : "C'est ta croix !"
Je me souviens aussi de sa formule : "Soyez un foyer
lumineux et joyeux !"[1] » Au fil des années, Véronique
Duborgel réalise même que son mariage est voué à
l'échec depuis le départ, du fait de l'engagement de
son mari au sein de l'Opus Dei. Elle parle de « mariage
à trois » tant cette vocation le pousse à la dissimulation, à fréquenter des cercles uniquement masculins et
à ne rien partager. Sauf des coups, lorsqu'il sent que
sa femme souhaite sortir de l'Opus Dei et échappe à
son emprise. Il ne sera radié de l'Opus Dei que des
années plus tard ; entre-temps, Véronique Duborgel
aura trouvé toute seule le courage de ne pas renouveler son engagement. Avant cela, chaque fois qu'elle
tentait de faire part de ses doutes à sa directrice spirituelle, la même réponse laconique tombait : « C'est
Satan qui veut te posséder. » Une fois conditionnée, le
départ ne lui fut pas si facile.

À la suite de nombreux témoignages de familles
déchirées, notamment de parents ayant perdu tout
contact avec leurs filles suite à leur adhésion à l'Opus
Dei, plusieurs responsables ecclésiastiques ont cherché
un moyen de contenir l'emprise sectaire de cet institut
reconnu par l'Église. En 1981, en Grande-Bretagne,
alors que les agissements de l'Opus Dei soulevaient
une nouvelle fois la polémique, le cardinal Basil Hume
a imposé certaines règles à l'Opus local :

« 1. Aucune personne âgée de moins de dix-huit
ans ne doit être autorisée à prononcer des vœux ou à

---

1. *Ibid.*

prendre des engagements à long terme en relation avec l'Opus Dei. 2. Il est essentiel que les jeunes qui désirent entrer dans l'Opus Dei s'en ouvrent à leurs parents ou à leurs tuteurs légaux. Si, par exception, il existe des raisons fondées pour que l'on ne rentre pas en relation avec leurs familles, ces raisons doivent, dans tous les cas, être débattues avec l'évêque local ou son délégué. 3. S'il est admis que ceux qui adhèrent à l'Opus Dei prennent les devoirs et les responsabilités propres aux membres, il faut bien veiller à respecter la liberté de l'individu ; tout d'abord la liberté, pour l'individu, d'adhérer à l'organisation ou de la quitter sans que s'exerce une pression indue ; la liberté, pour l'individu, à quelque étape que ce soit, de choisir son propre directeur spirituel, que ce directeur soit membre ou non de l'Opus Dei[1]. »

Ces recommandations en disent long sur le degré de connaissance par l'Église des pratiques sectaires de l'Opus Dei. Elles n'ont guère eu d'impact. Même si l'Œuvre prend sûrement plus de précautions lorsqu'elle se sait surveillée par un évêque, la bénédiction au plus haut niveau du Vatican l'encourage à persister. Et les témoignages sur son caractère sectaire continuent d'affluer. Pour parer aux accusations, les opusiens mettent en avant que tous les membres de l'Opus Dei sont consentants. De fait, l'institut vérifie plutôt deux fois qu'une leur consentement (sans doute pour apaiser les critiques et sur la recommandation de la hiérarchie

---

1. Déclaration du cardinal Basil Hume sur l'Opus Dei, *The Tablet*, 12 décembre 1981.

catholique). Ainsi pour « siffler », selon l'expression
d'Escrivá – qui compare un futur adepte à une bouilloire
sur le feu prête pour le thé –, il faut écrire une lettre
demandant à faire partie de l'Œuvre au prélat. Alors
que toutes les maximes témoignent d'une volonté prosélyte et même d'une recherche du rendement dans ce
domaine. Mais l'Opus Dei prend très au sérieux l'engagement pour une raison simple. Elle n'aime pas trop
voir des membres s'engager à la légère car ils risquent
de partir à la première difficulté et de nuire à sa réputation depuis l'extérieur. Il faut ainsi attendre un an et
demi après avoir sifflé pour être officiellement membre
et obtenir l'« oblature ». Les premières années, les
vœux doivent être renouvelés tous les 19 mars, fête de
saint Joseph, patron du travail, pour continuer à faire
partie de l'Opus Dei. En d'autres termes, un membre
n'a rien à faire s'il ne veut plus en faire partie. Seuls
les membres ayant sifflé depuis cinq ans sont passés au
stade de la fidélité et n'ont plus besoin de renouveler
leurs vœux tous les ans. Ceux-là doivent écrire au prélat pour les défaire.

Sans aucun doute, l'Opus Dei a pris soin de multi-
plier les rituels de consentement et peut être quitté, ce
qui constitue à la fois une protection pour ses membres
et pour sa réputation. Mais cela ne signifie pas que son
emprise sur eux ne soit pas d'ordre sectaire. À lire les
témoignages d'anciens membres, notamment ceux
récoltés par l'ODAN, ceux qui souhaitent partir mettent
des années avant d'oser écrire au prélat. Ils mettent
surtout des années à ne plus culpabiliser et à ne plus
craindre d'être damnés pour un tel acte. Malgré quoi,

l'Opus Dei estime qu'entre 20 et 30 % de ses membres finissent par décrocher.

La correction fraternelle appliquée à l'Église

Dans les années à venir, ceux qui souhaitent sortir de l'Opus Dei en raison de ses méthodes sectaires devront peut-être aussi quitter l'Église. Car à force de lui faire une place dans son giron, le Saint-Siège finit par généraliser certaines de ses méthodes, comme la « correction fraternelle ». Pour Escrivá, « l'exercice de la correction fraternelle est la meilleure manière d'aider les autres, après la prière et le bon exemple[1] ». De quoi s'agit-il ? Ni plus ni moins qu'une chaîne de délations visant à faciliter la punition par le fait de déresponsabiliser délateurs et punisseurs. Elle met en scène quatre personnes. La première doit dénoncer un « frère » ou une « sœur » ayant une tenue ou un comportement incorrects. Le directeur ou la directrice charge alors une quatrième personne, totalement étrangère au délit et à la délation, de punir le « frère » ou la « sœur » dénoncés. Ainsi, le délateur n'aura pas à assumer le poids de la punition et peut dénoncer plus facilement. Très souvent, les corrections

---

1. *Forge*, point 641. Dernier ouvrage de Escrivá édité en 1987, il est disponible en quatorze langues et a été imprimé à 400 000 exemplaires. Il comporte 1 055 points de méditation. Dans sa présentation, A. del Portillo écrit : « *Forge*, en somme, accompagne l'âme dans le parcours de sa sanctification depuis qu'elle perçoit la lumière de la vocation jusqu'à ce que la vie terrestre s'ouvre à l'éternité. »

concernent le look des opusiens : cheveux mal coiffés, teinture peu appropriée, maquillage trop discret, mais pas seulement. Aux États-Unis, une opusienne ayant perdu sa mère s'est vu reprocher de pleurer en public. Quelques mois après avoir été « corrigée », elle fut chargée d'infliger une correction similaire à une « sœur » également en deuil. La correction fraternelle est en quelque sorte le point d'orgue d'un « système de contrôle social qui concerne entre autres l'apparence que doit avoir tout membre de l'Œuvre[1] ». À l'échelle politique, ce type de police de la vertu et du comportement forge les dictatures. Il est vrai que le fondateur n'a jamais désapprouvé cet aspect des régimes de Franco et de Pinochet... À l'en croire, il aurait néanmoins puisé l'idée dans l'Épître aux Galates des Évangiles, où Paul réprimande Pierre. Il lui donne toutefois un sens bien plus coercitif. Une version catholique du commissaire politique, avec le même risque de dérives et d'abus de pouvoir.

Tant qu'elle n'est appliquée qu'aux membres consentants de l'Opus Dei, la correction fraternelle ne pose d'autre problème que celui d'un fonctionnement coercitif sectaire. De façon plus préoccupante, le fondateur de l'Opus Dei encourage ses brebis à étendre cette pratique à tous les chrétiens : « Si nous rencontrons de ces chrétiens de façade, nous devrons les aider, avec affection et en toute clarté, et recourir aussi, si besoin est, au remède évangélique de la correction fraternelle[2]. » Cette maxime prend un sens nouveau depuis que

---

1. Véronique Duborgel, *op. cit.*, p. 31.   2. *Amis de Dieu*, point 69. Ouvrage posthume publié en 1977, il comprend 18 homélies prononcées entre 1941 et 1968.

l'Église catholique semble vouloir charger les opusiens de nettoyer les « écuries d'Augias » de l'Église, quitte à adopter cette pratique pour mieux surveiller ses brebis galeuses. Ils peuvent notamment lui servir de gendarmes contre les détournements de fonds, comme en 1996 en Amérique latine. Plusieurs Églises sont alors pointées du doigt pour leur gestion financière hasardeuse. Ce n'est pas ce qui met en colère l'archevêque d'Ayacucho, au Pérou. Mgr Juan Luis Cipriani Thorne, membre de l'Opus Dei, est furieux parce que la presse en parle. Sa solution consiste à réclamer la censure des « lâches qui se cachent derrière un micro ». « Les nouvelles sont un produit, a-t-il poursuivi. À ce titre, elles devraient passer par un contrôle de qualité[1]. » La « correction fraternelle » façon Opus Dei n'est donc pas un gage de libération de la parole, bien au contraire. La délation oui, mais en interne.

Les opusiens peuvent également servir de commissaires politiques, au sens strict du terme, lorsqu'il s'agit de lutter contre les partisans de la théologie de la libération. En mai 2007, Jon Sobrino, un jésuite espagnol soutenant la théologie de la libération, auteur de nombreux livres et membre de la Congrégation romaine pour la doctrine de la foi, est ainsi placé sous la direction du nouvel archevêque de San Salvador, Mgr Sáenz Lacalle, membre de l'Opus Dei. Ce dernier lui a interdit tout droit de publier et d'enseigner.

Mais la tâche qui semble devoir occuper le plus les nouveaux commissaires de l'Église dans les années qui viennent concerne les scandales pédophiles. Le terme

---

1. *La Croix*, 2 octobre 1996.

« correction fraternelle » apparaît en effet comme l'une des solutions envisagées par le rapport de la Conférence des évêques américains concernant les abus sexuels commis par des prêtres américains sur des enfants. Comment comprendre autrement cette phrase : « L'absence de correction fraternelle conjuguée avec l'absence de responsabilité épiscopale a alimenté cette crise[1]. » Notons que parmi les quatre prélats choisis par le Saint-Siège pour rédiger ce rapport figurait Julián Herranz, un évêque espagnol responsable du Conseil pontifical pour les textes législatifs et membre de l'Opus Dei. L'usage de ce terme ne doit donc rien au hasard. Il signe l'influence grandissante des pratiques opusiennes au sein de l'Église catholique.

Depuis quelques années, les opusiens sont appelés à la rescousse chaque fois qu'une crise fait intervenir la question sexuelle au sein de l'Église. Comme en Autriche en novembre 2003, lorsque des policiers découvrent 40 000 images pornographiques – dont certaines à caractère pédophile ou zoophile – dans les ordinateurs portables de plusieurs de ses prêtres du diocèse de Sankt Pölten. Interrogé par la presse, qui vient de publier des photos d'attouchements entre enseignants et séminaristes, Mgr Krenn, l'évêque chargé du diocèse, répond qu'il s'agit de « blagues de jeunes garçons ». Plusieurs prêtres demandent pourtant la démission de l'évêque, et réclament le « nettoyage des écuries d'Augias ». Ce que fait la curie en envoyant sur place Mgr Kueng, un évêque de l'Opus Dei. Il fait fer-

---

1. A Report on the Crisis in the Catholic Church in the United States, p. 139.

mer le séminaire avant de rendre un rapport dans lequel il accuse la direction d'avoir « prêté trop peu d'attention aux critères de recrutement exigés ». L'évêque est démissionné « pour des raisons de santé ou d'autres raisons sérieuses », et l'opusien le remplace. Certes, dans ce cas précis, la « correction fraternelle » semble préférable au déni pur et simple, voire à la passivité complice qu'a choisie l'Église pendant tant d'années. Mais l'adoption de cette pratique opusienne risque d'avoir bien d'autres conséquences. Car une fois validée sous prétexte de lutter contre les viols d'enfants, la « correction fraternelle » pourrait devenir une règle redessinant l'esprit du catholicisme contemporain, au point de lui donner une orientation plus puritaine et intolérante que réellement juste.

L'amalgame entre pédophilie et homosexualité

Les opusiens formant de très bons commissaires politiques, l'Église est tentée de les utiliser à tout bout de champ. Avec les risques d'abus que l'on peut imaginer, sachant par exemple que l'Opus Dei est incapable de faire la différence entre pédophilie et homosexualité.

Faut-il le rappeler, les prédateurs d'enfants ne sont ni homosexuels ni hétérosexuels, mais violeurs. Ils violent des petites filles comme des petits garçons, souvent les deux. Ils ne désirent ni des hommes ni des femmes mais des enfants, c'est-à-dire des êtres fragiles sur lesquels ils exercent leur autorité d'adultes. 72 % des viols sur enfants sont commis au sein des familles, souvent par de bons pères de famille, mariés et hétérosexuels. Expliquer le viol sur enfants par l'orientation sexuelle est donc absurde. À moins de conclure que l'hétérosexualité mène forcément au viol puisque 99 % des violeurs sont des hommes et que 80 % des victimes de viols sont des femmes. Et pourtant, rien n'y fait, les opusiens sont persuadés que l'éradication de la pédophilie au sein de l'Église passe par la dénonciation de tout prêtre soupçonnable d'homosexualité. C'est la solution proposée par l'un de ses représentants lorsque l'Église américaine a été secouée par les scandales sexuels. Dans le magazine catholique *America*, Andrew Baker, prêtre opusien de Pennsylvanie et membre de la Société sacerdotale de la Sainte-Croix, explique que le meilleur moyen d'éviter les scandales sexuels est d'interdire aux homosexuels d'être ordonnés prêtres ou même d'aller dans les séminaires : « Un homme qui souffre d'"attirance exclusive ou prédominante envers les personnes de même sexe" (Catéchisme 2 357) ne devrait pas être admis dans les saints ordres, et sa présence au séminaire lui donnerait un faux espoir [...]. Il se peut qu'un homme soit soigné d'un tel désordre, à ce moment on pourrait considérer son admission, mais pas tant qu'il est atteint par ce désordre[1]. » Andrew Baker ne précise pas comment il envisage de « soigner » un tel « désordre » ? D'autres intégristes y ont songé pour lui. Aux États-Unis, plusieurs groupes catholiques ou protestants proposent des « thérapies réparatrices » destinées à « guérir » l'homo-

---

1. « Ordination and Same Sex Attraction », *America*, 30 septembre 2002.

sexualité. Elles vont du conditionnement mental aux électrochocs[1]. L'Église va-t-elle charger l'Opus Dei d'encadrer des stages de thérapies pour filtrer l'entrée des séminaires ? Le scénario n'a rien d'improbable. En attendant, l'Église se contente de miser sur ses préjugés pour trier ses futurs serviteurs.

Le 30 octobre 2008, après huit ans de travaux, le Vatican a rendu public un document intitulé « Orientations pour l'utilisation de la psychologie dans l'admission et la formation des candidats au sacerdoce ». Concocté par la Congrégation pour l'éducation catholique, il est présenté comme l'une des réponses aux scandales pédophiles ayant éclaboussé l'Église. Parmi les points développés, il est envisagé de mettre en place des « tests psychologiques » pour détecter d'éventuelles brebis galeuses. Ce qui ne poserait pas problème s'il s'agissait de traquer la tendance au viol. Mais en l'occurrence, il s'agit surtout de détecter la tendance à l'homosexualité de certains candidats au séminaire, dans l'espoir de diminuer le nombre de prêtres pédophiles. Ce qui est une façon d'insinuer que l'homosexualité *potentielle* de certains séminaristes les prédispose à devenir des prédateurs d'enfants. Une position ouvertement assumée par le numéro 2 de Benoît XVI, le cardinal Bertone, lors d'un voyage au Chili en avril 2010. Interrogé par une radio sur les affaires de pédophilie, ce dernier dément tout lien avec le célibat des prêtres et

---

1. En août 1998, Human Rights Campaign a édité un rapport pour démontrer le caractère dangereux de ces thérapies où certains patients sont soumis à des séances d'électrochocs, de castration chimique et de prise d'hormones.

y voit plutôt un lien avec l'homosexualité : « De nombreux psychiatres et psychologues ont démontré qu'il n'existe pas de relation entre le célibat et la pédophilie, mais beaucoup d'autres – et on me l'a dit récemment – ont démontré qu'il existait un lien entre l'homosexualité et la pédophilie. La vérité est celle-ci et le problème, c'est cela[1]. »

Ces propos ont enflammé la polémique et suscité une cascade de réactions, au Chili comme en Italie et dans le reste de l'Europe. Soucieux d'éteindre l'incendie, le père Federico Lombardi, qui communique pour le Vatican, a tenté de minimiser : « Les autorités ecclésiastiques ne jugent pas de leur compétence de faire des affirmations générales de caractère spécifiquement psychologique ou médical, lesquelles relèvent naturellement des études des spécialistes et des recherches en cours sur le sujet. » Ce dernier a toutefois insisté sur le fait que cette précision, bien confuse, constituait seulement une clarification et non un désaveu ou une prise de distance envers le cardinal Bertone. Et pour cause. Les plus hautes autorités de l'Église partagent cet amalgame. Le film d'Amy Berg, *Délivrez-nous du mal*, en 2006, montre très bien l'immense incompétence des supérieurs du père Oliver O'Grady lorsqu'ils ont été confrontés à des plaintes venant de petites filles et de petits garçons. Il faut voir le regard éberlué du car-

---

1. Ces propos sont d'autant plus scandaleux qu'ils émanent d'un cardinal ayant contribué à étouffer le scandale de la pédophilie au sein de l'Église. En 1998, le futur numéro 6 de Benoît XVI ordonnait d'interrompre le procès canonique d'un aumônier américain, le père Lawrence Murphy, accusé d'avoir violé et violenté des dizaines d'enfants sourds dont il avait la charge.

dinal Roger Mahony lorsqu'un tribunal américain lui demande pourquoi il n'a pas entendu ces plaintes : « Je n'avais pas fait la connexion. Dans un cas, il s'agissait d'une petite fille. Dans l'autre, d'un petit garçon. Donc je n'ai pas fait le lien… »

Au-delà de cette confusion, le fait de lutter contre l'homosexualité et non le viol conduit l'Église à éviter de se poser les vraies questions : l'immaturité sexuelle des prêtres. Le problème n'est pas le célibat en soi, mais le fait que ce célibat soit associé à un discours confus et terriblement culpabilisateur sur la sexualité. Ce qui favorise l'infantilisme sexuel des serviteurs de l'Église… Ils évoluent depuis leur plus jeune âge dans un monde masculin où le tabou sexuel et le devoir de chasteté les rendent souvent inaptes à identifier leurs désirs, donc à les maîtriser. Ces jeunes hommes immatures – parfois violés au séminaire – sont ensuite envoyés auprès d'enfants et au cœur de familles où ils ont un statut de « demi-dieux ». Les familles les perçoivent comme étant d'autant plus inoffensifs qu'ils sont à leurs yeux « asexués ». Ce qui renforce la tentation de l'abus de pouvoir, donc de l'abus sexuel.

Ce sont toutes ces questions – internes – que les catholiques d'ouverture aimeraient poser là où le Vatican préfère faire la chasse aux boucs émissaires. Pendant son séjour aux États-Unis, Benoît XVI n'a pas voulu regarder cet aspect du problème en face. Il a parlé de « honte », de ses propres défaillances, pour mieux rendre responsable la « pornographie » qui sévit à la télévision… Comme la mise en accusation de l'homosexualité, croire que les films X sont responsables de la crise de l'Église témoigne d'un profond déni. Une réelle prise de conscience sera difficile si l'Église s'appuie sur un mouvement comme l'Opus Dei pour s'atteler à la tâche. C'est-à-dire sur un mouvement qui entretient un moralisme sexuel doublé d'une constante invitation à l'abus de pouvoir. Loin de diminuer le tabou et la frustration propres à fabriquer des violeurs en puissance, la réaction de l'Église aura surtout pour effet d'accroître le puritanisme sur un mode toujours plus autoritaire et liberticide. En assenant aux catholiques le vrai dogme, la vraie voie à suivre. Selon une approche qui rogne chaque jour un peu plus sur les avancées de Vatican II – à propos duquel le fondateur de l'Opus Dei disait : « J'ai mal à mon Église », tellement il souffrait de voir son Église débordée par une interprétation trop moderne du concile. Cette reprise en main « fraternelle » ne concernera pas uniquement les prêtres pédophiles, elle concernera l'ensemble des catholiques. S'adressant à 1 500 membres de l'Opus Dei venus le rencontrer en Sicile, Mgr Javier Echevarría, actuel prélat, a affirmé que 90 % des enfants handicapés étaient nés de parents « qui ne sont pas arrivés "purs" au mariage[1] ». Cette phrase a scandalisé certains parents catholiques, souvent très concernés par la défense des handicapés. Devant la polémique, le prélat a essayé de rectifier le tir, mais sa défense témoigne du nouveau rôle que se voit jouer l'Opus Dei au sein de l'Église.

---

1. Déclaration du 9 avril 1997. Ce prélat de l'Opus Dei a, devant le tollé, expliqué qu'il ne faisait que répéter la doctrine de l'Église et que l'Opus Dei était solidaire des handicapés.

Un puritanisme au diapason de l'Église

L'Église catholique ne peut être dissociée de l'action de ses soldats, donc aussi de l'Opus Dei. D'ailleurs, elle n'accepterait pas d'utiliser l'Œuvre comme force d'appoint si leurs visions du catholicisme n'étaient pas si proches. Qu'il s'agisse de s'ouvrir à l'égalité hommes-femmes ou d'accepter de nouvelles formes de vie conjugale et familiale, Benoît XVI marche fidèlement dans les pas de Jean-Paul II sur le chemin de l'intransigeance. En toute logique puisque l'ancien préfet de la Congrégation pour la doctrine de la foi était un fervent partisan de l'immuabilité de l'Église dans ces domaines. En avril 2005, alors qu'il est encore cardinal et préfet de la Congrégation pour la doctrine de la foi, il rappelle aux évêques qu'il est interdit de laisser communier les divorcés et les personnes vivant en « situation matrimoniale irrégulière » : « Si l'on admettait ces personnes à l'eucharistie, les fidèles seraient induits en erreur et comprendraient mal la doctrine de l'Église concernant l'indissolubilité du mariage. » Une seule exception est tolérée : lorsque deux personnes vivent en couple mais « prennent l'engagement de vivre en complète continence, c'est-à-dire en s'abstenant des actes réservés aux époux. Dans ce cas, ils peuvent accéder à la communion eucharistique, l'obligation d'éviter le scandale demeurant toutefois ».

Cette conception du couple est intimement liée à l'héritage patriarcal du catholicisme. Saint Paul n'hésitait pas à proclamer : « le chef de tout homme, c'est le

Christ ; le chef de la femme, c'est l'homme ». Ratzinger ne dit pas autre chose dans une « Lettre aux évêques de l'Église catholique sur la collaboration de l'homme et de la femme dans l'Église et dans le monde » : « Ces dernières années, on a vu s'affirmer des tendances nouvelles pour affronter la question de la femme. Une première tendance souligne fortement la condition de subordination de la femme dans le but de susciter une attitude de contestation. La femme, pour être elle-même, s'érige en rivale de l'homme. Aux abus de pouvoir, elle répond par une stratégie de recherche du pouvoir. Ce processus conduit à une rivalité entre les sexes, dans laquelle l'identité et le rôle de l'un se réalisent aux dépens de l'autre, avec pour résultat d'introduire dans l'anthropologie une confusion délétère, dont les conséquences les plus immédiates et les plus néfastes se retrouvent dans la structure de la famille. »

La simple existence de mouvements revendiquant l'égalité homme-femme est vécue comme un acte de « contestation » conduisant à une rivalité entre les sexes, là où l'inégalité née du patriarcat semble garantir l'équilibre familial. Ratzinger va plus loin et voit dans ce processus une redéfinition du masculin et du féminin sapant la stabilité anthropologique de l'espèce humaine : « Pour éviter toute suprématie de l'un ou l'autre sexe, on tend à gommer leurs différences, considérées comme de simples effets d'un conditionnement historique et culturel. Dans ce nivelage, la différence corporelle, appelée sexe, est minimisée, tandis que la dimension purement culturelle, appelée genre, est soulignée au maximum et considérée comme pri-

mordiale. L'occultation de la différence ou de la dua-
lité des sexes a des conséquences énormes à divers
niveaux. Une telle anthropologie, qui entendait favoriser des visées égalitaires pour la femme en la libérant
de tout déterminisme biologique, a inspiré en réalité
des idéologies qui promeuvent par exemple la mise
en question de la famille, de par nature biparentale,
c'est-à-dire composée d'un père et d'une mère, ainsi
que la mise sur le même plan de l'homosexualité et
de l'hétérosexualité, un modèle nouveau de sexualité
polymorphe. »

Le refus d'un dogme patriarcal débouche bien vite sur
une opposition de principe envers toute sexualité autre
que l'hétérosexualité vécue dans le cadre du mariage,
à des fins reproductrices. Benoît XVI et la curie en ont
parfaitement conscience : la revendication du droit à la
sexualité pour le plaisir portée par Mai 68, celle de dis-
poser de son corps grâce au droit à l'avortement reven-
diquée par le Mouvement de libération des femmes, les
revendications d'égalité de droits entre couples homosexuels et hétérosexuels, toutes ces évolutions font trem-
bler sur ses bases la tradition patriarcale et donc une
partie des fondements culturels de l'Église catholique :
« Une telle perspective a de multiples conséquences.
Elle renforce tout d'abord l'idée que la libération de
la femme implique une critique des saintes Écritures,
qui véhiculeraient une conception patriarcale de Dieu,
entretenue par une culture essentiellement machiste.
En deuxième lieu, cette tendance considérerait comme
sans importance et sans influence le fait que le Fils de
Dieu ait assumé la nature humaine dans sa forme mas-

culine. » Bien entendu, le fait de lire cette évolution comme une menace et non comme une invitation à se réformer en dit long sur l'option choisie par le Vatican, qui préfère la sécurité de la tradition au risque d'évoluer vers une option plus égalitaire. La revendication de l'inégalité étant néanmoins difficilement défendable officiellement, les partisans du maintien de la domination patriarcale ont pris l'habitude de revendiquer le maintien de cette domination en prétendant vouloir respecter la différence et en exaltant la complémentarité homme-femme. C'est exactement ce que fait le cardinal Ratzinger en parlant de « collaboration active entre l'homme et la femme […] dans la reconnaissance de leur différence elle-même ». Frances Kissling, responsable de Catholics for a Free Choice, une organisation catholique libérale américaine, ne s'y trompe pas : « L'hostilité du Vatican au concept de genre est inquiétante. Aucune reconnaissance n'est faite de la socialisation comme un aspect de l'identité et de la personnalité. C'est la biologie qui est la destinée. Aucune reconnaissance des contributions positives apportées par le féminisme à la vie des femmes et des hommes. Aucune mention des violences faites aux femmes, des viols ou de tous autres problèmes sérieux qu'elles affrontent; ni aucun appel aux hommes pour qu'ils traitent les femmes avec respect. Il y a un déni général du concept des droits de la femme comme droits humains et le recours constant aux termes d'"égale dignité" que le Vatican oppose à ceux d'"égalité des droits". »

Non seulement le cardinal devenu pape ne conçoit pas d'abandonner une vision archaïque des relations homme-femme, de la sexualité et de la famille, mais il n'entend pas renoncer à propager cette vision du monde sur un mode offensif, nécessairement très politique – au sens d'intervention dans la vie de la cité. Les évêques, ses ambassadeurs, n'ont jamais manqué de donner leur avis ni de démarcher les responsables politiques chaque fois qu'une loi leur paraissait contraire à la morale chrétienne. Qu'il s'agisse des lois bioéthiques, de lois autorisant le mariage gay ou du droit à l'avortement et plus récemment de l'ouverture des magasins le dimanche. À titre d'exemple, le 30 décembre 2007 en Espagne, le Saint-Père est apparu sur un écran géant avec un message à l'intention d'une manifestation pro-vie. Un reportage danois venait de mettre le feu aux poudres en montrant que des failles dans la loi permettent d'avorter en Espagne jusqu'à huit mois de grossesse si un médecin se montre complaisant[1]. Furieux de cette découverte, des commandos anti-IVG, composés de phalangistes – nostalgiques de Franco –, d'intégristes et de quelques ecclésiastiques, se sont mis à attaquer des cliniques. Le rassemblement organisé sous l'égide

---

1. En effet, au lieu de reconnaître l'IVG comme un droit des femmes dans la limite de certains délais, l'interruption de grossesse y est seulement dépénalisée (depuis 1985) et soumise à conditions : en cas de viol (maximum 12 semaines de grossesse), de malformations du fœtus (22 semaines) et lorsqu'il y a danger pour la santé physique ou psychique de la mère. Cette dernière appréciation psychiatrique est tellement arbitraire, voire morale, que certains experts la contournent en choisissant de ne pas examiner la mère et de lui laisser la responsabilité de décisions. Résultat, l'Espagne attire des femmes hors délais, c'est-à-dire venant de pays où l'IVG n'est pas moralisée mais où elle est encadrée par des délais.

symbolique du pape, loin de dénoncer le recours à la violence, a préféré fustiger « la culture de la laïcité radicale ». « Une tromperie » qui « ne conduit qu'à l'avortement et au divorce exprès », voire à la « dissolution de la démocratie », selon l'archevêque de Valence, Agustín Garcia-Gasco. Ces propos ont reçu la bénédiction de Benoît XVI en personne. Autant dire que les actions d'intimidation en direction des cliniques ont repris de plus belle malgré les mesures prises par le gouvernement. Suite au reportage, les autorités perquisitionnent dans quatre cliniques pour savoir si des avortements hors conditions sont pratiqués. Trois personnes sont mises en détention provisoire pour « avortements illégaux ». Face à ce double harcèlement, celui des assaillants et celui de la police, 38 cliniques se sont mises en grève pour protester contre la « persécution ». Près de 1 800 avortements n'ont pu avoir lieu. Cela n'a pas suffi à calmer l'Église, bien décidée à aller jusqu'à la remise en cause du droit à l'avortement. Ce que le gouvernement de Zapatero a, bien entendu, refusé d'envisager. Pour lui faire payer cette insoumission, l'Église est intervenue dans la bataille électorale des législatives. L'archevêque de Pampelune, Fernando Sebastián Aguilar, s'est défendu de vouloir distribuer des consignes : « L'Église catholique ne peut dire de "voter pour tel ou tel parti", mais peut dire "ne votez pas pour qui défend directement des actions clairement immorales (avortement, euthanasie, lois anti-familiales)". » Autrement dit, pour la gauche… Mais il a tenu à rappeler que la Phalange était quant à elle « fidèle à la doctrine sociale de l'Église ».

Cette anecdote révèle combien l'Église peut être tentée d'utiliser son pouvoir politique dans les pays où il dispose de soldats. Bien entendu, un courant de pensée aussi important que le catholicisme a bien le droit de donner son avis sur tel ou tel sujet de société. Cela ne soulève jamais de polémique lorsqu'il s'agit de réclamer un meilleur traitement des immigrés ou d'améliorer le sort des prisonniers ou encore de faciliter le droit au logement. La polémique existe lorsque l'Église veut intervenir contre des acquis perçus largement comme faisant partie de l'intérêt commun au nom d'une posture autoritaire, moraliste et sacralisée. D'où la nécessité de ne pas toujours agir directement, mais parfois aussi *via* des œuvres amies comme l'Opus Dei, souvent perçues comme extérieures voire extrêmes, alors qu'elles font partie intégrante de la reconquête intégriste voulue par le pape.

L'ingérence dans la vie de la cité

L'idée d'une « pieuvre » chrétienne faisant et défaisant des gouvernements est aussi absurde que celle consistant à voir un complot franc-maçon derrière chaque politique publique. Cela ne veut pas dire que l'Opus Dei n'exerce pas une influence politique plus diffuse, discrète et transversale.

Josemaría Escrivá s'est toujours défendu d'utiliser son ascendant sur les adeptes de l'Opus Dei pour influencer directement la vie politique : « Si nous tenons à conserver notre liberté, il n'est aucunement question que l'Opus Dei puisse jouer quelque sorte de rôle politique dans la vie d'un pays. Dans l'Opus Dei, tous les points de vue et les approches permises par la conscience chrétienne auront toujours leur place, mais à ce chapitre, il est impossible à nos directeurs de conscience d'exercer leur influence[1]. » Qu'ils soient journalistes, hommes politiques ou banquiers, les opusiens insistent sur le fait que leurs directeurs de conscience ou leurs centres ne se permettront jamais de leur dicter la conduite à suivre dans leur métier. Ainsi Rafael Lopez Aliaga, cadre supérieur à Lima et membre de l'Opus Dei, explique : « Ce qui est le plus frappant dans l'Opus Dei, c'est la priorité accordée aux questions spirituelles. Cette institution m'a permis d'être un cadre faisant preuve de plus de rectitude morale et d'honnêteté, de traiter mes employés et mes collègues comme des êtres humains et non comme de simples rouages de la machine. On m'a laissé libre de mon cheminement de carrière, libre de prendre les décisions sur des questions d'investissements et de recrutement ou concernant tout autre problème concomitant. Il est presque impensable que quiconque dans l'Opus Dei puisse influencer mes choix à ce chapitre[2]. » À l'évidence, les directeurs de conscience de l'Opus Dei se considèrent avant tout comme des coachs et non comme des leaders. En tant qu'œuvre spirituelle, l'Opus Dei n'a pas forcément de projet global, plutôt l'envie de dicter ses consignes à titre individuel. Mais

---

1. A. Vázquez de Prada, *op. cit.*   2. J. Allen, *op. cit.*, p. 144.

comment prétendre que son idéologie n'est pas réper-
cutée dans le monde, donc en politique, lorsque ses
membres occupent des postes à haute responsabilité ?
Pour cela, il n'a besoin de donner aucune consigne. Il
lui suffit de former des individus et de les mener sur le
chemin de la réussite grâce à un plan de vie rigoureux.
Une fois conditionnés et haut placés, ils diffuseront
d'eux-mêmes dans le siècle cette vision réactionnaire
du christianisme, avec d'autant plus d'impact sur la
vie publique s'ils sont ministres que plombiers. Leur
pouvoir de lobbying n'est pas direct mais indirect, il
n'en est pas moins réel.

Si Josemaría Escrivá tenait à gommer cet aspect,
c'est avant tout parce qu'il tenait son Œuvre – voulue
par Dieu – en bien trop haute estime pour l'abaisser
au niveau de la politique politicienne. D'où sa réaction
embarrassée lorsque des ministres de Franco se sont
revendiqués de l'Opus Dei. L'institut n'aime pas être
tenu pour responsable des actes de ses adeptes, c'est
encore plus vrai lorsque ces adeptes font de la politique. Le soutien affiché à un parti politique plutôt qu'à
un autre est toujours un risque, qu'Escrivá ne souhaitait pas prendre pour préserver son pouvoir d'influence
transversale. C'est pour cette raison que Giovanni
Benelli n'est jamais parvenu à le convaincre de fonder
un parti social-démocrate espagnol capable de fédérer
les déçus du franquisme. Un tel engagement partisan
lui aurait fait perdre sa force ainsi que sa capacité de
recruter parmi différentes sensibilités politiques, même
si son pluralisme se situe entre la droite extrême et le
centre droit avec de très rares exceptions (pour des rai-

sons souvent très locales) issues de la gauche morale. Des Espagnols attachés au franquisme auraient dû choisir entre leur engagement à l'extrême droite et leur fidélité à l'Opus Dei. Ce qu'Escrivá ne pouvait concevoir. Cet enfermement dans une étiquette politique servait peut-être les intérêts de Rome, mais ne présentait aucun avantage pour l'Opus Dei, appelé à exercer une influence autrement plus large, souvent aussi plus radicale, que celle d'un parti démocrate-chrétien. Le Vatican voulait-il tester sa capacité à la modération, à la démocratie et à la clarté ? Si c'est le cas, le test fut un échec. Certains y ont vu le signe que l'Opus Dei refusait de pratiquer l'ingérence politique, voire respectait la laïcité. C'est tout le contraire. L'Opus Dei refuse par nature la distinction entre le temporel et le spirituel au point de s'estimer au-dessus des partis et du temporel. Escrivá n'est-il pas l'auteur de cette phrase, souvent citée par des responsables politiques chrétiens : « As-tu pris la peine de penser à quel point il est absurde de dépouiller sa qualité de catholique en entrant à l'université ou dans un groupement professionnel, à l'académie ou au parlement, comme on laisse un pardessus au vestiaire[1] ? » Cette maxime a été pensée pour s'opposer à l'un des ennemis prioritaire d'Escrivá : le « laïcisme », défini comme la « neutralité » demandée au religieux. Il incitait clairement ses disciples à se servir du religieux pour « introduire le Christ dans tous les domaines des activés humaines » : « Nous ne pouvons pas nous croiser les bras, alors qu'une sub-

---

1. *Chemin*, point 353.

tile persécution condamne l'Église à mourir d'inanition : on la relègue hors de la vie publique et, surtout, on l'empêche d'intervenir dans l'éducation, dans la culture, dans la vie familiale. Ces droits ne nous appartiennent pas : ils appartiennent à Dieu et c'est à nous, les catholiques, qu'Il les a confiés... pour que nous les exercions[1] ! » L'esprit même de l'Opus Dei, celui qui a motivé sa création, est de refuser l'instrumentalisation politique du religieux tout en faisant du religieux la boussole du champ politique : « Ne cherche pas à faire du monde un couvent ; ce serait là un désordre... Mais ne cherche pas non plus à faire de l'Église une faction terrestre : cela reviendrait à une trahison. » Autrement dit, l'opusien ne doit ni se tenir à l'écart du monde, ni confiner ses convictions catholiques à la sphère privée ni subordonner cet engagement religieux à un engagement politique. Ce « serait une trahison », puisqu'il est aux ordres de Dieu et non des hommes. Cette conception – plaçant le religieux au-dessus du politique – n'a rien de très original. C'est la définition même de la tentation intégriste, présente dans tout corps religieux prosélytique méprisant les lois démocratiques. Voltaire définissait les fanatiques comme des gens « persuadés que l'Esprit-Saint qui les pénètre est au-dessus des lois ». Cette définition s'applique parfaitement à un mouvement comme l'Opus Dei. Au Chili, une équipe de reportage a filmé un prédicateur de l'Opus Dei en train de faire faire une dictée à de jeunes enfants défavorisés. Ils devaient écrire : « Les citoyens doivent obéir

---

1. *Sillon*, point 310.

aux lois et à tous les principes de l'autorité mais seulement si les lois sont "justes", justes veut dire qu'elles
respectent les normes de l'Église[1]. »

Si l'on trouve des opusiens dans différents partis,
c'est donc moins par goût du pluralisme que parce
que ces considérations partisanes sont finalement
secondaires au regard de leur réelle appartenance par-
tisane : le parti de Dieu. Voilà pourquoi le fondateur
de l'Opus Dei n'a jamais su être un bon nationaliste,
même pendant le franquisme. Tout simplement parce
qu'il se considérait comme un soldat de Dieu avant
d'être celui de n'importe quelle patrie : « L'élan patrio-
tique – louable – porte beaucoup d'hommes à faire de
leur vie un "service", une "milice". – N'oublie pas que
le Christ a, Lui aussi, des "milices" et des hommes choisis à son "service"[2]. »

Juste après son fondateur, l'État souverain qu'écoutent
attentivement les opusiens n'est autre que le Saint-
Siège. Or, l'entité papale les encourage à aller toujours
plus loin dans leur volonté d'influencer la vie publique.
En janvier 2002, le pape Jean-Paul II demandera à
5 000 membres de l'Opus Dei d'« éviter le danger du
conditionnement d'une mentalité […] qui conçoit l'engagement spirituel comme quelque chose lié à la sphère
privée et, ainsi, dépourvu de signification pour l'action
publique ». Cette incantation n'aurait rien de choquant
si les « soldats » en question se battaient pour une vision

---

1. « Opus Dei, une croisade silencieuse », Marcela Said
Cares et Jean de Certeau, Valparaiso production-Planète-TV5
Monde.   2. *Chemin*, point 905.

du monde inspirée par un catholicisme tolérant, juste et ouvert d'esprit. Mais ce sont des valeurs à l'opposé du catholicisme moraliste et intégriste encouragé par l'actuel pape. Cette incitation inquiète donc légitimement ceux qui ne partagent pas sa vision archaïque en matière de laïcité, de mœurs, de sexualité, d'égalité hommes-femmes, de contrôle des naissances, de prévention du sida, etc. Des questions souvent méprisées comme étant d'ordre « culturel » ou « sociétal » alors qu'elles ont un impact bien réel dans la vie de la cité et peuvent donc être considérées comme politiques.

Une œuvre politique

Si l'on devait juger l'Opus Dei sur la façon dont ses membres ont sanctifié le monde, le bilan serait plutôt sinistre. L'histoire individuelle des opusiens est jonchée de collaborations avec des dictatures et non d'actions positives en faveur des libertés communes. La seule liberté pour laquelle se battent principalement ces soldats du Vatican, c'est la liberté religieuse, autrement dit, la leur. Leur charité chrétienne s'étend à la rigueur à d'autres religieux, considérés comme des « coopérateurs potentiels », mais sûrement pas aux tenants des libertés individuelles, de l'égalité et de la laïcité. Sitôt Pinochet au pouvoir, le fondateur de l'Opus Dei s'est empressé de soutenir la dictature et même la répression : « Je vous garantis que ce sang est nécessaire[1] »,

---

1. Cité par Ch. Terras, *op. cit.*, p. 15.

a-t-il déclaré en 1974 devant ses fidèles. Au Pérou, l'un des évêques de l'Opus Dei, Mgr Cipriani, fut aussi le meilleur ami du régime autoritaire de Fujimori. Sous prétexte de résister au Sentier lumineux et à la théologie de la libération, il a systématiquement fermé les yeux sur toutes les atteintes aux droits de l'homme. En 1996, lorsque le groupe révolutionnaire terroriste Túpac Amaru a pris en otage l'ambassade du Japon à Lima, il s'est porté volontaire pour une médiation… qui s'est terminée en bain de sang.

Les opusiens peuvent être de très bons serviteurs de l'État, surtout si les objectifs de cet État n'entrent pas en contradiction avec ceux de l'Église. Autant dire qu'ils furent de très bons ministres dans un régime s'inspirant du catholicisme moraliste pur et dur comme celui de Franco, même s'ils ne furent jamais assez nationalistes pour faire passer le général avant le pape. En 1957, les ministères du Commerce (Alberto Ullastres) et celui des Finances (Mariano Navarro Rubio) sont tenus par des opusiens. Ils sont tout particulièrement chargés d'entreprendre les réformes sociales et administratives nécessaires pour sortir l'Espagne de la débâcle et la faire accepter par les institutions internationales. Des négociations sont entreprises avec le FMI et l'OCDE, qui recommandent un plan de stabilisation et l'introduction du libéralisme. Un double objectif que les opusiens sont parfaitement prêts à tenir, comme l'expliquera plus tard Ullastres : « Nous étions des serviteurs de l'État et, d'une certaine façon, ils avaient raison de nous qualifier ainsi. On avait fait appel à nous parce que les politiques n'entendaient rien à l'économie, qui était pratiquement une science neuve en Espagne et c'est pourquoi on nous fit venir, nous, les techniciens en la matière[1]. » L'impact de l'Opus Dei sur la vie politique espagnole est autrement plus profond et durable qu'une simple participation – *via* des ministres – au gouvernement de Franco. Au lendemain de la guerre civile, dans une Espagne détruite, ses écoles et ses centres ont assuré la formation à grande échelle des élites du pays. En vingt ans, plusieurs centaines de techniciens de haut niveau sont sortis des écoles de l'Opus. Rares sont les membres de la droite espagnole à ne pas avoir confié leurs enfants à une de ses écoles ou à l'un de ses centres, quand ils n'y ont pas grandi eux-mêmes. En juin 1973, vingt ans après la première présence de ministres opusiens dans un gouvernement franquiste, on comptait 12 ministres opusiens sur 19 dans le gouvernement de l'amiral Carrero Blanco, premier ministre de Franco. En 1982, près de 60 députés espagnols étaient membres de l'Opus Dei[2]. Encore aujourd'hui, l'université de Navarre de l'Opus Dei est l'un des *think tanks* les plus écoutés par le Parti populaire espagnol. Ce qui ne signifie pas que José María Aznar ou sa femme, tous deux fervents catholiques, soient aux ordres de l'Opus Dei ou fassent passer leurs convictions spirituelles avant certaines considérations politiques. En matière d'avortement, Aznar s'est prononcé pour le *statu quo*. Mais ce *statu quo* représente

---

1. Cité par A. Vázquez de Prada, vol. III, p. 536.   2. *Le Monde*, 16 février 1996.

néanmoins un recul puisqu'il signifie l'enterrement du projet de libéralisation de l'avortement pensé par les socialistes au pouvoir avant lui. Cette droite catholique n'empêche plus la gauche espagnole de gagner les élections, au contraire, mais elle continue de marquer la société civile conservatrice et ceux qui convoitent ses suffrages. La droite espagnole continuera d'être sensible au discours des intégristes catholiques tant que ces derniers auront du poids dans l'opinion publique. Or, ils en auront tant que le Saint-Siège les cautionnera et leur déléguera le devoir d'influencer l'Espagne.

En juin 2005, lorsque la droite espagnole catholique défilait tous les samedis pour protester contre le gouvernement, les Légionnaires du Christ et l'Opus Dei fournissaient des troupes non négligeables à ces mobilisations. Notamment le 18 juin, lorsqu'il s'agissait de protester contre la légalisation du mariage entre homosexuels. La manifestation était orchestrée par le Forum espagnol de la famille, où l'Opus Dei est particulièrement actif et dont les initiatives sont coordonnées au plus haut niveau par le Conseil pontifical pour la famille, présidé par un opusien. Ce jour-là, des personnalités officielles de la hiérarchie catholique sont venues apporter leur caution en participant à l'événement sous le slogan « La famille, c'est important ». Une fois de plus, cette ligne d'action est parfaitement conforme aux souhaits du Saint-Siège, qui invite ses soldats à peser sur l'action publique chaque fois que la « vie » ou la « famille » sont, à ses yeux, en danger. En juillet 2006, Benoît XVI a d'ailleurs participé au Congrès théologique pastoral organisé lors de la

Rencontre mondiale des familles. Mgr Francisco Gil Hellin, ancien prélat de l'Opus Dei en Espagne et archevêque de Burgos, en a profité pour mobiliser en faveur d'une vision traditionnelle de la famille : « L'institution familiale est attaquée de toutes parts. Il y a une volonté déterminée de la détruire, de la supprimer de la carte politique. Dans les années soixante, on a essayé d'empêcher la parole chrétienne de s'exprimer. Comme on n'y est pas parvenu, on s'efforce aujourd'hui d'en réduire la portée et le contenu spécifique[1]. »

L'influence de l'Opus Dei est moins visible lorsque le Saint-Siège peut se permettre d'intervenir directement dans la vie publique, comme en Italie, où ses représentants sont parvenus à invalider le référendum sur la bioéthique en 2005. Suite à cette victoire, deux coalitions politiques différentes ont cherché son soutien pour les législatives. Silvio Berlusconi a adressé une brochure aux 28 000 prêtres italiens pour les assurer que le bilan de son gouvernement était conforme à « la doctrine sociale de l'Église ». Mais Paola Binetti, proche de l'Opus Dei et candidate de la Margherita (un parti centriste), a rédigé une lettre ouverte aux catholiques leur promettant que la victoire de son parti n'entraînerait pas de « dérive laïciste » et que le mariage homosexuel serait interdit. Un engagement conforme aux souhaits du Saint-Siège, qui a rappelé ses ordres *via* la Conférence épiscopale présidée par le cardinal Camillo

---

1. *La Croix*, 10 juillet 2006.

Ruini. Sans donner de consignes de vote, elle a exigé de tous les candidats un soutien de la famille fondée sur le mariage et le respect de la vie humaine « de la conception à la mort naturelle ».

La situation est plus ambiguë en Angleterre, où l'Église anglicane est en délicatesse avec le catholicisme irlandais. Il s'agit peut-être de l'un des rares pays où les membres de l'Opus Dei peuvent se reconnaître dans le parti censé incarner l'aile gauche du Parlement. Le parti travailliste a tout pour plaire à cet institut encourageant la sanctification par le travail. Mais surtout, la droite anglaise est bien trop protestante, tandis que la gauche – tout en étant plus libérale que n'importe quelle gauche européenne – défend la liberté religieuse des minorités, donc des catholiques. La personnalité de Tony Blair est à cette image. Très croyant, il a fini par se convertir au catholicisme, même s'il a tenu à ne sauter le pas qu'une fois son mandat achevé. Sa femme Cherie, avocate et catholique, s'est spécialisée dans la défense des minorités religieuses, notamment des filles souhaitant porter le voile à l'école. Il n'est donc pas si étonnant de voir que l'une des très rares, pour ne pas dire la seule ministre « de gauche » opusienne, l'ait été sous ce gouvernement : Ruth Kelly, opusienne, fut ministre des Transports sous Tony Blair. Issue d'une famille catholique irlandaise, elle figure même parmi les rédacteurs du programme du Labour. En apprenant sa nomination, un certain nombre d'associations, notamment la Gay and Lesbian Humanist Association, se sont inquiétées. Interrogée par la presse, elle a refusé de répondre

à la question « L'homosexualité est-elle un péché ? ».
Mais en 2002, elle avait voté contre le projet de loi
permettant aux couples gays d'adopter des enfants.
Gordon Brown a renouvelé son soutien à Ruth Kelly
en l'intégrant à son gouvernement, toujours aux Transports. À condition de donner des gages, l'Opus Dei
n'est pas suffisamment mal vu pour empêcher d'être
ministre dans un gouvernement de gauche.

L'impact sur la laïcité en Europe

En Europe, l'Opus Dei rencontre l'adhésion de personnalités politiques essentiellement parce qu'il sert
de relais à la diplomatie du Saint-Siège. La proximité
entre Robert Schuman, père de l'Europe, et l'Opus
Dei a fait couler beaucoup d'encre. Sans doute faut-il
se garder de réduire l'engagement d'un homme politique aussi complexe à une vision opusienne du christianisme. Reste que les amis de l'Opus Dei ne manquent
pas une occasion de s'attribuer une partie de son testament politique. Ainsi l'archiduc Otto de Habsbourg,
soutien et mécène de l'Œuvre, prétend que le drapeau
européen – la couronne d'étoiles jaunes sur fond
bleu – a été inspiré par l'Opus. C'est ce qu'il a expliqué lors d'une conférence à Budapest consacrée à Josemaría Escrivá : « Comme je lui demandais comment
sauver l'âme de l'Europe, le père Escrivá m'a dit que
l'Europe avait besoin de valeurs catholiques. Mais nos
ennemis – tel le ministre des Affaires étrangères britannique, Anthony Eden, athée et diabolique – étaient

contre l'utilisation de symboles chrétiens[1]. » Otto de Habsbourg aurait alors proposé les douze étoiles comme « la couronne d'étoiles de la Vierge de Fatima ». Interrogée à ce sujet, la communication française de l'Opus Dei refuse de confirmer ou d'infirmer, mais semble perplexe. La visibilité de l'influence d'un institut aussi controversé n'est souhaitée par personne. Car la polémique est aussitôt à prévoir. Ce fut le cas en 2004, lorsque José Manuel Durão Barroso a accepté la candidature de Rocco Buttiglione, ministre italien des Affaires européennes, à la Commission des libertés publiques du Parlement européen. Ses propos furent surtout en cause. L'homme considère volontiers l'homosexualité comme un péché et la famille comme destinée à permettre à la femme de s'occuper de ses enfants. Mais le fait que cet homme enseigne à Saint-Pie-V, un établissement confié à l'Opus Dei, n'a pas contribué à modérer son image. La polémique a fini par le contraindre à refuser le poste.

Plus officiellement, le lobbying du catholicisme politique auprès de l'Union européenne est surtout porté par la Conférence des évêques. Très écouté par les instances européennes, le bras politique du Saint-Siège a notamment milité pour un élargissement rapide aux pays de l'Est, que Jean-Paul II était pressé d'arracher à la tentation communiste. Il existe près de 350 opusiens en Pologne, où l'Œuvre est implantée depuis 1989. Notamment près de Varsovie, où une association tenue

---

1. Propos prononcés à Budapest, fin mai 2002 et rapportés par *Hetek* (Budapest) et *El país*. Cf. *Courrier international*, 27 juin 2002.

par ses membres a acheté plusieurs terrains pour y vivre en communauté. L'Opus participe à la société civile polonaise *via* des aumôneries et des écoles. Roman Giertych, chef de file de la très intégriste Ligue des familles catholiques est surnuméraire. Preuve que les aspirations du Vatican peuvent passer après certains choix de politique nationale, l'homme est violemment opposé à l'entrée dans l'Union européenne. En 2006, plusieurs opusiens participaient au gouvernement intégriste des frères Kaczyński. Depuis le ministère des Finances, Alberto Lozano Platonoff a déclaré : « Nous, les membres de l'Opus Dei, nous voulons – comme jadis les jésuites ou les juifs – changer la face du monde[1]. » Quant à Jerzy Polaczek, surnuméraire et ministre des Infrastructures et de l'Équipement, il a fait cette mise au point : « Je veux être jugé sur mes actes, et non sur mon appartenance à l'Opus Dei[2]. » Côté actes, il fut toutefois en parfaite cohérence avec les préceptes de l'Opus Dei puisqu'il fut l'un des ministres les plus zélés de ce gouvernement intégriste ayant déclaré la guerre au « laïcisme » en Pologne. En toute logique, lorsqu'un opusien est nommé à un poste où ses valeurs peuvent avoir de l'impact… À l'image du Salvadorien Juan José Daboub : appointé à la Banque mondiale par Paul Wolfowitz en 2006, il a demandé que le contrôle des naissances soit supprimé d'un programme destiné à Madagascar.

---

1. *Courrier international hebdo*, n° 797, 9 février 2006.
2. *Ibid.*

Quelle influence en France ?

En France, pays de la laïcité par excellence, l'Opus Dei est si mal vu que bien peu de personnalités politiques de premier plan se risquent à s'afficher comme opusiens. Pourtant certains *coming out* commencent. Surtout dans le monde économique. Ainsi, le nouveau président du conseil de surveillance d'Axa, Jacques de Chateauvieux, ne cache pas être de l'Opus Dei[1]. On ne craint pas les représailles de l'opinion publique lorsqu'on préside le groupe sucrier Bourbon, possède 3 360 hectares de terres outre-mer et 250 navires. Il est plus difficile de s'afficher quand on est un responsable politique soumis à l'attachement des Français à la laïcité. Tous ceux qui ont été accusés d'« en être », comme Christine Boutin, Colette Codaccioni (ministre de la Solidarité entre les générations sous Balladur[2]) ou Hervé Gaymard (plusieurs fois ministre depuis 1995), en ont tiré une réputation sulfureuse. Ce dernier dément formellement être membre de l'Œuvre : « Je n'ai jamais fait partie de l'Opus Dei, ni de mouvements anti-IVG. C'est une invention pure qui avait été lancée à l'occasion de ma nomination au gouvernement en juillet 1995[3]. » La rumeur fait

---

1. Il n'est pas anodin de noter cette inspiration lorsqu'on sait qu'Axa prend la tête de la revendication de la « diversité » dans le monde de l'entreprise comme alternative anglo-saxonne au modèle égalitaire issu de la Révolution française.   2. En 1995, elle signera l'avant-propos d'un ouvrage, *La Nouvelle Peste* (Paris, Triomphe), qui remet en cause l'efficacité du préservatif pour lutter contre le sida.   3. Courrier du 21 mai 2008.

partie de ces informations bancales – bâties à partir d'amalgames –, relayées entre autres par le Réseau Voltaire de Thierry Meyssan[1]. Avant de se spécialiser dans la dénonciation d'un « complot américain » derrière le 11-Septembre, son association était très écoutée des réseaux de gauche et d'extrême gauche en raison de ses révélations croustillantes concernant le Vatican et l'extrême droite, deux thèmes qui justifiaient de se montrer peu regardant sur la validité de ses sources[2]. Seuls quelques spécialistes, dont nous étions, alertaient sur ses raccourcis, notamment concernant Hervé et Clara Gaymard. Thierry Meyssan les accusait d'avoir participé à des commandos anti-avortement simplement parce que Clara Gaymard est la fille de Jérôme Lejeune, l'un des scientifiques préférés de la cause anti-IVG. En réalité, si celui-ci a bien participé à la fondation d'une association anti-avortement comme Laissez-les-vivre, ni lui ni sa fille n'ont jamais soutenu les commandos anti-avortement. Le couple Gaymard fait bien partie de ces catholiques de droite proches du Vatican et de ses valeurs, mais les présenter comme appartenant *de facto* à l'Opus Dei ou participant à de tels commandos relève du raccourci malhonnête.

---

1. Cf. note 2, p. 139.   2. Alertée par des associations ayant relayé les informations erronées du Réseau Voltaire, Fiammetta Venner a eu un entretien téléphonique édifiant avec Thierry Meyssan à ce sujet, qui montre le peu de sérieux de son enquête. L'entretien est raconté dans *L'Effroyable Imposteur : quelques vérités sur Thierry Meyssan*, F. Venner, Paris, Grasset, 2005, p. 122-124.

Examinons maintenant un autre cas, plus complexe, celui de Christine Boutin[1]. Celle que l'on a surnommée « la madonne des Yvelines » peut être considérée comme l'une des personnalités politiques françaises les plus proches du Vatican. Tout au long de sa carrière, elle s'est permis de flirter et de collaborer avec des partis relativement divers, allant de la droite radicale au centre, du Front national à l'UMP en passant par le Mouvement pour la France ou la droite milloniste, avant de fonder son propre parti, les Républicains sociaux (aujourd'hui rattaché à l'UMP). Comme si l'appartenance politique était finalement secondaire au regard de ses convictions personnelles, en l'occurrence confessionnelles. Elle n'hésite pas à le déclarer : « Je suis d'abord catholique avant d'être élue[2]. » Elle dit aussi parfois refuser de laisser son identité catholique au vestiaire, selon une formule qui n'est pas sans rappeler celle de Josemaría Escrivá. Députée des Yvelines, elle s'est notamment fait connaître pour ses « croisades » parlementaires contre l'avortement, l'euthanasie ou le PaCS, dans la droite ligne des préoccupations du Vatican. Ces sujets lui tiennent tellement à cœur qu'elle ne s'est pas contentée d'une opposition parlementaire. Au moment du débat sur le PaCS, elle a également orchestré l'opposition dans la rue, en coordination avec le Saint-Siège et ses réseaux. Entre deux prières à la chapelle Sainte-Clotilde

---

1. Lire le portrait complet de Ch. Boutin sur http://www.prochoix.org/cgi/blog/index.php/2002/03/03/85   2. « Notre Dame de l'intolérance », *Nouvel Observateur*, 12-18 novembre 1998. Dans le même registre, Christine Boutin déclarera le 13 décembre 2004 au site Topchretien : « Je n'ai pas à ne cacher d'avoir une bible dans mon sac. »

(en face de l'Assemblée) pour l'âme du rapporteur du projet de loi, son association, l'Alliance pour les droits de la vie, a volontiers coordonné les manifestations anti-PaCS avec d'autres associations comme l'Association des familles catholiques ou Familles de France, toutes deux proches du Vatican et de son Conseil pontifical pour la famille, alors présidé par un opusien. L'une des actions les plus remarquées contre le projet fut la pétition des maires anti-PaCS, signée par 15 032 maires de toutes petites communes. Une initiative orchestrée par l'Association pour la protection de la famille, fondée par deux opusiens, Jean-Marie et Anouk Meyer.

Philosophe de formation, Jean-Marie Meyer est l'un des experts régulièrement consultés et utilisés par le Conseil pontifical de la famille présidé par le cardinal Alfonso Lopez Trujillo[1]. Christine Boutin, elle-même, a été nommée membre de ce conseil en 1995, après la publication de l'encyclique *Evangelium vitae*, dans laquelle le pape invite les catholiques à lutter contre l'avortement. L'engagement politique de la députée des Yvelines est donc au diapason de l'aile dure du Saint-Siège[2].

---

1. Il a notamment participé au « Lexique sur la famille, la vie et les questions éthiques » édité par le CPF en 2005.   2. Lorsqu'elle traite des dossiers où l'engagement chrétien pourrait être plus constructif, comme l'amélioration du sort des prisonniers ou le droit au logement, la charité chrétienne ne va toutefois pas jusqu'à effacer ses convictions ultralibérales et droitières. Ainsi, malgré la mise en place d'un droit opposable au logement, elle n'a pas hésité à vouloir liquider 1 % du parc HLM au nom du « tous propriétaires », un slogan de campagne de Nicolas Sarkozy. Bien que l'Église ait protesté contre la politique du chiffre en matière d'immigration du gouvernement Fillon, elle n'a pas quitté son poste de ministre. Pas plus qu'elle n'est venue au secours des familles immigrées mal logées campant rue de la Banque.

En dehors de Fadela Amara, qui lui a été imposée, elle choisit d'ailleurs systématiquement ses collaborateurs parmi les cercles catholiques très à droite. À l'image de son premier directeur de cabinet au logement, Jean-Paul Bolufer. Ce dernier a dû démissionner le 20 décembre 2007. En pleine envolée du prix des loyers, *Le Canard enchaîné* venait de révéler qu'il occupait un appartement de 190 m^2 dans le quartier de Port-Royal, avec vue sur la chapelle du Val-de-Grâce, au prix de 6,30 euros le m^2. À l'occasion de cette polémique, la presse a largement rappelé le caractère ultra-conservateur de ce catholique fervent. Il a envoyé cette mise au point au quotidien *Le Monde*[1] : « Me présenter comme un "catholique conservateur", "ancien militant contre l'avortement" est une caricature ridicule. J'appartiens à la famille des chrétiens sociaux et milite notamment à Évangile et Société, qui est une association œcuménique diffusant l'enseignement social. » Ce droit de réponse prouve qu'il n'est pas encore possible d'afficher totalement ses convictions pro-vie en France. Car Jean-Paul Bolufer peut tout à fait être présenté comme un catholique conservateur anti-avortement. Si Évangile et Société se présente comme un *think tank* plutôt pluraliste en termes de courants religieux, il est loin d'incarner le progressisme en matière de droit de choisir. En 2007, Jean-Paul Bolufer a d'ailleurs participé – en tant que représentant de Évangile et Société – à une campagne menée par la Fondation Jérôme

---

1. *Le Monde*, 21 décembre 2007, 25 décembre 2007, 5 juillet 2007.

Lejeune pour sensibiliser les candidats à l'élection présidentielle contre l'avortement[1]. Évangile et Société est surtout loin d'être le seul lieu où il a milité. Il a notamment pris soin de compléter sa formation administrative par un engagement et une formation au sein de la Cité catholique, une association intégriste fondée par Jean Ousset, l'ancien secrétaire de Charles Maurras[2]. Elle a pour objectif de construire une élite constituée en petites « cellules bien dressées », susceptibles d'agir par capillarité dans la classe dirigeante. Son slogan – « Dans le peuple comme un poisson dans l'eau » – traduit toute sa volonté d'infuser le monde associatif. Elle est présidée par Jacques Tremollet de Villers, ancien militant tixiériste de Jeune Alliance et avocat de Paul Touvier. Parmi les réalisations techniques de la Cité catholique, il faut noter la création de l'association Laissez-les-vivre : la première association anti-avortement française. À l'époque, Jean-Paul Bolufer était donc très actif dans l'opposition à l'avortement. Il s'est même fait remarquer par des actions de pression un peu violentes et la diffusion de textes attaquant Simone Veil. Ce qui ne l'a pas empêché de rejoindre le cabinet de Jacques Chirac à la Mairie de Paris en 1979, ni

---

1. Dans l'adresse aux candidats, on pouvait lire : « Le respect de la vie est devenu en quelques décennies un principe relatif. De l'avortement à l'euthanasie, en passant par l'instrumentalisation de l'embryon, tout indique que notre société s'oppose de moins en moins à la dérive eugénique […] Nous attirons aussi l'attention sur la famille et sur le rôle irremplaçable qu'elle tient dans la structuration durable des personnes et des sociétés. »   2. Elle s'appelle aujourd'hui Office international des œuvres de formation civique et d'action culturelle selon le droit national chrétien (ICHTUS).

d'être nommé préfet chargé des Journaux officiels par Lionel Jospin en 1997. En 1983, il coéditait un « Projet pour la France : construire nos communautés », dans lequel il déclarait vouloir établir un délit pour « toutes les atteintes morales et physiques aux familles » ; c'est-à-dire l'avortement, l'homosexualité, la pornographie. Encore récemment, en septembre 2003 à Prague, il intervenait à l'assemblée de l'Association internationale pour l'enseignement social chrétien sous les auspices de *Liberté politique*. Un *think tank* qui a la réputation d'être proche de l'Opus Dei. Ce que dément Thibaud Collin, membre du comité de rédaction de *Liberté politique* et coauteur[1] d'un livre d'entretiens avec Nicolas Sarkozy, *La République, les religions et l'espérance*. À l'écouter, le poids de l'Opus Dei serait largement surestimé en France, et la Fondation de service politique une simple fondation de catholiques de droite en liaison avec le Saint-Siège. En revanche, il reconnaît compter des membres de l'Opus Dei parmi ses amis : « Ils ont voulu me recruter mais j'ai toujours décliné une telle offre. » Ce qui signifie que l'offre existe, et au meilleur niveau. Pourrait-elle séduire des personnalités de premier plan comme Christine Boutin ? Interpellé par nos soins, son secrétariat nous a adressé ce démenti catégorique : « Christine Boutin a répété à plusieurs reprises qu'elle n'était pas membre de l'Opus Dei. » De fait, *a priori*, un responsable politique français n'a guère

---

1. Avec Philippe Verdin ; Paris, Éd. du Cerf, 2004. Dans ce livre, le futur président prend radicalement position contre une laïcité à la française, jugée « sectaire ».

intérêt à être membre à part entière d'une organisation aussi sulfureuse et chronophage. Mais la focalisation sur l'appartenance de politiques à l'Opus Dei ne doit pas occulter l'essentiel, à savoir qu'il existe au plus haut niveau de l'État des responsables politiques proches du Saint-Siège et de ses vues au point de pouvoir servir de relais à une vision extrêmement réactionnaire du catholicisme. Ce qui peut les amener à être en contact avec une organisation recommandée par le Vatican telle que l'Opus Dei. L'Œuvre ne sert pas de donneuse d'ordre mais de passerelle. Et cette passerelle ne devrait pas faiblir sous un gouvernement prônant une « laïcité positive » ouverte au religieux, conformément au souhait du Saint-Siège.

Un président favorable à la « laïcité positive »

« J'appelle de mes vœux l'avènement d'une laïcité positive, c'est-à-dire une laïcité qui, tout en veillant à la liberté de pensée, à celle de croire et de ne pas croire, ne considère pas que les religions sont un danger, mais plutôt un atout », a déclaré Nicolas Sarkozy lorsqu'il a reçu son titre honorifique de chanoine dans la basilique Saint-Jean-de-Latran[1]. L'expression même de « laïcité positive » – qui vise implicitement à faire passer la laïcité française, souhaitant séparer le politique du

---

1. « Allocution de M. le Président de la République dans la salle de la signature du palais du Latran », Rome, 20 décembre 2007. L'intégralité de ce discours peut être consultée sur http://www. elysee.fr

religieux, comme étant une laïcité négative – est directement empruntée au vocabulaire de l'Église[1]. Lors d'un message envoyé au président du Sénat italien en octobre 2005, à l'occasion d'un colloque sur « Laïcité et liberté », Jean-Paul II formait ce vœu à l'intention des politiques : « J'encourage une saine laïcité de l'État […]. Il s'agit d'une "laïcité positive" qui garantisse à tout citoyen le droit de vivre sa foi religieuse avec une liberté authentique y compris dans le domaine public. » Autrement dit, dans l'espace politique. Visiblement, la consigne est passée.

Signe des temps, alors qu'une telle approche aurait déclenché une tempête du temps de Jacques Chirac (le simple fait que Bernadette Chirac ait salué le pape la tête couverte d'une mantille avait soulevé la polémique en 1995), Nicolas Sarkozy a cru pouvoir se permettre de prendre ouvertement le parti de l'Église contre la loi de 1905. Ses discours ont néanmoins suscité de vives réactions dans la presse et la désapprobation de l'opinion publique. Une pétition initiée par plusieurs réseaux laïques a récolté plus de 150 000 signatures[2]. Hasard ou pas, ce fut à partir de ce moment-là que la cote de popularité du chef de l'État commence à chuter dans les sondages[3]. Il faut dire que jamais

---

1. Jean-Luc Mélenchon le relève dans un livre répliquant aux discours du Latran et de Riyad, *Laïcité : réplique au discours de Nicolas Sarkozy, chanoine de Latran*, Paris, Café République, Bruno Leprince, 2008.   2. http://www.appel-laique.org 3. Bien entendu, cette dégringolade doit surtout beaucoup au manque de résultats en matière de pouvoir d'achat, mais il n'est pas anodin que la colère contre ce manque de résultats se soit manifestée en même temps qu'une réelle déception concernant la laïcité.

un président français n'avait martelé avec autant de conviction : « la laïcité n'a pas le pouvoir de couper la France de ses racines chrétiennes ». La France monarchique de droit divin, dite « fille aînée de l'Église », a même subtilement été revalorisée au détriment de la France de 1789 et de 1905. Le christianisme ainsi que son histoire, peuplée de croisades et de persécutions, furent présentés comme le ciment de notre « identité nationale » actuelle. Tandis que les Lumières et la modernité étaient systématiquement associées à une perte de sens ayant conduit à l'individualisme, à la désorientation, voire au totalitarisme : « Je partage l'avis du pape quand il considère dans sa dernière encyclique que l'espérance est l'une des questions les plus importantes de notre temps. Depuis le Siècle des lumières, l'Europe a expérimenté tant d'idéologies ! Elle a mis successivement ses espoirs dans l'émancipation des individus, dans la démocratie, dans le progrès technique, dans l'amélioration des conditions économiques et sociales, dans la morale laïque. Elle s'est fourvoyée gravement dans le communisme et dans le nazisme. Aucune de ces différentes perspectives – que je ne mets évidemment pas sur le même plan – n'a été en mesure de combler l'espoir profond des hommes et des femmes de trouver un sens à l'existence[1]. » Sans parler du mépris implicite pour la « démocratie » et l'« émancipation des individus » – qui ne donneraient pas un sens à l'existence –, ces propos ont d'autant plus choqué qu'ils ont été réitérés sous une autre forme à Riyad, devant une monarchie wahhabite ayant

---

1. Allocution prononcée à Saint-Jean-de-Latran, *op. cit.*

largement financé la montée de l'intégrisme représentant à l'heure actuelle un danger totalitaire. Un danger sans doute plus grand que l'héritage des Lumières… Devant ces hôtes-là, Nicolas Sarkozy a moins insisté sur la dérive intégriste que sur l'importance d'unir les religions face à l'individualisme : « Le temps n'est plus pour les religions à se combattre entre elles, mais à combattre ensemble contre le recul des valeurs morales et spirituelles, contre le matérialisme, contre les excès de l'individualisme[1]. »

Certaines prises de position du président dans ce domaine ne peuvent être dissociées de l'influence d'une conseillère en particulier : Emmanuelle Mignon, qui fut longtemps sa directrice de cabinet. Elle fait typiquement partie de ces catholiques de droite énarques qui n'ont pas besoin d'être à l'Opus Dei pour servir les intérêts du pape jusqu'au cœur du monde politique. Major de l'ENA (promotion René Char, 1995), il lui suffit d'être passée par les Scouts unitaires de France, dont le fanion est une fleur de lys, pour conserver de solides convictions dans ce domaine. Elle ne le cache pas, plusieurs de ses amies ont rejoint le monastère de Paray-le-Monial, le bastion des catholiques charismatiques. On lui doit en grande partie les multiples passerelles existantes entre les positions de Nicolas Sarkozy et celles du pape depuis 2002, date à laquelle elle a integré son équipe rapprochée. C'est elle qui a mis le ministre de l'Intérieur en relation avec un ancien ami scout, Philippe Verdin, devenu prêtre dominicain,

---

1. Allocution devant le Conseil consultatif à Riyad, 14 janvier 2008.

en vue de faire un livre d'entretiens, *La République, les religions, l'espérance* paru aux éditions du Cerf en 2004. Le dernier chapitre vise à relativiser la gravité du phénomène sectaire tout en saluant le renouveau charismatique comme « un mouvement évidemment positif par son dynamisme et le renouveau dont il est porteur[1] ». Emmanuelle Mignon a elle-même déclenché une polémique pour avoir déclaré à un journal[2] que les sectes étaient un « non-problème » en France. On lui doit également d'avoir en partie rédigé le discours de Latran. Ce qui lui vaudra une réputation encombrante au point d'être contrainte de quitter le gouvernement.

Son rôle a peut-être été surestimé. Nicolas Sarkozy n'est pas homme à prononcer un discours auquel il n'adhère pas, et lorsqu'il était ministre de l'Intérieur, il a maintes fois répété les propos qui ont fait scandale au Latran et à Riyad. Il suffit de réécouter le discours qu'il a prononcé en 2005 à l'Académie des sciences morales et politiques pour « célébrer » à sa façon l'anniversaire de la loi de 1905. Mêmes accents et même conviction qu'au Latran, alors que le ministre a pris

---

1. *La République, les religions, l'espérance, op. cit.*, p. 143.
2. À l'hebdomadaire *VSD*, en février 2008. Elle ajoute : « La liste établie en 1995 est scandaleuse. » Concernant la scientologie, elle déclare : « Je ne les connais pas, mais on peut s'interroger. Ou bien c'est une dangereuse organisation et on l'interdit, ou alors ils ne représentent pas de menace particulière pour l'ordre public et ils ont le droit d'exister en paix. » Face au tollé suscité par ses propos, Emmanuelle Mignon a publié un communiqué prétendant que ses propos avaient été déformés, ce que la rédaction de *VSD* a démenti.

soin de préciser qu'il ne lirait pas le discours préparé
par ses conseillers – écrit « pour ne fâcher personne » –
et préfère parler à cœur ouvert. Quitte à fâcher. Mais
à l'époque, ses propos ne sont entendus que par une
audience très restreinte. Il en sera autrement au Latran
et à Riyad, où son point de vue outrancier sur la laïcité
va effectivement fâcher, même au sein de son électorat.
On y retrouve pourtant le credo développé dès 2004
dans son livre d'entretiens.

Alors ministre de l'Intérieur, chargé des cultes, Nicolas Sarkozy y affirmait déjà la supériorité de « l'espérance spirituelle » sur « l'espérance sociale » : « Pour
fondamentale qu'elle soit, la question sociale n'est
pas aussi consubstantielle à l'existence humaine que
la question spirituelle[1]. » À l'entendre, déjà, depuis
le siècle des Lumières, aucune « morale laïque » – ni
l'« émancipation des individus », ni la « démocratie » –
n'aurait « été en mesure de combler le besoin profond
des hommes et des femmes de trouver un sens à l'existence[2] ». Nicolas Sarkozy ne cache pas s'inspirer directement de Benoît XVI sur ce point. Sauf qu'il n'est pas
pape mais président de la République. Autrement dit,
chargé de l'espérance sociale et non de l'espérance spirituelle… Même François Bayrou, pourtant très chrétien, y voit un retour inquiétant à la religion comme
« opium du peuple » note *Le Figaro* du 26 décembre
2007. Comment interpréter autrement ces propos du
chef de l'État : « Bien sûr, ceux qui ne croient pas
doivent être protégés de toute forme d'intolérance et de

---

1. *La République, les religions, l'espérance, op. cit.*, p. 14.
2. *Ibid.*

prosélytisme. Mais un homme qui croit, c'est un homme qui espère. Et l'intérêt de la République, c'est qu'il y ait beaucoup d'hommes et de femmes qui espèrent. » Autrement dit, plus de Français qui croient. C'est dans cet état d'esprit qu'il faut comprendre le désir présidentiel d'insister sur le rôle des religieux dans la transmission des valeurs : « Dans la transmission des valeurs et dans l'apprentissage de la différence entre le bien et le mal, l'instituteur ne pourra jamais remplacer le pasteur ou le curé. » Cette phrase – que Nicolas Sarkozy a par la suite tenté de minimiser – n'a rien d'une déclaration en l'air. Elle se traduit par des priorités politiques et budgétaires lourdes de conséquences, notamment pour les banlieues.

En juin 2005, à Neuilly, devant les sympathisants de l'association La Bible, le futur candidat à l'élection présidentielle estimait que le principal problème des banlieues était qu'elles étaient « devenues des déserts spirituels[1] ». Ce diagnostic étonnera quiconque connaît la montée des particularismes religieux dans les quartiers populaires. Il débouche en prime sur une réponse politique flattant dramatiquement ce repli communautariste et intégriste. Car autant Nicolas

---

1. Réunion organisée sur le thème « Dieu peut-il se passer de la République ? ». « Je regrette la frilosité d'un certain nombre d'hommes d'Église : vous n'avez pas à vous excuser de croire en ce que vous croyez », y a-t-il expliqué, avant d'ajouter sous les applaudissements : « Il faut que les hommes et les femmes qui croient puissent prendre part au débat public [...] La laïcité n'est pas la privation d'une liberté, ce sont les sectaires qui en ont fait une laïcité de combat. » Pour en savoir plus : http://www.prochoix.org/cgi/blog/index.php/2005/06/22/331

Sarkozy semble bien décidé à faire des économies sur les budgets consacrés à l'éducation ou aux travailleurs sociaux, autant il encourage vivement les religieux à prendre en main le lien social dans les quartiers populaires. Alors qu'il déshabille l'école publique en diminuant le nombre de professeurs plutôt que le nombre d'élèves par classe, le gouvernement se montre prêt à racler ses fonds de tiroirs pour encourager les écoles privées catholiques. En 2008, le site Mediapart révèle qu'il envisage de mettre sur pied un Fonds spécifique destiné à encourager l'implantation de lycées privés catholiques dans les quartiers populaires[1]. Et ce au moment même où il annonce la suppression à venir de plus de 11 000 postes d'enseignants dans le public, notamment dans les ZEP.

En principe, l'aide publique attribuée aux écoles privées ne peut augmenter si celle accordée à l'école publique augmente, selon la règle coutumière des 80/20 : 80 % au public et 20 % au privé. Pourtant, le Plan Espoir banlieues prévoit d'« encourager la contribution de l'enseignement privé à l'égalité des chances » (en l'occurrence essentiellement l'enseignement privé catholique). En principe, le Plan Espoir banlieues est porté par Fadela Amara, ancienne présidente de Ni putes ni soumises, mais dont le poste de secrétaire d'État est alors placé sous la tutelle de Christine Boutin[2]. Dans les faits, il a surtout été revu et corrigé

---

1. Mathilde Mathieu, « L'État va aider l'école privée en banlieue », 21 mars 2008, http://www.mediapart.fr 2. Mediapart, avril 2008.

par Emmanuelle Mignon. Dès 2006, lors d'une convention de l'UMP, cette dernière plaidait pour que les « familles de banlieue puissent bénéficier des savoir-faire des établissements catholiques et d'un vrai choix entre école privée et école publique ». Le gouvernement voudrait voir « cinquante nouvelles classes » de ce type en banlieue. C'est officiel, l'« espoir en banlieue » s'appelle donc « espérance », et il sera porté par le religieux. « Nous sommes décomplexés », a déclaré Xavier Darcos, ministre de l'Éducation nationale au nouveau patron de l'enseignement catholique, Éric de la Barre, venu réclamer qu'on « lui facilite la tâche ». En 2008, les écoles privées ont dû refuser 35 000 dossiers.

L'« accommodement raisonnable » de Debré – qui a mis le ver dans le fruit en autorisant le financement des écoles privées par des fonds public depuis presque cinquante ans – a fait son œuvre. En 1960, une pétition de 11 millions de Français s'y opposait. Ils avaient vu juste. Depuis, les écoles privées ont largement tiré profit de ce système leur permettant d'avoir le beurre et l'argent du beurre : des frais de scolarité élevés, un droit à la sélection, mais aussi le soutien de l'État. Ces aides permettent un droit de regard, que l'on pourrait toutefois imposer sans avoir à verser des fonds qui manquent cruellement au public. Surtout depuis l'objectif de 80 % d'une classe d'âge obtenant le baccalauréat. Contrairement au privé, le public ne peut pas se permettre d'être trop sélectif. Si en prime, on le prive de moyens, on empêche mathématiquement le maintien d'un certain niveau. On condamne donc l'école publique à perdre toute attractivité au regard du privé. D'autant que les écoles privées catholiques sous contrat se gardent bien d'afficher trop ostensiblement leurs convictions religieuses. Du moins jusqu'ici. Avec Benoît XVI, les choses pourraient changer. Certains archevêques, comme celui d'Avignon, appellent depuis longtemps les établissements privés catholiques à renoncer à la tolérance postmoderne pour retrouver le chemin d'une vraie éducation catholique. Grâce à la détermination avec laquelle le nouveau pape souhaite lutter contre le « relativisme », l'enseignement privé catholique pourrait redevenir un lieu de prosélytisme... Il n'est pas le seul. À Lyon, le recteur de l'académie, Alain Morvan, a payé cher le fait de vouloir s'opposer à la validation d'un lycée musulman conçu par la très fondamentaliste UOIF (Union des organisations islamiques de France), et ce bien qu'il ne correspondît pas aux normes en matière de sécurité, sans même parler du contenu pédagogique[1]. Le recteur a purement et simplement été limogé sur demande du ministre de l'Intérieur. C'est dire si Nicolas Sarkozy et ses conseillers souhaitent soutenir l'éducation confessionnelle chaque fois qu'ils le peuvent. Les Légionnaires du Christ ou l'Opus Dei pourraient être tentés d'en tirer profit.

Les étudiants, c'est bien connu, ont d'immenses difficultés à trouver un logement. L'Opus Dei leur propose des résidences non mixtes, où l'on peut résider sans

---

1. Alain Morvan, *L'Honneur et les honneurs*, Paris, Grasset, 2008.

forcément adhérer à condition de suivre le règlement[1]. Une façon, comme une autre, de participer au conditionnement de certains jeunes et de les encourager à siffler un jour.

Un collège opusien sous contrat

L'hypothèse de voir un jour des lycées ou des collèges tenus par des membres de l'Opus Dei profiter du succès de l'école privée pour participer à l'éducation nationale en France est d'autant moins farfelue qu'ils existent déjà. L'un d'eux est même sous contrat avec l'État, donc remboursé d'une partie de ses frais. Il s'agit du collège Hautefeuille à Courbevoie, exclusivement réservé aux garçons. Le règlement intérieur explique les raisons de la non-mixité : « L'établissement n'est pas mixte, ce qui favorise une meilleure concentra-

---

1. Bretagne, Pays-de-Loire : Grandval (activités pour collégiens, lycéens, étudiants, jeunes professionnels, adultes hommes) ; Kervalet (activités pour dames et jeunes filles) ; Centre Guerlédan ; Résidence Fréhel ; Centre culturel Fréhel. Rhône-Alpes : Centre culturel Lanfrey ; Centre culturel Veymont ; Centre Rocherey Salvagny (hommes) ; Centre Mont-d'Or. Sud-Ouest : Centre Loubeïac ; Centre Puymaurin. Alsace, Lorraine, Est : Résidence Imsthal (pour les femmes) ; Résidence universitaire Nideck (pour les hommes). Sud : Centre culturel Valensole ; Centre universitaire Castelvieil ; Résidence universitaire Touraigue ; Centre culturel Adrech. Région parisienne : Résidence d'étudiantes Les Écoles ; Résidence Garnelles (jeunes adultes, étudiants) ; Résidence Lourmel (étudiants ; réouverture en 2012), Club Fontneuve, Club Fennecs, Bercour (Centre culturel pour la femme), Montviel (Centre culturel pour la femme), La Carène (Centre culturel pour la femme).

tion des élèves et une pédagogie plus adaptée. » Sur son site, l'établissement publie même une note sur la « pédagogie du cerveau masculin ». On y apprend que « le garçon est moins sensible à la couleur que la fille, et plus souvent daltonien. Il utilise moins souvent la couleur pour organiser ses écrits ». Qu'il faut « surligner en jaune, bleu ou gris ». Car « le rose attire moins l'attention du garçon ». Mais aussi que « le garçon ne comprend pas toujours bien l'expression du visage. Le sourire ou la moue ne suffisent pas », ou encore que « le garçon a besoin d'un peu de temps pour répondre à une question, car sa cochlée, conduit auditif, est plus longue ».

Fort de cette conviction pédagogique, le collège compte huit classes (deux 6e, deux 5e, deux 4e et deux 3e) pour 240 élèves ; 19 professeurs et quatre personnes chargées de l'administration. Les bâtiments s'étendent sur 1 100 m^2. Les enfants baignent dans l'atmosphère de l'Opus Dei, qui dirige l'aumônerie. Le collège a été fondé en 1985 par un groupe de parents opusiens. Moins de dix ans plus tard, en 1994, l'établissement obtient son contrat d'association avec l'État. Le 16 novembre 2002, M. Kossowski, député-maire de Courbevoie, va même jusqu'à inaugurer les locaux. Belle caution pour un collège qui ne cache rien de ses intentions prosélytes. À titre d'exemple, les échanges linguistiques sont proposés avec d'autres collèges opusiens basés en Espagne et en Irlande. Pour le reste, l'uniforme est de rigueur. Chemise ou polo blanc, pantalon gris ou noir, pull vert bouteille avec écusson du collège, chaussures de ville et cravate « Hautefeuille » pour les grandes occasions. Chaque élève rencontre tous les quinze jours l'un de ses professeurs, qui joue le rôle de précepteur. Une manière d'habituer l'enfant au principe du directeur de conscience lorsqu'il sera membre de l'Opus Dei. En mai 2010, les soixante élèves de 5e ont eu deux parrains un peu spéciaux : Jean-Baptiste Rabany et Pierre-Gauthier Tilquin, deux jeunes officiers de marine en mission sur le porte-hélicoptères *Tonnerre* pour une mission anti-pirates dans la mer d'Arabie. Les classes de 5e se sont organisées en fonction de leurs parrains, qui racontent leurs escales. De leur côté, les élèves écrivent des rédactions et envoient dessins et questions. Cette activité ne devrait pas figurer au programme du lycée pour filles que le même groupe a décidé d'ouvrir en 2008, toujours à Courbevoie : Les Vignes. L'uniforme, cette fois, est rouge. L'équipe pédagogique explique qu'elle « met l'accent sur une valeur bien particulière chaque mois. Cela fait d'ailleurs l'objet d'un enseignement afin d'aider les élèves à mieux comprendre et à mieux vivre cette valeur ». Et voici le planning des « valeurs » : « Septembre : le sens des responsabilités ; octobre : la camaraderie ; novembre : la patience ; décembre : la gratitude ; janvier : le courage ; février : la sobriété ; mars : le soin des petites choses ; avril : la loyauté ; mai : la douceur ; juin : la persévérance. »

Une pédagogie très particulière qui vaut aussi pour les mamans, priées de participer à des brunchs. « Un échange autour de la valeur du mois avec une intervenante pour mieux accompagner les filles dans la continuité de ce qui est prôné au collège. » Parmi les thèmes évoqués lors de ces brunchs : la féminité, l'humilité et la simplicité, la générosité et l'esprit de service… Toujours utile pour servir de femmes de ménage auprès des hommes de l'Opus Dei. Les mères sont d'ailleurs priées d'adhérer aux associations féminines de l'Œuvre. C'est le cas de Monbièvre à Paris, un établissement de l'APMF (Association pour la promotion des métiers féminins) créé en 1983, qui déclare vouloir « favoriser le développement d'une féminité authentique dans laquelle la vie et le travail de la femme sont réellement constructifs ». Au menu : ateliers de couture et de cuisine.

Résister au modernisme grâce
aux traditionalistes

L'un des premiers actes forts de Benoît XVI fut d'édicter un motu proprio libéralisant l'usage du missel selon Pie V et de sa messe en latin. Or, elle reste l'étendard de ceux qui souhaitent revenir sur l'« esprit » de Vatican II. Ce retour en arrière intervient après des années de négociations entre le Saint-Siège et les traditionalistes. Longtemps dans l'impasse, elles s'accélèrent comme jamais depuis l'élection de Benoît XVI. « On se sent aimés par ce pape[1] », a déclaré l'abbé Laguérie, figure emblématique du lefebvrisme et de Saint-Nicolas-du-Chardonnet, désormais rallié au Vatican. L'estime est réciproque. De tous ses soldats, les traditionalistes sont certainement les préférés du nouveau pape. Ceux à qui il a fait le plus de concessions. Avec quel impact sur l'Église et sa vision de Vatican II ? Répondre à cette question suppose de revenir sur l'histoire de ces négociations ayant conduit certains catholiques traditionalistes au ralliement.

---

1. Site de la Fraternité.

La fronde originelle contre Vatican II

Mgr Lefebvre est l'un des plus importants clercs à avoir osé protester contre la réforme – quasi satanique à ses yeux – incarnée par Vatican II, mais il n'est pas le seul. Au moment du concile, qui dure de 1962 à 1965, un fossé apparaît entre tenants d'une approche intransigeante et tenants de la rénovation. Le bras de fer porte notamment sur l'abandon du latin au profit de la langue commune pour être compris de tous, ou le fait que le prêtre ne tourne plus le dos à ses fidèles pendant la messe pour regarder vers l'orient, c'est-à-dire pour s'adresser en priorité au Seigneur. Le conservatisme liturgique n'est alors qu'un prétexte pour défendre un catholicisme traditionnel résistant à la modernité. L'œcuménisme fait aussi partie des pommes de discorde. Le simple fait que des représentants d'autres confessions soient invités à suivre ces travaux hérisse les défenseurs d'une tradition où le catholicisme prétend détenir la vérité sur tous. Pour eux, le « ver est entré dans le fruit » avec le relativisme religieux. Ceux-là ne renonceront pour rien au monde au droit de prier pour les Juifs « perfides ». Un terme que le concile veut abroger. Derrière la pierre d'achoppement liturgique se jouent donc deux visions du catholicisme, mais aussi deux approches totalement différentes pour sortir de la crise qui frappe l'Église. Pendant la Seconde Guerre mondiale, elle n'a pas su être une voix contre l'extermination des Juifs par les nazis. Dans le monde de l'après-guerre, elle ne semble plus savoir s'adresser à la nouvelle génération, celle des années 1960, de la

libération sexuelle et des yé-yé. Face à la crise des vocations, qui voit le nombre de ses prêtres chuter de façon
brutale, les pères conciliaires se déchirent pour savoir
s'il faut s'adapter ou, au contraire, tenir bon en maintenant une vision puriste du dogme.

Aux premiers jours du concile voulu par Jean XXIII,
l'opposition à la réforme – qui s'exprime de façon
bruyante – donne le sentiment d'être majoritaire parmi
les pères conciliaires[1]. Le cardinal Ottaviani, à la tête
du Saint-Office et président de la Commission de
théologie, fait un triomphe lorsqu'il dit voir dans la
modification de la liturgie latine un sacrilège. Il faut
attendre les résultats du vote pour réaliser que les plus
bruyants sont, en réalité, très minoritaires. En effet, le
recours au vote est sans appel : 97% des votants ont
suivi le pape et se prononcent en faveur de la réforme :
2 162 voix contre 46. Un coup de tonnerre dans les
cieux des futurs traditionalistes. En à peine un mois,
du 22 octobre au 13 novembre 1962, ils vont passer
de la certitude d'« être l'Église » à la conscience d'en
être une modeste fraction, puis une fraction en dissidence.

La rupture n'est consommée qu'après la mort de
Jean XXIII, sous Paul VI. Le nouveau pape met en
place quatre modérateurs connus pour leur ouverture
d'esprit et leur modernisme[2]. Alors que les sessions du

---

1. La partie historique concernant les traditionalistes doit beaucoup à ce travail antérieur : Fiammetta Venner, *Extrême France.
Les mouvements frontistes, nationaux-radicaux, royalistes, catholiques traditionalistes et pro-vie*, Paris, Grasset, 2006.   2. Les
cardinaux Lercaro, Döpfner, Suenens et Agagianian.

concile reprennent, il commence une tournée de rencontres œcuméniques. Son périple en « Terre sainte » avec le patriarche orthodoxe Athénagoras, organisé en janvier 1964, scandalise les intransigeants comme Mgr Lefebvre. Après de longues années passées en Afrique comme missionnaire, le futur leader du mouvement schismatique vient d'arriver en France, où il est nommé archevêque de Tulle (Corrèze), puis élu supérieur général de son ordre par le chapitre des Pères du Saint-Esprit. À l'en croire, cette parenthèse africaine l'aurait en quelque sorte immunisé contre le venin du modernisme ayant « infecté » le concile : « Comment tous ces évêques ont-ils pu se métamorphoser de la sorte ? J'y vois une explication : ils sont restés en France, ils se sont laissé infecter lentement. En Afrique, j'étais protégé. Je suis rentré juste l'année du concile. Le mal était déjà fait. Vatican II n'a fait qu'ouvrir les vannes qui retenaient le flot destructeur[1]. » Mgr Lefebvre se fait surtout connaître pour son opposition lors de la quatrième et dernière session de Vatican II, où sont discutés les thèmes de la liberté religieuse et de la Vérité. Son combat est assez bien décrit par Mgr Bernard Fellay, supérieur de la Fraternité Saint-Pie-X. « L'Église catholique a toujours enseigné que dans un État, dans lequel cohabitent différentes religions, il faut pratiquer la tolérance pour conserver la paix publique et permettre ainsi une pratique pacifique de la religion catholique.

---

1. Mgr Marcel Lefebvre, *Lettre ouverte aux catholiques perplexes*, Paris, Albin Michel, 1984, p. 16.

Cette tolérance implique que, de fait, les fausses religions peuvent exercer leur culte dans des conditions limitées – car l'erreur n'ayant pas de droit, on ne peut accorder aux fausses religions une pratique illimitée. La doctrine de la liberté religieuse est différente, car elle considère qu'il y a non seulement une tolérance, mais un droit lié à la nature humaine à ne pas être contraint en matière de religion, que l'on soit objectivement dans la vérité ou dans l'erreur[1]. »

Les opposants à la réforme tolèrent ce qu'ils appellent « les fausses religions », mais de façon très ambiguë et limitée. Ils abhorrent l'idée de laïcité, contraignant le prosélytisme religieux à se limiter à la sphère privée, notamment par respect des autres religions, puisque l'Église détient la vérité. « L'Église en Afrique était respectée, dira Mgr Lefebvre, parce qu'elle disait nettement la vérité. Mais Vatican II a donné l'impression qu'une vérité pouvait être aussi bonne qu'une autre. Il s'en est suivi une dissolution générale des valeurs morales[2]. » C'est le reproche principal que font Mgr Lefebvre et les traditionalistes à Vatican II. La réforme liturgique symbolise à leurs yeux l'abandon du monopole de la vérité, ouvre la voie au relativisme, alors que l'Église catholique devrait dicter la morale publique. Leur opposition se traduit par le refus de toute désacralisation des sacrements, que ce soit le baptême, les cérémonies pénitentielles, la confirmation, l'extrême-onction, ou l'ordination.

---

1. Conférence donnée à Bruxelles le 20 juin 1998.   2. *Le Monde*, 26 mars 1991.

Tous les catholiques considèrent le baptême comme une cérémonie d'accueil dans l'Église, mais ceux qui suivent Vatican II privilégient l'aspect symbolique de cet accueil. Ils ne voient donc aucun inconvénient à ce que plusieurs enfants soient baptisés en même temps, même si un seul reçoit l'eau qui purifie. Pour les traditionalistes, en revanche, le rituel de l'eau bénite n'est pas seulement un signe de bienvenue, mais une purification du péché originel – auquel on ne saurait se soustraire avant d'entrer dans la communauté de Dieu. Le catholicisme traditionaliste insiste donc sur la notion de « péché » là où Vatican II insiste sur la notion de « bienvenue ».

Une autre modification liturgique que refusent les traditionalistes concerne les nouvelles facilités vestimentaires données aux prêtres et aux religieux. Pas question pour eux de ne plus signaler la différence entre une appartenance monastique, une présence spirituelle dans la société et un laïcat. En s'attaquant aux modifications liturgiques entraînées par Vatican II, les traditionalistes organisent une ligne de défense avant tout théologique. Ils s'appuient notamment sur les résolutions du concile Vatican I et sa définition de l'infaillibilité pontificale. Selon leur vision de ce dogme, le Saint-Esprit n'a pas été promis à saint Pierre et à ses successeurs pour qu'ils enseignent quelque chose de nouveau, mais bien au contraire pour que les papes transmettent fidèlement cet héritage. Ainsi donc, les papes ne peuvent pas créer mais perpétuer. Les partisans de Mgr Lefebvre y voient une justification de leur combat contre Vatican II, qui entre pourtant en application.

Le 7 mars 1965, pour la première fois, le pape Paul VI célèbre une messe en italien « face au peuple ». Cinq ans plus tard, le 1er janvier 1970, le nouveau rite entre en vigueur pour tous les catholiques. L'année précédente, le nouveau missel, conforme à Vatican II, a été promulgué. Les opposants à la réforme n'ont plus qu'un seul choix : rentrer dans le rang et célébrer la messe selon le rite de Vatican II, ou en sortir pour continuer à célébrer la messe tridentine selon le rite de Pie V[1]. Beaucoup rentrent dans les rangs. Mais certains préfèrent ce qu'ils appellent « la résistance catholique ». Une dissidence qui ne tarde pas à se présenter comme victime d'une persécution religieuse, à ceci près qu'elle est persécutée par sa propre Église.

Mgr Lefebvre « résiste »

Au lendemain du concile, Mgr Lefebvre se montre décidé à « résister » depuis la Suisse. Le 13 octobre 1969, grâce au don d'un mécène, il loue une maison à Fribourg, où il accueille neuf jeunes séminaristes pour vivre en communauté et suivre les cours de l'Université catholique dans un esprit traditionnel. L'évêque de Fribourg, Mgr Charrière, est un ami. Il accepte d'ériger cette communauté en Fraternité Saint-Pie-X, du nom

---

1. Plusieurs théologiens dirigés par Mgr Lefebvre avaient édité un « Bref examen critique du *Novo Ordo Missae* » le 3 septembre 1969. Le texte est présenté par les cardinaux Ottaviani et Bacci à Paul VI, qui ne le prend pas en compte. On trouve déjà dans ce premier texte la critique selon laquelle la nouvelle liturgie s'éloigne de la messe édictée par le concile de Trente.

d'un pape ayant combattu le modernisme comme une déviance conduisant à l'hérésie. Il devra démissionner trois mois plus tard. Le Saint-Siège le remplace par Mgr Mamie, ouvertement hostile à Mgr Lefebvre et à sa dissidence. Les statuts de la Fraternité n'ont rien d'exceptionnel. Ils se gardent bien de faire explicitement référence au maintien de la liturgie préconciliaire et se contentent de définir la Fraternité comme une « société sacerdotale de vie commune sans vœux, à l'exemple des missions étrangères », c'est-à-dire comme une société de prêtres vivant en commun selon une règle commune. Mais, bien entendu, la pratique exclusive de la messe selon le rite tridentin fait partie de ces règles communes. Ce que l'Église ne peut tolérer longtemps sous peine de laisser des prêtres se former en dehors de son magistère. Paul VI s'inquiète alors de tout ce qui peut constituer « une Église au sein de l'Église ». Dans le contexte tendu de l'après-concile, aucune dissidence n'est tolérable, l'unité en dépend. Mgr Lefebvre ne l'entend pas ainsi. Dès 1971, moins d'un an après sa création, alors que sa Fraternité a commencé à essaimer à Écône et ailleurs, les premiers ennuis commencent. Le père Marcus, supérieur du séminaire des Carmes de Paris, traduit l'inquiétude des évêques de France en mettant en garde contre l'« écueil des entreprises sauvages de formation sacerdotale ». Il prévient : « On prétend donner à l'Église des prêtres sûrs. Mais celle-ci ne pourra les reconnaître pour siens[1]. » Choqué d'être décrit comme

---

1. Cité par Olivier Pichon et Grégoire Celier, *Benoît XVI et les traditionalistes*, Paris, Médicis-Entrelacs, 2007, p. 103.

un séminaire sauvage alors que l'évêque de Fribourg lui a permis d'enregistrer sa Fraternité en bonne et due forme, Mgr Lefebvre écrit aux évêques de France et au président de la Conférence épiscopale en vue de « dialoguer et rectifier les mauvaises informations[1] ». Il reçoit une fin de non-recevoir : « Votre venue à Lourdes ne nous paraît ni opportune ni possible. »

Cette porte fermée n'empêche pas les rangs des lefebvristes de grossir, jusqu'à 100 séminaristes au milieu des années 1970. Soit presque un séminariste français sur sept. L'épiscopat français panique. Le 11 novembre 1974, Rome envoie deux émissaires chargés d'enquêter sur le séminaire d'Écône. Les lefebvristes ont une version très dramatique de cette entrevue. D'après l'abbé Grégoire Celier, membre de la Fraternité, « ces enquêteurs interrogent professeurs et séminaristes et tiennent devant eux des propos scandaleux, trouvant normale l'ordination d'hommes mariés, rejetant l'idée d'une vérité immuable et émettant des doutes sur la réalité physique de la résurrection du Christ[2] ». Bien sûr, il s'agit là de la version de la Fraternité Saint-Pie-X, mais elle reflète le dialogue de sourds existant à l'époque entre Rome et ses dissidents. Le 21 novembre, furieux de cette visite, Mgr Lefebvre rédige d'un trait de plume et de rage cette lettre : « Nous adhérons de tout notre cœur, de toute notre âme à l'Église catholique de Rome, gardienne de la foi catholique […] nous refusons par contre et avons toujours refusé de suivre la Rome de la tendance néomoderniste et néoprotestante qui s'est

---

1. *Ibid.*, p. 104.   2. *Ibid.*, p. 105.

manifestée au cours de Vatican II et des réformes qui en sont issues[1]. »

Entre Rome et la Fraternité, rien ne va plus. Le 24 janvier 1975, l'évêque de Fribourg demande au Saint-Siège la permission d'annuler le décret d'érection de la Fraternité Saint-Pie-X accordé par son prédécesseur. Mgr Lefebvre est convoqué à Rome. Une commission de trois cardinaux lui reproche son texte du 21 novembre et sa défiance obsessionnelle. Elle autorise l'annulation du décret de la Fraternité. Son fondateur dépose aussitôt un recours, bientôt rejeté au motif que l'annulation est expressément approuvée par le pape. Nous sommes moins de quinze jours avant la cérémonie d'ordinations prévue à la Fraternité Saint-Pie-X. Les invitations aux familles des séminaristes sont déjà lancées. Au lieu de se plier au jugement de sa hiérarchie, Lefebvre choisit de désobéir. Le 10 juin 1975, il ordonne trois prêtres, 13 sous-diacres et annonce que le séminaire d'Écône comme la Fraternité vont continuer. La fureur du Saint-Siège est à son comble. Le 24 mai 1976, Paul VI en personne se lance dans un vibrant réquisitoire contre

---

1. Cette déclaration figure en exergue de plusieurs documents officiels affirmant l'attachement de Mgr Lefebvre à l'Église. Elle figure aussi dans le numéro spécial d'*Itinéraires* cité plus haut. Elle est cependant modifiée sur deux points selon que les personnes qui s'en saisissent cherchent la conciliation avec Rome ou l'affrontement. La version citée ici est celle de l'affrontement. Dans les versions plus récentes, on a remplacé « nous refusons par contre et nous avons toujours refusé » par « mais nous refusons ». Dans la version d'affrontement, Mgr Lefebvre parle de « la Rome de tendance néomoderniste », la version conciliatrice parle de ne pas « suivre Rome dans la tendance néomoderniste et néoprotestante ».

Mgr Lefebvre. Peu de temps après, Mgr Benelli, sub-
stitut du secrétaire d'État, écrit pour lui interdire formellement de procéder à l'ordination d'une nouvelle
fournée. Mais Lefebvre persiste et ordonne 13 prêtres
et 14 sous-diacres sous les flashs des journalistes, devenus les relais de cette fronde médiatique. Il est suspendu *a divinis*, c'est-à-dire frappé de l'interdiction de
célébrer la messe ou de donner les sacrements. Cette
punition l'amuse plutôt. Cette sanction lui interdit de
célébrer une messe et des sacrements qu'il refuse justement de pratiquer !

Sa défiance et sa personnalité en font la vedette d'un
feuilleton médiatique dont l'Église s'inquiète. Selon un
sondage IFOP réalisé en août 1976, 25 % des Français
disent se reconnaître dans les idées de Mgr Lefebvre[1].
Même les politiques se sentent obligés d'intervenir.
Le président Valéry Giscard d'Estaing demande un
rapport sur le sujet au Vatican. Pendant ce temps,
Mgr Lefebvre et le pape continuent leur dialogue de
sourds à distance. Le 29 août 1976, lors de l'Angélus, Paul VI se sent contraint de rappeler son statut de
vicaire du Christ et dénonce l'« attitude de défi envers
ces clés déposées entre [ses] mains par le Christ ». À
Lille, devant 400 journalistes venus du monde entier,
Mgr Lefebvre lui répond par cette supplique teintée
d'ironie : « Très Saint-Père, laissez-nous faire l'expérience de la tradition. » Le retentissement est colossal.

---

1. IFOP-*Progrès* de Lyon, cité par *Nouvelles de chrétienté*,
nᵒ 96, novembre-décembre 2005. Les traditionalistes eux se sou-
viendront du chiffre de 27 %.

Paul VI – qui avait jusque-là exigé des excuses comme préalable à la reprise du dialogue – accepte de le recevoir à Castel Gandolfo le 11 septembre 1976, sans conditions. L'entrevue ne lève pas leur incompréhension. Mgr Lefebvre commence l'entretien par cette mise au point : « Je ne suis pas le chef des "traditionalistes", mais un évêque qui, comme de nombreux fidèles et prêtres, se trouve déchiré, voulant être fidèle à la foi, mais aussi être soumis à votre personne. » Rien n'y fait. Blessé de voir ses choix mis en cause, attaqué dans sa légitimité, Paul VI s'agace : « Que dois-je faire ? Donner ma démission et vous prenez ma place ? » L'incompréhension est totale.

L'occupation des églises

N'ayant plus le droit de célébrer la messe en latin dans leurs paroisses, certains traditionalistes décident de réquisitionner des églises pour en faire leurs bastions liturgiques. Le dimanche 27 février 1977, en toute illégalité, des militants d'extrême droite emmenés par Mgr Ducaud-Bourget et l'abbé Coache investissent Saint-Nicolas-du-Chardonnet, une église du Ve arrondissement de Paris accolée à la Mutualité[1]. C'est une première, pas une dernière. D'autres occupations d'église seront tentées jusqu'à la fin des années 1980.

---

1. Saint-Nicolas-du-Chardonnet est occupée depuis 1977 et l'État refuse d'intervenir. Lire l'article de Tristan Mendès France dans la revue *ProChoix*, n° 12, décembre 1999.

Le 10 mars 1987, premier dimanche de carême, des traditionalistes investissent l'église Saint-Louis de Port-
Marly[1]. Une action saluée par Mgr Lefebvre, qui en
profitera pour déclarer : « Les autorités de l'Église et le
clergé sont atteints du sida[2]. » L'église est reprise par
les paroissiens le 31 du mois. Le 11 avril de la même
année, les traditionalistes écrivent à tous les maires de
France pour réclamer les églises vides et désaffectées.
Moins de trois jours plus tard, sans attendre la réponse,
l'église de Port-Marly est de nouveau attaquée[3]. Un
conseil d'évêques et de clercs se réunit pour demander
des sanctions[4]. Le Saint-Siège estime qu'il ne faut plus
abandonner le terrain de la tradition aux plus traditionalistes. Cette année-là, alors que seule une poignée
d'irréductibles continue d'organiser des processions le
jour de la Fête-Dieu depuis des années, le cardinal de
Paris décide d'organiser lui aussi une procession[5]. Il y
a donc deux cortèges dans Paris.

Le 3 novembre 1987, toujours à la recherche de lieux
de culte, 150 catholiques traditionalistes organisent un
rassemblement de prière destiné à empêcher la destruction d'une église à Argenteuil. L'église est quand
même détruite. Quand ils en ont les moyens, les traditionalistes cherchent aussi à construire de nouveaux lieux
de culte. Sur un terrain d'une dizaine d'hectares, grâce
à des dons se montant à 80 millions de francs, l'abbé
Gérard Calvet édifie le monastère du Barroux consacré

---

1. *Le Monde*, 10 mars 1987. 2. *Ibid.*, 24 mars 1987.
3. *Ibid.*, 14 et 17 avril 1987. 4. *Ibid.*, 27 juin 1987. 5. *Ibid.*,
23 juin 1987.

au rite tridentin. Ordonné prêtre en 1956, il a quitté son abbaye pyrénéenne de Tournay après Vatican II pour se réfugier dans les Hautes-Alpes, où il a vécu en ermite avant de créer une communauté de jeunes moines dans le Vaucluse. Installé depuis le 23 août 1970 avec la bénédiction du père abbé de Tournay, son projet est de « reprendre sa vie monastique originelle », c'est-à-dire traditionaliste. Face à l'adversité, ces initiatives individuelles finissent par former un réseau. Calvet fait la connaissance de Mgr Lefebvre deux ans plus tard, chez les bénédictines de même sensibilité. Le 10 juin 1974, le supérieur de la Fraternité Saint-Pie-X confère les ordres mineurs aux premiers frères de cette communauté, sans même demander l'autorisation du père abbé de Tournay. L'abbé s'était pourtant montré accueillant, mais les traditionalistes craignent qu'il ne change d'avis sous la pression de Rome. Furieux, le père abbé exige la fermeture du monastère du Barroux, qui reprend son autonomie. Les postulants continuent d'affluer, mais le monastère est désormais hors de l'Église.

Incarner l'« Église réelle » contre l'« Église légale »

L'occupation des églises n'est que la partie émergée d'une contestation plus large et plus politique décidée à incarner l'« Église réelle » contre l'« Église légale ». Jean Madiran, l'un des théoriciens de l'opposition à Vatican II, entré en résistance bien avant Mgr Lefebvre, est méconnu du grand public malgré son influence intellectuelle décisive. Dans un premier livre, écrit en 1955,

Ils ne savent pas ce qu'ils font, il s'en prend à la presse catholique – notamment à *La Vie catholique, Témoignage chrétien, Actualité religieuse* –, qu'il accuse de compromission avec le marxisme et de « prépare[r] insidieusement l'esprit de ses lecteurs à la conversion moderne[1] ». Formé par la doctrine de Maurras, il crée la revue *Itinéraires* avec l'espoir de forger une nouvelle génération de penseurs catholiques qui résisteront au modernisme et au communisme. Mais l'élite rêvée par Jean Madiran n'est pas encore formée quand le pape Jean XXIII ouvre les débats de Vatican II, par un discours dans lequel il explique que « les lumières de ce concile seront pour l'Église une source d'enrichissement spirituel ». Madiran et ses lecteurs savent déjà que ce pape n'est pas des leurs. Dans ses chroniques, le futur leader traditionaliste fera part de l'ancienneté de son pessimisme : « Quand avec son étiquette intégriste, on se présentait à Rome aux environs de l'année 1956, on recevait dans la plupart des bureaux de la curie un accueil prudent certes, mais bienveillant et même (à mi-voix) chaleureux[2]. » Tout change avec Vatican II. Après le vote, Jean Madiran et sa revue deviennent des « intégristes » ultraminoritaires. Ils n'ont plus aucune raison de penser « être l'Église ». Une transformation racontée par Danièle Masson, qui a consacré une biographie au théoricien des traditionalistes : « Au début du concile, c'était l'espérance, et même la certitude : "Les Pères

---

1. Rappelé par Danièle Masson, *Jean Madiran*, Orléans, Difralivre, 1989, p. 45. (Le Vaumain, Nouvelles éditions latines, 1998.)   2. « Vingt-cinq ans », *Itinéraires*, 1996, p. 58-59.

du concile se convertiront tous ensemble et seront plus aptes à nous convertir." À l'issue du concile, c'est une espérance, une autre certitude : l'hérésie des évêques réveillera le peuple chrétien : "On attendait d'eux l'anesthésie du christianisme. Ils ont au contraire, par l'incontinente proclamation de leur apostasie, sonné le réveil en fanfare"[1]. »

Certaines associations, comme Una Voce, l'une des premières associations traditionalistes, se concentrent sur l'organisation de messes de rite tridentin. Madiran et ses amis préfèrent l'action au séparatisme. Ils appellent ouvertement au boycott des nouvelles messes postconciliaires et à la création d'une « communauté de résistance », composée d'une kyrielle d'associations qui s'efforcent de fortifier un bastion culturel pour résister à la modernité hérétique. Ils ont en commun de refuser Vatican II, mais surtout de partager un catholicisme engagé à l'extrême droite, pro-vie, maurrassien puis lepéniste ou villiériste, selon les sensibilités.

Parmi les journaux de référence de cette nébuleuse idéologique, on retrouve *Itinéraires* ou *Monde et Vie*, un bimensuel « catholique et national » créé en 1972, et surtout le quotidien d'extrême droite *Présent*, lancé conjointement par Jean Madiran et Bernard Antony en 1975. Antony – qui signe dans ces années-là du nom

---

1. J. Madiran a consigné sa pensée sur Vatican II dans *L'Hérésie du xxᵉ siècle*. On doit à Danièle Masson d'avoir su décrypter et rendre accessible l'état psychologique de Jean Madiran face au concile, approche du reste peu visible dans *L'Hérésie* qui demeure un ouvrage de déconstruction théologique de Vatican II. Voir D. Masson, *op. cit.*, p. 164-165.

de Romain Marie – est l'un des autres hommes clés de l'offensive laïque politique contre Vatican II. Ce militant a toujours voulu s'engager « là où ça bouge ». Sous son influence, le traditionalisme sort de la résistance cultuelle pour aller vers l'action politique, façon droite radicale. Un temps passé par les nationaux radicaux et la mouvance solidariste, il finit logiquement par s'engager au Front national, où il compte parmi les cadres influents, jusqu'à sa démission du bureau politique en 2004 pour cause de désaccord avec la ligne de Marine Le Pen. Député européen de 1984 à 1999, il fera le lien avec la mouvance catholique intégriste. Et ce à travers la création de toute une série d'associations qu'il dirige depuis le Centre Charlier, fondé par les animateurs de *Présent* en 1979[1]. Au départ, Bernard Antony conçoit ce centre comme une aire de recul et de réflexion par rapport au politique : « J'avais cette idée de refaire un petit espace de civilisation dans lequel nous ne sacrifierions pas tout à la politique[2]. » Très vite pourtant, cette aire de recul – où l'on organise colloques, séminaires

---

1. Henri et André Charlier, qui donnent leur nom au centre, sont un peu les mentors de l'affaire. Ils sont plus utilisés dans l'histoire qu'autre chose puisqu'ils n'apparaissent jamais. Antony avouera plus tard n'avoir lu leur œuvre que bien après la création du centre, mais qu'il avait le sentiment au moment de chercher le nom que ces deux hommes devaient être fondamentaux puisqu'ils avaient fait naître un Jean Madiran, un Gérard Calvet et un Bernard Bouts. Les deux hommes ont été des soldats, blessés à la guerre, ils étaient chrétiens et aimaient la politique puisque tous deux commentaient les actualités à leurs étudiants. Militaires, politiques et chrétiens, voilà les symboles recherchés par Bernard Antony.   2. *Romain Marie sans concession*, Entretiens avec Yves Daoudal, Bouère, Dominique Martin Morin, 1985, p. 88-89.

et pèlerinages – devient une sorte de *think tank* favorisant les rencontres entre traditionalistes et monde politique. Mgr Lefebvre y croise Jean-Marie Le Pen mais aussi des cadres du MSI (Mouvement social italien), le parti néofasciste italien. Le 10 avril 1985, un an après la publication d'un indult autorisant la messe en latin sous conditions par Jean-Paul II, Antony organise également une rencontre entre les dirigeants des droites européennes, dont Jean-Marie Le Pen, et le pape. À l'en croire, le souverain pontife se serait penché vers lui et lui aurait confié cette mission : « Opposez-vous avec vigueur à la décadence de l'Europe. »

Bien qu'opposé à Vatican II, Bernard Antony se conçoit comme un soldat du catholicisme, qu'il défend à travers deux associations : Chrétienté-Solidarité et l'AGRIF (Alliance générale pour le respect de l'identité française). La première s'occupe surtout de prêter main-forte aux milices chrétiennes en guerre contre d'autres groupes ethnico-religieux, comme en Serbie, ou contre le communisme au Nicaragua. Tandis qu'en France, sur un terrain plus civilisé, l'AGRIF se spécialise dans les procès pour « racisme antichrétien », du nom donné à sa lutte contre le « blasphème » dès qu'un journal ose caricaturer le pape ou qu'un film porte atteinte aux symboles du catholicisme. Une façon de montrer sa fidélité à l'Église tout en battant Rome sur son propre terrain. L'association obtient ses premiers succès en octobre 1984, lorsqu'elle réussit à faire interdire l'affiche du film *Ave Maria* de Jacques Richard, avant de se mobiliser contre *Je vous salue Marie* de Godard en 1985. Mais *Présent* et l'AGRIF sont surtout largement responsables de la surenchère contre *La Der-nière Tentation du Christ* de Martin Scorsese.

Dès 1988, avant même sa sortie en France, Bernard Antony profère des menaces explicites contre les salles de cinéma qui envisagent de projeter le film depuis le Parlement européen, où il siège pour le Front national. Lui et ses militants se considèrent « comme des résis-tants authentiques ». Ils « n'exclu[ent] pas d'enfreindre la loi » pour marquer leur opposition au film : « Nous irons en prison s'il le faut. » Le terrorisme chrétien antiblasphème atteint son point d'orgue le 22 octobre, lorsque trois militants traditionalistes incendient un cinéma à Saint-Michel. L'enquête montrera qu'ils sont proches du Centre Charlier, qui, dans un communiqué, dément être à l'origine de l'attentat lequel a fait treize blessés. L'un d'eux est passé près de la mort et restera handicapé à vie.

Le camp traditionaliste divisé

La mobilisation contre le film de Scorsese est la pre-mière action où les traditionalistes politiques emmenés par Bernard Antony et les lefebvristes emmenés par l'abbé Laguérie, le nouveau curé de Saint-Nicolas-du-Chardonnet, font bande à part. Le jour de sa sortie, ils ont choisi d'organiser des manifestations séparées contre le film. Celle des lefebvristes n'a réuni qu'une petite centaine de participants, contre près d'un millier pour celle des catholiques intégristes politiques de l'AGRIF, mobilisés grâce à l'appel du journal *Présent*.

La raison de cette première fissure dans le camp de la tradition ? Depuis l'élection de Jean-Paul II, beaucoup de choses ont changé. Le nouveau pape a fait un premier pas vers le retour au conservatisme : « Le concile doit être compris à la lumière de toute la sainte tradition, et sur le magistère constant de la sainte Église[1]. » Tout en défendant le concile de Vatican II contre toute dissidence, Paul VI puis Jean-Paul II ont bien vite tremblé à l'idée d'être emportés par son « esprit moderniste ». D'autant que Mai 68 et le souffle des années 1970 viennent donner des ailes aux plus progressistes. Paul VI, le pape de la réforme, fera lui une déclaration catastrophée : « L'Église se trouve dans une heure d'inquiétude, d'autocritique, on dirait même d'autodestruction. C'est comme un bouleversement intérieur aigu et complexe. Comme si l'Église se frappait elle-même[2]. » Jean-Paul II lui succède et fait le même constat : « Des idées sont répandues de tous côtés qui contredisent la vérité qui fut révélée et a toujours été enseignée […]. Même la liturgie a été violée. Plongés dans un "relativisme" intellectuel et moral, les chrétiens sont tentés par un illuminisme vaguement moraliste, par un christianisme sociologique, sans dogme défini et sans moralité objective[3]. »

Les traditionalistes et Rome sont donc bien d'accord pour fustiger ensemble cet esprit de « relativisme »; ils ne divergent que sur le chemin à suivre pour sortir

---

1. Mgr Lefebvre, *Lettre ouverte aux catholiques perplexes*, Paris, Albin Michel, 1985.   2. Déclaration du 7 décembre 1969, citée dans *Lettre ouverte aux catholiques perplexes, op. cit.*   3. Déclaration du 6 février 1981.

de cette dérive. Contrairement à Paul VI, Jean-Paul II n'a pas été le pape du concile. La fronde traditionaliste n'est pas vécue comme un acte de défiance le visant personnellement. Sa relation avec le camp du retour à la tradition est d'autant moins passionnelle qu'elle est guidée par la volonté pragmatique de ramener le plus grand nombre de catholiques dans le giron clairsemé de l'Église, s'il le faut en divisant pour mieux régner. Des prises de contact commencent, courant par courant. Désireux d'être efficaces du point de vue politique, les catholiques de *Présent* sont aussi plus pressés que les lefebvristes de retrouver la caution et donc l'aura du Vatican. Tandis que ces derniers, plus dogmatiques que politiques, craignent de perdre leur indépendance chèrement acquise.

Mgr Lefebvre saisit la main tendue par le Saint-Siège en se disant prêt à accepter « le concile à la lumière de la tradition », toujours avec une touche d'ironie qui le caractérise. Les choses se compliquent dès qu'il s'agit de passer de la parole aux actes. Le préfet de la Congrégation pour la doctrine de la foi de l'époque, le cardinal Seper, met en garde le pape en lui rappelant que les traditionalistes font de la messe en latin un « drapeau ». Il est remplacé par un homme bien mieux disposé à leur égard : le cardinal Ratzinger.

Un Ratzinger bien disposé

Jeune, Ratzinger était connu pour des positions plus conciliantes qu'intransigeantes. Il s'est même fait

remarquer pour son sujet de thèse jugé trop moderniste, même si ce n'était pas son souhait. Sa critique
du centralisme de la curie et du Saint-Office, qu'il
décrivait alors comme « totalement hors du temps,
cause de dommages et d'injustices irréparables[1] »,
doit aussi être relue dans son contexte. Dans l'esprit
du jeune Ratzinger, il faut surtout y voir une critique
du centralisme romain face à l'Église bavaroise, qui
incarne à ses yeux le bon sens catholique. Reste qu'on
le compte parmi les premiers collaborateurs de la revue
Concilium, connue pour incarner le renouveau libéral
lors de Vatican II. Il y tient alors des positions osées
comme la remise en cause du dogme de l'Immaculée
Conception de la Vierge Marie ou la dénonciation de
la théologie sacrificielle. Durant le concile, il appelle
à la rénovation de la papauté et prépare des notes très
libérales comme assistant du cardinal Frings. « Bizarrement, note Constance Colonna-Cesari, dans son livre
sur Benoît XVI, son autobiographie, écrite en 1997, ne
s'attarde pas outre mesure sur cet événement-phare[2]. »
En fait, le cardinal Ratzinger va peu à peu gommer toute
allusion à ses positions les plus libérales tenues aux
environs de Vatican II. Comme s'il n'avait plus grand-
chose en commun avec le jeune homme qu'il était dans
ces années-là. 1968 fut un tournant terrifiant pour lui.
Alors qu'il enseigne à l'université de Tübingen, les
jeunes maîtres assistants devisent pour savoir si l'usage
de la Croix n'est pas une façon de glorifier le sadomasochisme. Ce regard critique le terrifie, sans parler de

---

1. *L'Espresso*, 28 avril 2004.   2. *Op. cit.*, p. 108.

l'ambiance universitaire où l'autorité des professeurs est plus contestée. Un climat dont il sort traumatisé, convaincu que le souffle moderniste emprunte la voix de l'antéchrist, qu'il faut réagir pour ne pas laisser l'option libérale anéantir le catholicisme : « J'ai vu se dévoiler le hideux visage de cette ferveur athée, la terreur psychologique, l'absence de tout complexe avec laquelle on sacrifiait toute réflexion morale comme un relent bourgeois, [...] la manière blasphématoire avec laquelle la Croix a été bafouée, accusée de sadomasochisme[1]. » Son collègue d'alors, Hans Küng, resté libéral, raconte avoir assisté à une scène étrange. Cette année-là, suite aux événements, Ratzinger aurait réuni tous ses collaborateurs de la chaire dogmatique pour leur donner cette consigne : « Dorénavant, vous ne ferez jamais plus état de mes écrits antérieurs[2]. »

C'est cet homme conservateur, et non le jeune homme qu'il était au moment du concile, qui devient préfet de la Congrégation pour la doctrine de la foi. Nommé le 25 novembre 1981, il ne parlera longuement de Vatican II qu'en 1985, quatre ans après son entrée en fonction. Un an plus tôt, en 1984, Jean-Paul II a fait un premier geste en direction des traditionalistes en édictant l'indult autorisant la messe traditionnelle sous conditions, c'est-à-dire à condition d'obtenir l'autorisation du Saint-Siège. Cette concession, majeure, ne satisfait pas les lefebvristes. L'abbé Grégoire Celier, membre de la Fraternité Saint-Pie-X, résume leur état d'esprit : « Rome, après quinze ans de

---

1. *Ibid.*, p. 113.   2. *Le Canard enchaîné*, 29 avril 1987.

persécution sauvage, a dû se rendre à l'évidence : la messe traditionnelle ne pouvait être détruite. Il fallait composer avec les insoumis, marchander un cessez-le-feu. Alors, les stratèges du Vatican ont cogité et ont cru trouver la solution miracle : parquer cette messe dans une réserve d'Indiens[1]. » Les lefebvristes n'ont pas déployé tant d'énergie pour obtenir une simple permission de célébrer de temps en temps la messe en latin. Leur projet est bien de reconquérir l'Église à rebours de Vatican II. Pour cela, la Fraternité Saint-Pie-X doit continuer d'incarner la mauvaise conscience de Rome.

L'excommunication de Mgr Lefebvre

Moins de quatre ans après les premières concessions majeures venant de l'Église, les lefebvristes s'apprêtent à franchir une nouvelle étape dans la désobéissance. Se sentant vieillir, Mgr Lefebvre tremble à l'idée que sa mort laisse un vide à la tête de la Fraternité Saint-Pie-X, ce qui condamnerait son œuvre. Il songe donc à nommer des évêques malgré l'interdiction dont il est frappé. Prévenu de ses projets, Rome, tout particulièrement le cardinal Ratzinger, cherche une solution pour permettre une « juste autonomie », c'est-à-dire une autonomie qui autoriserait la Fraternité à user de la liturgie traditionnelle, et même d'avoir des évêques « auxiliaires ». En novembre-décembre 1987, le cardinal Édouard Gagnon effectue une visite apostolique à

---

1. O. Pichon et G. Celier, *op. cit.*, p. 113.

la Fraternité afin d'émettre un rapport préparant cette issue. Le cardinal Ratzinger désigne également deux experts chargés d'élaborer un protocole d'accord. Le texte est élaboré et Mgr Lefebvre le signe le 5 mai 1988. La curie, qui a passé des mois sur ce projet, croit avoir résolu la crise. Mais voilà que Mgr Lefebvre fait volte-face le lendemain. Après une nuit sans sommeil, il fait porter une lettre au cardinal Ratzinger pour lui faire savoir qu'il a changé d'avis. « En fait, explique Grégoire Celier, après des années de coups tordus, le fondateur d'Écône a la sensation très nette qu'on le mène en bateau ; une fois l'accord proclamé, une fois la Fraternité Saint-Pie-X endormie et divisée, Rome aura beau jeu d'annoncer : "Il n'y a pas besoin d'évêque, il y a tous les évêques du monde qui seront là pour les ordinations."[1] »

Le 10 mai, Mgr Lefebvre est applaudi à Saint-Nicolas-du-Chardonnet pour avoir finalement refusé le compromis. Il s'expliquera publiquement un mois plus tard : « Rome nous a menés en bateau. On nous dit excommunication, mais excommunication par qui ? Par une Rome qui n'a plus la foi catholique. On nous dit schisme, mais schisme avec qui, avec le pape moderniste ? Avec le pape qui répand partout les idées de la révolution ? Avec un pape qui, à Assise, confond toutes les religions ? Nous ne voulons pas être les complices de la destruction de l'Église[2]. »

Loin de modérer ses ardeurs, l'évêque poursuit sa rébellion et procède même à de nouvelles ordinations,

---

1. *Ibid.*, p. 118.   2. *Le Monde*, 15 juin 1988.

qui mettent le pape dans l'embarras. Rome fait tout de même l'impossible pour ne pas provoquer une rupture. Jean Guitton, l'ami des deux camps, vient en ambassadeur. Le 29 juin au soir, une Mercedes de la nonciature de Berne s'arrête au séminaire d'Écône. D'après l'abbé Alain Lorans, alors directeur du séminaire, les envoyés du nonce auraient souhaité amener Mgr Lefebvre au Vatican, mais ce dernier refuse de les recevoir. La rupture semble inévitable. Le 30 juin 1988, à Écône, après une cérémonie particulièrement provocatrice à l'égard du Saint-Siège, Mgr Marcel Lefebvre procède à la consécration de quatre évêques. Sous un dais, coiffé de sa mitre et en gants, il porte une lourde chasuble dorée. Quatre jeunes hommes sont agenouillés à ses côtés. Il s'agit de Richard Williamson, un Anglais, Bernard Tissier de Mallerais, un Français, Alfonso de Galarreta, un Espagnol, et Bernard Fellay, un Suisse qui deviendra son successeur. L'évêque les bénit, il les oint d'huiles saintes et leur remet la crosse. Les organisateurs sont partagés entre le désir de tradition et la ritualisation d'un moment fondateur, « l'harmonium ronfle, les cuivres sonnent, tandis que les chantres épuisent leur répertoire de grégorien. Autour du célébrant, une armée de diacres, de sous-diacres, de porte-insignes en soutane et surplis exécute un ballet compris des seuls initiés. Dans la foule, sous leur mantille, des femmes récitent leur chapelet. Sur leur prie-Dieu, des confesseurs attendent les pénitents. À la fin de la longue cérémonie, les applaudissements crépitent. Accourus de France, d'Allemagne, de Suisse, d'Espagne, d'Italie et même d'Afrique, les fidèles endimanchés se jettent à genoux devant les nouveaux consacrés et réclament leur bénédiction[1]. »

Cette fois, Mgr Marcel Lefebvre est allé trop loin. Même pour Jean-Paul II et Ratzinger, bienveillants à l'égard de la liturgie traditionnelle, mais fermement attachés à l'autorité pontificale. Il est excommunié. La sanction prend effet immédiatement, selon le droit canon. Les quatre prêtres connaissent le même sort. Les fidèles de Mgr Lefebvre ne sont donc plus catholiques aux yeux du Vatican[2].

Les premiers ralliés

Ceux qui soutenaient jusque-là Mgr Lefebvre sans être prêts à quitter pour autant l'Église catholique doivent maintenant négocier leur ralliement. Dom Gérard Calvet – qui négocie depuis 1987 la reconnaissance du monastère du Barroux – soutient Mgr Lefebvre. Au moins dans un premier temps. Lui-même a dû faire ordonner ses prêtres par le supérieur de la Fraternité Saint-Pie-X et s'en explique : « Si je ne faisais pas ordonner des prêtres, je serais complice

---

1. *Le Monde*, 15 juin 1988.   2. Cette interprétation est sujette à polémique. Dans les semaines qui suivirent le schisme, plusieurs porte-parole de l'Église ont soutenu cette version des faits. Mgr Lustiger a ainsi fait parvenir à toutes les églises de Paris une note interdisant d'administrer les sacrements à un lefebvriste non repenti. Cependant, depuis la mort de Mgr Lefebvre, les membres américains de la Fraternité lefebvriste avancent que, théologiquement, on ne peut pas parler de schisme ou d'excommunication. Les négociations avec le Vatican se poursuivent depuis.

de la destruction de l'Église. Il faut sortir de la légalité pour rester dans la justice[1]. » Il est donc logique de voir Dom Gérard Calvet à la cérémonie d'Écône. Cela ne l'empêche pas de penser que le temps est peut-être venu d'accepter la main tendue par Rome. Les catholiques intégristes les plus politiques sont de plus en plus séduits par les efforts considérables consentis par l'Église de Jean-Paul II. Ils commencent à espérer pouvoir lutter contre les effets pervers du concile depuis l'intérieur. Rome entretient cet espoir. Le 21 juin, avant l'annonce du schisme annoncé, Dom Calvet reçoit discrètement dans son monastère un envoyé spécial du pape. Le cardinal allemand Augustin Mayer, un bénédictin, est chargé d'œuvrer à la réconciliation. Si Dom Gérard accepte, le Saint-Siège sait qu'il pourra entraîner avec lui les chrétiens politiques autour de Bernard Antony et sans doute son ancien professeur, devenu oblat bénédictin, Jean Madiran. Le 25 juillet 1988, sans en avertir ni l'archevêque d'Avignon ni la nouvelle structure lefebvriste, le monastère du Barroux se rallie à Rome. En contrepartie, il obtient une reconnaissance officielle, le droit de conserver sa messe en latin, son rite du concile de Trente, ses offices grégoriens et son enseignement du catéchisme dans les manuels d'avant le concile. À peine un an plus tard, le 2 juillet 1989, le Barroux est érigé en abbaye bénédictine. Bien qu'ordonnée par Rome, la cérémonie se déroule selon le rite d'avant le concile. Signes de son nouveau rang épiscopal, Dom Gérard reçoit

---

1. *Le Monde*, 4 juillet 1989.

l'anneau, la crosse et la mitre des mains du cardinal Augustin Mayer. Court-circuité, l'évêque d'Avignon – dont dépendait en principe le Barroux – refusera de participer à la cérémonie, suivie par 2 000 fidèles, en guise de protestation. La Fraternité Saint-Pie-X, elle, y voit une trahison.

Ce ralliement aura un impact décisif sur les laïques attachés à la tradition par engagement politique, notamment sur Jean Madiran et Bernard Antony. Ceux-là souhaitent continuer leur combat sans se laisser marginaliser. À leurs yeux, les lefebvristes s'obstinant dans le séparatisme sont englués dans des combats trop liturgiques et manquent de stratégie. Leur ralliement au Vatican ne signifie en rien qu'ils songent à mettre de l'eau dans leur vin de messe. Au contraire. 1988, l'année du ralliement, est aussi celle de la surenchère contre le film de Scorsese, avec les conséquences terroristes que l'on sait. Chrétienté-Solidarité, l'une des associations de Bernard Antony, redouble d'énergie. Entre 1988 et 1989, l'organisation annonce aussi plusieurs « grandes soirées de la Contra » en présence de ses miliciens. L'une d'elles est organisée dans le Vaucluse le 20 janvier 1989 sous le haut patronage de Dom Gérard Calvet du Barroux, sur le thème : « Nicaragua, la survie face au communisme ». Parmi les intervenants annoncés, le colonel Gomez (chef des forces aériennes de la Contra), de Cespedes (membre du commandement militaire) et le docteur Henry Zelaya (chargé des blessés de la « résistance nicaraguayenne »). Quant à l'organisateur de cette soirée, il s'agit de Thibaut de La Tocnaye, l'autre leader catholique intégriste élu sur les listes du Front national. Quand il ne milite pas au sein du FN, il milite au nom de Chrétienté-Solidarité aux côtés des phalanges libanaises ou sur le front croate.

Le Saint-Siège ne semble pas désapprouver outre mesure les activités de ses nouveaux compagnons de route. Depuis l'excommunication de Lefebvre, sa stratégie consiste essentiellement à diviser le camp traditionaliste grâce à la mise en place d'un motu proprio *Ecclesia Dei* exhortant à « s'unir par la prière incessante que le vicaire du Christ, par l'intercession de la Mère de l'Église, adresse avec les paroles mêmes du Fils : que tous soient un ». Une commission du même nom est chargée de débaucher les lefebvristes en leur proposant des montages canoniques autorisant la pratique de la liturgie tridentine. Pour favoriser ce ralliement, le Saint-Siège décide aussi de créer une Fraternité de substitution, la Fraternité Saint-Pierre, destinée à accueillir les transfuges. Sans grand succès. Sur 250 prêtres et séminaristes d'Écône, seuls 30 rejoignent la Fraternité Saint-Pierre[1].

Les membres de la Fraternité Saint-Pie-X restés fidèles à Lefebvre vivent ces départs dans la douleur. L'enjeu est visiblement de continuer à faire monter les enchères. Le dernier carré des fidèles de Mgr Lefebvre resserre les rangs autour du chef et se compte. Le dimanche 19 novembre 1989, ils sont encore presque

---

1. En 1998, six séminaires restent actifs en Suisse, en Allemagne, en France (à Flavigny-sur-Ozerain, en Côte-d'Or), aux États-Unis, en Argentine, en Australie, correspondant aux districts de la Fraternité Saint-Pie-X, qui compte aujourd'hui 350 prêtres.

10 000 à se presser au parc des expositions du Bourget pour assister à la première cérémonie officielle de Mgr Lefebvre depuis son excommunication. Pour le soutenir et pour le voir une dernière fois, car tout le monde ressent sa faiblesse. Avant de mourir, Lefebvre n'aura plus qu'une obsession : persister dans la résistance liturgique. La rupture est bel et bien consommée avec les catholiques instrumentalisant la tradition à des fins politiques, quitte à se rallier sans avoir obtenu la reconnaissance pleine et entière de la liturgie préconciliaire. Voilà ce qu'il écrit le 7 juillet 1990 aux dirigeants de Renaissance catholique, restés hors de l'Église malgré une orientation politique et un fonctionnement très proches du Centre Charlier : « L'histoire des dernières décades montre ce qu'est devenue une action catholique abandonnant les principes de l'Église... Le milieu traditionnel n'a pas été exempt de ces déviations. Deux exemples me viennent à l'esprit : celui de l'Alleanza cattolica de M. Cantori en Italie et celui de Chrétienté-Solidarité de M. Romain Marie. Tous deux se sont voulus traditionalistes et se sont efforcés, grâce à cette étiquette, de mettre la main sur la jeunesse et même sur les fidèles traditionalistes par le truchement de congrès, de pèlerinages. Vous vous êtes heureusement séparés de Chrétienté-Solidarité à l'occasion des sacres, mais hélas ! vous en avez gardé ce déplorable esprit de tendance laïque et anticatholique. [...] Cet esprit n'est pas catholique [...] L'action catholique est une collaboration des laïques à l'apostolat sacerdotal [...] nous sommes bien déterminés à poursuivre le combat intérieur et extérieur contre le

modernisme. M. l'abbé Aulagnier prendra contact avec vous pour clarifier la situation, pour la sauvegarde de la tradition et de ces œuvres[1]. »

Obtenir le « rite propre »

Après l'autorisation sous conditions de célébrer la messe en latin, les traditionalistes militent désormais pour obtenir le droit au « rite propre », c'est-à-dire le droit de célébrer uniquement la messe selon le rite Pie V. Les débats sur ce point au sein de la Fraternité sacerdotale Saint-Pierre manqueront de la faire imploser en 1998. Cela n'empêche pas la commission *Ecclesia Dei* de continuer à séduire les dissidents en leur proposant toutes sortes de montages canoniques taillés sur mesure permettant de continuer à pratiquer un rite traditionnel. Le Barroux et la Fraternité Saint-Pierre ont été rejoints par le monastère de Chéméré, l'Institut du Christ-Roi, les Chanoines réguliers de la Mère de Dieu, ou encore la Fraternité Saint-Vincent-Ferrier. Plusieurs anciens membres de la Fraternité Saint-Pie-X se retrouvent ainsi propulsés à la tête de sociétés apostoliques ou de communautés religieuses dont les membres pourraient tenir dans une cabine téléphonique. Le seul fait de reconnaître l'autorité du pape vaut récompense. Pour l'abbé Grégoire Celier, l'histoire de la commission *Ecclesia Dei* est celle de « manœuvres constantes pour arracher les œuvres et les

---

1. Lettre reproduite par *Golias*, n° 27-28, automne 1991, p. 48.

hommes au bon combat de la tradition[1] ». De fait, le
Saint-Siège réalise quelques belles prises. En 2002, il
réussit à convaincre les fidèles traditionalistes du diocèse brésilien de Campos, au nord de Rio de Janeiro,
qui compterait 28 000 catholiques traditionalistes.

Suspendu en 1981 par Rome, Mgr Antonio de Castro
Meyer a fondé un diocèse parallèle, bien vite abrité
par la Fraternité sacerdotale Saint-Pie-X. En 2000,
son successeur, Mgr Rangel, a pris part aux négociations entre la Fraternité et Rome à la demande de
Mgr Fellay. Mais contrairement au supérieur de la
Fraternité Saint-Pie-X, qui a une fois de plus fini par
suspendre sa participation à ce processus, il est allé
jusqu'au bout. N'oublions pas que Mgr Fellay est l'un
des quatre évêques excommuniés par Jean-Paul II,
en même temps que Mgr Lefebvre. Pour lui, aucune
réconciliation ne peut avoir lieu sans que cette excommunication soit levée. Or, lever cette excommunication
reviendrait à mettre en cause l'infaillibilité papale, à
laquelle le cardinal Ratzinger est si attaché. Le dialogue
avec le supérieur de la Fraternité Saint-Pie-X finit donc
toujours par toucher ses limites. Mgr Fellay désapprouve la « paix séparée » négociée par Campos, malgré des concessions évidentes. En échange d'une lettre
manifestant sa « volonté de pleine adhésion à l'Église
catholique », Mgr Rangel a été relevé de l'excommunication encourue du fait de sa consécration. Il a aussi

---

1. G. Celier, « Un nouvel institut *Ecclesia Dei* ? », discours prononcé à Suresnes, le 12 septembre 2006, http://www.laportelatine.
org/accueil/communic/2006/IBP/IBP.php.

obtenu que le suivi pastoral des fidèles traditionalistes dépende de l'Union Saint-Jean-Marie-Vianney, érigée canoniquement en administration apostolique de caractère personnel, c'est-à-dire dépendant directement du siège apostolique. La lettre du pape promet en outre d'assurer la succession de Mgr Rangel. Il s'agit donc d'une solution durable et non d'un « coup de Jarnac » comme le redoutait tant Lefebvre de la part de Rome.

Le fondateur de la Fraternité Saint-Pie-X est mort en laissant à la tête de son œuvre un homme tout aussi radical. Comme Mgr Lefebvre, Mgr Fellay considère que « ce n'est pas le Saint-Esprit qui a inspiré le concile, mais le diable[1] ». Il trahirait l'esprit de son prédécesseur s'il ne se montrait pas intraitable avec Rome.

Benoît XVI ou la « divine surprise »

L'élection de Benoît XVI a été perçue par Mgr Fellay, le supérieur de la Fraternité Saint-Pie-X, comme « une lueur d'espérance » pour « sortir de la profonde crise qui secoue l'Église catholique ». Autrement dit pour « que la tradition bimillénaire de l'Église, oubliée et mise à mal au cours des quarante dernières années, retrouve enfin sa place durant ce pontificat, et que la sainte messe traditionnelle soit rétablie sans restrictions dans tous ses droits[2] ». Même l'abbé Grégoire Celier,

---

1. Conférence donnée à Bruxelles, le 20 juin 1998.   2. Site de la Fraternité.

pourtant romano-sceptique, le reconnaît : « L'élection de Benoît XVI, inespérée, marque un tournant : ce fut une "divine surprise". Aucun n'a manifesté un plus grand désir d'aboutir, un plus vif souci de réparer la fracture[1]. »

Sous Jean-Paul II, le cardinal Ratzinger a fait tout son possible pour permettre la réconciliation. Le 25 mars 2004, avec son aide, la Congrégation pour le culte divin publie une instruction, *Redemptionis sacramentum*, rappelant à l'ordre les prêtres contre les abus déformant la liturgie jusqu'à la « limite du supportable ». Le préfet de la Congrégation pour la doctrine de la foi n'est pas loin de partager l'analyse des traditionalistes concernant Vatican II : « Je suis convaincu que la crise de l'Église que nous vivons aujourd'hui repose largement sur la désintégration de la liturgie[2]. » Amoureux de la messe en latin, il a lui-même accueilli le nouveau missel de Paul VI avec une certaine tristesse et n'a jamais approuvé l'interdiction de l'ancien missel, comme il tient à le rappeler dans ses mémoires : « J'étais consterné de l'interdiction de l'ancien missel, car cela ne s'était jamais vu dans toute l'histoire de la liturgie[3]. » En 1995, le cardinal a d'ailleurs volontiers accepté de célébrer une messe de rite tridentin au Barroux. Il a également préfacé un ouvrage, *Tournés vers le Seigneur*, dans lequel Mgr Gamber rappelle l'importance symbolique pour un prêtre du fait de célébrer la messe tourné vers l'orient, autrement

---

1. O. Pichon et G. Celier, *op. cit.*, p. 208.   2. J. Ratzinger, *Ma vie*, Paris, Fayard, 2005, p. 135.   3. *Ibid.*, p. 132.

dit dos aux fidèles, comme avant Vatican II. Une fois élu pape, il prononcera son premier sermon en latin, et non en italien comme c'est l'usage. À la plus grande surprise des 115 cardinaux, dont certains n'avaient pas révisé et n'ont pas pu suivre. À l'occasion, il célèbre des offices où il tourne le dos aux fidèles, et il exige que ces derniers communient à genoux, la langue tirée, comme dans l'ancien temps. Côté décorum, il n'a négligé aucun détail, ressorti des armoires les mitres les plus hautes et remis au goût du jour les chasubles tissées à l'époque de la Contre-Réforme. Il a mis au placard la crosse de Jean-Paul II, jugée trop simple et trop contemporaine, pour la remplacer par celle de Pie IX (très appréciée des traditionalistes). Il a également ressorti son trône, très pompeux. Et commandé un « anneau du pêcheur » (le sceau du pape) très visible[1]. Pour retrouver toute la pompe nécessaire, l'un de ses premiers gestes sera de renvoyer le maître des cérémonies de son prédécesseur, jugé trop moderne, pour le remplacer par un maître des cérémonies plus classique.

Autant de gestes d'attachement à la tradition qui ont ravi les plus conservateurs. Mais c'est surtout sa méfiance envers le « relativisme » et sa conception minimale de l'œcuménisme qui rapprochent le nouveau pape des traditionalistes. Jean-Paul II était lui-même très opposé aux idées modernistes souvent associées à une interprétation trop ambitieuse de Vatican II,

---

1. « Vas-y dans le rétro », *Les dessous du Vatican*, Les dossiers du Canard, n° 116, juillet 2010.

mais son attachement viscéral à l'œcuménisme le tenait malgré tout à distance de certains traditionalistes allergiques à l'idée que le catholicisme cesse de prier pour la conversion des Juifs ou renonce à détenir le monopole de la vérité sous prétexte de dialogue inter-religieux. Benoît XVI ne présente pas cet inconvénient. Il n'a jamais aimé se rendre aux rencontres d'Assise, ce haut lieu du dialogue interreligieux. Jean-Paul II devait lui donner l'ordre d'y participer pour le décider. Une fois pape, il fera le service minimum, se conten-tant d'envoyer un message à lire pour les cérémonies de 2006, alors que les rencontres fêtent alors leur ving-tième anniversaire.

D'accord pour se méfier du « relativisme » et de l'œcuménisme

Ne l'oublions pas, Benoît XVI est né en Bavière, dans un pays où le catholicisme se sent submergé par le protestantisme. Devenu cardinal, la concurrence des sectes évangéliques, en plein essor, a bien vite fait par-tie de ses sujets de préoccupation. Le cardinal a tou-jours veillé à ce que ce dialogue interreligieux voulu par Jean-Paul II ne tourne pas au « relativisme », donc à la fragilisation du dogme dont il était le gardien en tant que préfet de la Congrégation pour la doctrine de la foi. Notamment en refusant de considérer l'œcu-ménisme comme une forme de « sororité » entre les différentes Églises catholiques et protestantes. En juin 2000, dans une « Lettre adressée aux présidents des conférences épiscopales », il met en garde contre

l'utilisation de l'expression « Églises sœurs », qui favorise à ses yeux cette confusion : « On induit ainsi à
penser qu'en fait, l'unique Église du Christ n'existerait plus, mais qu'elle pourrait être rétablie suite à la
réconciliation entre les deux Églises sœurs. » Une précision relayée par Jean-Paul II[1]. Moins de deux mois
plus tard, Joseph Ratzinger et son secrétaire, Tarcisio
Bertone, publient un « *Dominus Iesus* sur l'unicité et
l'universalité salvifique de Jésus-Christ et de l'Église »
rappelant à l'ordre ceux qui pratiqueraient le dialogue
interreligieux au point de « relativiser » la supériorité
du message de l'Église catholique. Le texte insiste sur
la mission universelle de l'Église catholique comme
détentrice de la Vérité et donc porteuse d'un message
pour toute l'humanité : « Pour remédier à cette mentalité relativiste toujours plus répandue, il faut réaffirmer
avant tout que la révélation de Jésus-Christ est définitive et complète. » Pour Richard Bergeron, franciscain
et professeur émérite à la faculté de théologie de l'université de Montréal, cette posture « rejette d'entrée de
jeu la validité du "pluralisme religieux", non seulement
de facto, mais aussi *de jure* (ou en tant que principe)[2] ».
Le pape Benoît XVI ira-t-il aussi loin que le cardinal
Ratzinger pour limiter l'œcuménisme à une politesse
de façade ?

---

1. La Note précise : « Les indications qu'elle donne doivent donc
être considérées comme autorisées et obligatoires, même si cette
Note n'est pas publiée de manière officielle sur les *Acta Apostolicae
Sedis*, en raison de sa finalité, qui est seulement de préciser la termi-
nologie théologiquement correcte à ce sujet. »   2. « Dominus
Ratzinger », *Culture et Foi*, septembre 2000.

Bien qu'il s'efforce parfois de gommer cette image intransigeante, l'un des premiers actes de son pontificat fut de dénoncer le « relativisme » cultuel et la pente glissante du pluralisme religieux. Les associations charismatiques, saluées comme le « printemps de l'Église » sous Jean-Paul II, ou encore les anciennes « Églises sœurs » s'en sont inquiétées. Leur émoi est même parvenu jusqu'aux oreilles des cardinaux. Le 23 novembre 2007, à l'issue d'une réunion au Vatican sur l'œcuménisme, ils publient un communiqué rappelant que l'Église catholique doit éviter de « blesser la sensibilité des autres chrétiens ». Selon l'Agence France-Presse, « cette formulation laisse supposer que des critiques ont été exprimées sur un récent document du Vatican affirmant que l'Église catholique était "la seule véritable Église du Christ"[1] ». En langage moins diplomatique, il s'agit d'un vrai rappel à l'ordre œcuménique. Le cardinal Kasper, qui a représenté l'Église catholique à la Commission de foi et constitution du Conseil œcuménique des Églises, profite de la présence de journalistes pour souligner que la mouvance pentecôtiste, issue du protestantisme, « représente 400 millions » de fidèles et « ne peut être ignorée ». N'est-ce pas, justement, ce qui inquiète Benoît XVI ? Un peu comme un homme politique les sondages, son secrétariat semble suivre les chiffres des croyants de très près. En 2008, de façon passée presque inaperçue, Mgr Vittorio Formenti, responsable des études statistiques du Saint-Siège, a déclaré dans *L'Osservatore Romano* que, pour

---

1. AFP, 23 novembre 2007.

la première fois de l'histoire, le nombre de musulmans dans le monde dépassait le nombre de catholiques[1]. La façon dont ce calcul a été fait en dit long. Car autant le Saint-Siège englobe tous les musulmans sous la même étiquette (qu'ils soient sunnites, chiites ou autres), autant il n'englobe pas tous les chrétiens sous la même enseigne (catholiques, protestants, orthodoxes…). Soit pour rendre ce constat chiffré plus alarmiste, soit parce que Benoît XVI considère décidément les autres chrétiens comme des concurrents, fondamentalement différents, même face à l'islam.

L'une des premières décisions du pape Benoît XVI sera de renvoyer Mgr Michael Fitzgerald, Britannique et président du Conseil pontifical pour le dialogue interreligieux, jugé trop ouvert au dialogue avec l'islam. Autre signe, le 27 août 2005, dans les jardins de Castel Gandolfo, le pape a reçu Oriana Fallaci – auteure du brûlot anti-islam *La Rage et l'Orgueil*[2] – pour une discussion discrète, amicale et informelle. La journaliste supplie le pontife de résister à l'invasion musulmane et lui reproche de trop vouloir dialoguer avec les musulmans. Son vœu sera exaucé quelques mois plus tard. Lors d'une conférence, « Foi et raison », prononcée le 12 septembre 2006 à l'université de Ratisbonne, Benoît XVI créé une violente polémique. Il semble avoir oublié qu'il n'est plus professeur mais pape, et que la moindre virgule peut être lue comme un message. En l'occur-

---

1. « Pour la première fois de l'histoire, nous ne sommes plus les premiers : les musulmans nous ont dépassés », *L'Osservatore Romano*, 30 mars 2008.   2. Oriana Fallaci, *La Rage et l'Orgueil*, Paris, Plon, 2002.

rence, les autorités musulmanes s'enflamment pour une phrase de son exposé, sortie de son contexte, où il commente longuement les propos tenus par l'empereur byzantin Manuel II Paléologue au XIVe siècle : « Dans ce discours, je voudrais seulement aborder un point – plutôt marginal dans le dialogue – qui m'a captivé, en rapport avec le thème de la foi et de la raison, et qui me sert de point de départ pour mes réflexions sur ce thème. Dans la Septième Controverse éditée par le professeur Khoury, l'empereur aborde le thème du *djihad* (la guerre sainte). L'empereur devait savoir que la sourate 2-256 dit : "Il n'est nulle contrainte en matière de foi" – selon les spécialistes, c'est l'une des premières sourates, datant de l'époque où Mahomet était encore sans pouvoir et menacé. Mais l'empereur connaissait aussi naturellement les commandements sur la guerre sainte contenus […] dans le Coran. Sans s'attarder sur des détails, comme la différence de traitement entre les "croyants" et les "infidèles", il pose à son interlocuteur, d'une manière étonnamment abrupte pour nous, la question centrale du rapport entre religion et violence. Il lui dit : "Montre-moi donc ce que Mahomet a apporté de nouveau. Tu ne trouveras que des choses mauvaises et inhumaines, comme le droit de défendre par l'épée la foi qu'il prêchait." L'empereur, après avoir tenu des propos si forts, explique ensuite en détail pourquoi il est absurde de diffuser la foi par la violence[1]. »

---

1. Lire notamment l'analyse de Leïla Babès, « Le pape et l'islam. Par-delà la polémique : pour un débat franc et fraternel », publié dans *Vues d'ensemble*, la revue de l'université catholique de Lille, n° 31, octobre 2006.

Plusieurs observateurs du monde musulman ont pensé que Benoît XVI faisait siens les propos de cet empereur byzantin. Autrement dit, qu'il adhérait à l'idée selon laquelle l'islam est par essence une religion débouchant sur le refus de la raison et donc sur la violence. Dans le cadre d'un dialogue interreligieux apaisé, ce commentaire de texte serait sans aucun doute passé inaperçu. Dans le monde de l'après-11-Septembre, alors que des dessinateurs et des journalistes viennent d'être menacés de mort pour avoir simplement osé caricaturer Mahomet, Benoît XVI – qui avait condamné la publication de ces caricatures comme mettant de l'huile sur le feu – vient de rouvrir les plaies et de dégrader un peu plus le dialogue interreligieux.

Certes, les relations n'ont jamais été aussi bonnes avec les orthodoxes. Pour la première fois depuis longtemps, les travaux de la Commission internationale pour le dialogue entre catholiques et orthodoxes avancent. Les partisans du dialogue entre les religions le soulignent surtout pour nier le tournant anti-œcuménique de Benoît XVI. Mais si les relations avec les orthodoxes sont bonnes (justement parce qu'ils défendent une orthodoxie qui plaît à l'ancien préfet de la Congrégation pour la doctrine de la foi), elles n'ont pas été aussi froides depuis longtemps avec les musulmans, les juifs et les protestants.

Le 14 décembre 2007, Rome a publié une « note doctrinale » réaffirmant la mission donnée à tous les croyants d'évangéliser les non-catholiques, y compris les membres d'autres religions chrétiennes, en évitant cependant « toute pression indue ». Le document est signé par le préfet de la Congrégation pour la doctrine de la foi, c'est-à-dire par le successeur du cardinal Ratzinger, mais, bien entendu, il a reçu l'aval de Benoît XVI. Il traduit bien sa volonté de réagir à « une confusion sans cesse grandissante » conduisant selon lui de nombreux catholiques à s'abstenir, au nom du respect de la liberté, de témoigner publiquement de leur foi pour convaincre les autres de sa « vérité ». Il s'élève contre l'idée de plus en plus répandue selon laquelle toutes les religions ont la même valeur. Et rappelle que le christianisme a toujours été animé par la « passion de conduire toute l'humanité au Christ dans l'Église », c'est-à-dire de convertir les non-chrétiens, y compris au prix du martyre. L'ordre de mission est clair. Et dans ce domaine, le pape peut compter sur le soutien d'un courant opposé depuis Vatican II à l'œcuménisme : les traditionalistes.

Faut-il brûler l'esprit moderniste de Vatican II ?

Le nouveau pape est donc incontestablement le mieux placé pour permettre la réconciliation pleine et entière entre Rome et les traditionalistes au détriment de Vatican II. Mais cette réconciliation ira-t-elle jusqu'à déboucher sur un retour à l'Église d'avant le concile ? Pas officiellement. Aucun pape, surtout pas celui-là, ne prendrait le risque d'accréditer une erreur de jugement de la part de l'Église. L'obsession de Rome est de trouver un moyen de revenir sur les avancées de Vatican II, sans nuire au dogme de l'« infaillibilité pontificale ». Deux stratégies discursives développées en parallèle par le cardinal Ratzinger et les membres de la Fraternité Saint-Pie-X préparent cette issue.

La première consiste à expliquer que l'interprétation ultramoderniste de Vatican II n'est pas due au concile lui-même, mais à une interprétation abusive appelée l'« esprit du concile ». Un argument développé par Ratzinger en 1985 dans *Entretien sur la foi*. À mots couverts, il y propose un plan de « restauration » permettant de limiter son influence moderniste tout en lui restant fidèle : en retrouvant le « vrai concile » par-delà l'« esprit du concile ».

L'autre stratégie discursive consiste à réduire la portée du concile en le faisant passer du statut doctrinal – qui engage l'infaillibilité papale – au simple statut pastoral, faillible et donc modifiable. Ce point pourrait mettre d'accord le nouveau pape et les traditionalistes. L'abbé Grégoire Celier rappelle qu'en 1988, déjà, le cardinal Ratzinger semblait pencher pour cette interprétation. Une déclaration, d'une extrême importance, intervient dans le cadre d'un discours adressé devant les évêques du Chili au lendemain de l'excommunication de Lefebvre. Sous prétexte de « défendre Vatican II », le préfet de la Congrégation pour la doctrine de la foi esquisse l'idée que le concile de Vatican II n'est qu'une parenthèse et non un tournant pour l'Église : « Défendre le concile Vatican II […] comme quelque chose d'efficace et d'obligatoire pour l'Église, EST ET SERA TOUJOURS NÉCESSAIRE. Mais il existe une vision étroite qui lit et sélectionne Vatican II et qui entraîne une certaine opposition. On a l'impression que, depuis Vatican II, tout a changé et que tout ce qui l'a précédé n'a plus de valeur, ou, dans le meilleur des cas, n'a de valeur qu'à la lumière du concile. Vatican II n'est pas considéré comme une partie de la tradition vivante de l'Église, mais comme la fin de la tradition, comme une annulation du passé et comme le point de départ d'un nouveau chemin. La vérité est que le concile lui-même n'a défini aucun dogme et a tenu spécialement à se situer à un niveau plus modeste, simplement comme un concile pastoral. Malgré cela, nombreux sont ceux qui l'interprètent comme s'il s'agissait d'un "super-dogme" qui seul a de l'importance. Cette impression est confirmée tous les jours par de multiples faits. Ce qui, autrefois, était regardé comme le plus sacré – la forme de la prière liturgique – devient tout à coup l'unique chose se trouvant absolument frappée d'interdit. On ne tolère aucune critique envers les orientations postconciliaires ; par contre, lorsque sont en question les antiques règles ou les grandes vérités de la foi – par exemple la résurrection corporelle de Jésus, l'immortalité de l'âme –, on ne réagit pas ou bien avec une modération extrême. J'ai, moi-même, pu constater lorsque j'étais professeur comment un évêque qui, avant le concile, avait renvoyé un professeur uniquement à cause de sa façon de parler un peu paysanne, se trouva, après le concile, dans l'impossibilité d'éloigner un enseignant qui niait ouvertement des vérités fondamentales de la foi[1]... »

Réduire la portée de Vatican II fait partie des convictions profondes du cardinal Ratzinger devenu pape. Pour s'en convaincre, il suffit de lire attentivement son analyse du concile produite à l'occasion des quarante ans de Vatican II, le 22 décembre 2005, sous l'intitulé

---

1. O. Pichon et G. Celier, *op. cit.*, p. 66.

« Comprendre Vatican II ». Dans ce texte, le pape met en garde contre une interprétation trop moderniste du concile, qualifié d'« événement ecclésial historique ». Bien entendu, à aucun moment il n'émet de critique contre le concile lui-même, toute la subtilité de son orthodoxie consiste à rendre l'interprétation moderniste responsable de la confusion et donc des difficultés ayant suivi la réforme : « Pourquoi l'accueil du concile, dans de grandes parties de l'Église, s'est-il jusqu'à présent déroulé de manière aussi difficile ? Tout dépend en réalité de la juste interprétation du concile ou – comme nous le dirions aujourd'hui – de sa juste herméneutique, de la juste clef de lecture et d'application. Les problèmes de la réception sont nés du fait que deux herméneutiques contraires se sont trouvées confrontées et sont entrées en conflit. L'une a engendré la confusion, l'autre, silencieusement mais de manière toujours plus visible, a porté et porte ses fruits[1]. »

Le pape ne semble pas considérer que les deux extrêmes – qui pourraient être le modernisme d'un côté et le traditionalisme de l'autre – soient à combattre avec la même vigueur. Il parle d'une seule « herméneutique » ayant entraîné la « confusion ». Reste à savoir s'il montre de l'index l'interprétation moderniste ou traditionaliste. La suite est claire. L'herméneutique accusée de semer la discorde – que le pape nomme pour l'occasion « herméneutique de la discontinuité et de la rupture » – est celle qui « a souvent pu compter sur la sympathie des *mass media* et également d'une partie

1. *De Spiritu Sancto*, XXX, 77 ; PG 32, 213 A ; SCh 17*bis*, p. 524.

de la théologie moderne ». Autrement dit, il s'agit de l'interprétation moderniste, qu'il oppose à l'« herméneutique de la réforme », c'est-à-dire à celle « du renouveau dans la continuité ». La suite du procès intenté à l'« herméneutique de la rupture » est encore plus éclairante. Car non seulement le pape n'a pas un mot de désapprobation envers l'herméneutique traditionaliste, pourtant entrée en rupture avec l'Église conciliaire, mais il reproche principalement à l'herméneutique moderniste d'empêcher la réconciliation entre l'Église et les traditionalistes : « L'herméneutique de la discontinuité risque de finir par une rupture entre Église préconciliaire et Église postconciliaire. »

Le pape reproche à cette « herméneutique de la rupture » de vouloir être fidèle à « l'esprit du concile » et non à sa lettre : « En un mot : il faudrait non pas suivre les textes du concile, mais son esprit. » Cette notion floue d'« esprit du concile » n'a rien pour plaire à une théologie aussi orthodoxe que celle du gardien de la doctrine de la foi. Entre les lignes, le préfet tape du poing sur la table pour rappeler l'importance de la « fidélité » à la doctrine et à l'Église, seule dépositaire du pouvoir d'interpréter. Même s'il reconnaît que « cet engagement, cette fidélité, exige une nouvelle réflexion sur cette vérité et un nouveau rapport vital avec elle ». Et d'ajouter : « Dans ce sens, le programme proposé par le pape Jean XXIII était extrêmement exigeant, comme l'est précisément la synthèse de fidélité et de dynamique. »

On peut dire que s'étaient formés trois cercles de questions, qui à présent, à l'heure du concile Vatican II, attendaient une réponse.

1. Tout d'abord, il fallait définir de façon nouvelle la relation entre foi et sciences modernes ; cela concernait d'ailleurs non seulement les sciences naturelles, mais également les sciences historiques, car, dans une certaine école, la méthode historique-critique réclamait le dernier mot sur l'interprétation de la Bible, et, prétendant l'exclusivité totale de la compréhension des Écritures saintes, s'opposait sur des points importants à l'interprétation que la foi de l'Église avait élaborée.

2. En second lieu, il fallait définir de façon nouvelle le rapport entre Église et État moderne, qui accordait une place aux citoyens de diverses religions et idéologies, se comportant envers ces religions de façon impartiale et assumant simplement la responsabilité d'une coexistence ordonnée et tolérante entre les citoyens et leur liberté d'exercer leur religion.

3. Cela était lié, en troisième lieu, de façon plus générale, avec le problème de la tolérance religieuse – une question qui exigeait une nouvelle définition du rapport entre foi chrétienne et religions du monde. En particulier, face aux récents crimes du régime national-socialiste ; en général, dans le cadre d'un regard rétrospectif sur une longue histoire difficile, il fallait évaluer et définir de façon nouvelle le rapport entre l'Église et la foi d'Israël.

Voilà pour la forme. Dans les faits, sa reprise en main de la doctrine conduit surtout à assouplir la réforme et à initier un retour à la « fidélité ». « Les décisions de fond peuvent demeurer valables, tandis que les formes de leur application dans des contextes nouveaux peuvent varier », explique sobrement Ratzinger. L'œcuménisme, par exemple, se voit réduit au simple respect de la liberté religieuse : « Si la liberté de religion est considérée comme une expression de l'incapacité de l'homme de trouver la vérité, et par conséquent devient une exaltation du relativisme, alors, de nécessité sociale et historique, celle-ci est élevée de façon impropre au niveau métaphysique et est ainsi privée de son véritable sens, avec pour conséquence de ne pas pouvoir être acceptée par celui qui croit que l'homme est capable de connaître la vérité de Dieu, et, sur la base de la dignité intérieure de la vérité, est lié à cette connaissance. Il est, en revanche, totalement différent de considérer la liberté de religion comme une nécessité découlant de la coexistence humaine, et même comme une conséquence intrinsèque de la vérité qui ne peut être imposée de l'extérieur, mais qui doit être adoptée par l'homme uniquement à travers le mécanisme de la conviction. » En d'autres termes, le pape insiste pour distinguer la tolérance envers les autres religions au nom de la coexistence pacifique d'avec une approche œcuménique amenant à relativiser la vérité du dogme catholique. Ce qui amène naturellement l'Église à la nécessité de « retrouver sa véritable identité », c'est-à-dire à réaffirmer la permanence de l'Église et de son dogme par-delà la modernité : « L'Église est, aussi bien avant qu'après le concile, la même Église une, sainte, catholique et apostolique, en chemin à travers les temps : elle poursuit "son pèlerinage à travers les persécutions du monde et les consolations de Dieu", annonçant la mort du Seigneur jusqu'à ce qu'Il vienne (cf. *Lumen gentium*, n° 8). Ceux qui espéraient qu'à travers ce "oui" fondamental à l'époque moderne, toutes les tensions se seraient relâchées et que l'"ouverture au monde" ainsi réalisée aurait tout transformé en une pure harmonie avaient sous-estimé les tensions intérieures et les contradictions de l'époque moderne elle-même ; ils avaient sous-estimé la dangereuse fragilité de la nature humaine qui, dans toutes les périodes de l'histoire, et dans toute constellation historique, constitue une menace pour le chemin de l'homme. »

Là aussi, le texte mérite d'être décrypté. Après avoir présenté le concile de Vatican II comme une volonté de la part de l'Église de se réconcilier avec l'époque moderne, il rend responsable l'époque moderne de maux qui obligent nécessairement l'Église à réaffirmer sa vérité, sous peine d'être engloutie et de laisser le monde être englouti avec elle. Voilà qui réactive le fameux dilemme entre foi et raison, développé dans le point suivant : « Le pas accompli par le concile vers l'époque moderne, qui de façon assez imprécise a été présenté comme une "ouverture au monde", appartient en définitive au problème éternel du rapport entre foi et raison, qui se représente de façons toujours nouvelles. » Vatican II n'était donc pas une « ouverture au monde », mais une tentative de concilier foi et raison dans un contexte donné. Ce contexte ayant changé, une nouvelle négociation sur la base d'une compréhension bien orientée de Vatican II semble nécessaire : « Si nous le lisons et que nous l'accueillons guidés par une juste herméneutique, il peut être et devenir toujours plus une grande force pour le renouveau toujours nécessaire de l'Église. » La « juste herméneutique » étant celle qui est édictée par le vicaire du Christ et non par l'« esprit du concile » que croient pouvoir exalter les modernistes.

Très clairement, ce pape choisit de tendre la main plutôt aux pourfendeurs de Vatican II qu'à ses défenseurs modernistes. Christian Terras, de *Golias*, l'un des principaux magazines lus par les chrétiens de gauche en France, l'a bien compris : « La position de fond adoptée par Benoît XVI pourrait bien être néfaste, y compris à moyen terme, pour l'Église. Elle s'oppose frontalement à celle du concile, même en prétendant s'appuyer sur les textes conciliaires eux-mêmes. Quarante-cinq années se sont écoulées. Nous sommes à la croisée des chemins : ou incarner à nouveaux frais l'intuition et l'intention de Vatican II ; ou, au contraire, l'enterrer définitivement, fût-ce avec les couronnes mortuaires d'une gratitude assassine. En somme, un concile pour rien ? »

Une réconciliation en bonne voie

Moins de quatre mois après son élection, le pape et le président de la commission *Ecclesia Dei*, le cardinal Castrillón Hoyos, reçoivent Mgr Fellay à Castel Gandolfo. Jamais la perspective d'une réconciliation n'a été si proche. Le 29 août 2005, la salle de presse du Vatican confirme la rumeur par un communiqué qui précise : « La rencontre s'est déroulée dans un climat d'amour pour l'Église et de désir d'arriver à une parfaite communion. Bien qu'ils soient conscients des difficultés, a été manifestée la volonté de procéder par étapes et dans des délais raisonnables. » L'entrevue fut brève. Trente-cinq minutes selon la Fraternité Saint-Pie-X, qui produit un communiqué au diapason, à l'exception de cette précision de temps et d'une dernière phrase : « La Fraternité prie afin que le Saint-Père puisse trouver la force de mettre fin à la crise de l'Église en restaurant toutes choses dans le Christ. » La

touche personnelle a son importance. Ainsi la Fraternité
attend moins des gestes en sa direction qu'une nouvelle
direction de l'Église mettant fin à « sa crise ». Cette
réorientation se présente comme la « restauration »
de « toutes » choses dans le Christ. Les étapes seront
donc longues, mais le chemin est tracé et toute la presse
en parle. Selon *La Croix*, « Rome entrouvre une porte
aux fidèles de Mgr Lefebvre ». *Minute*, l'hebdomadaire
d'extrême droite, s'interroge avec espoir sur ce partenariat : « Rome-Fraternité Saint-Pie-X : accords en vue ? »
Le Figaro préfère insister sur une reprise en main de
la part du Saint-Siège pour faire rentrer les dissidents
dans le rang : « Comment Benoît XVI veut ramener
les lefebvristes dans l'Église. » La presse de gauche
est plus sévère : « Les intégristes à nouveau en odeur
de sainteté » (*Marianne*), ou encore « Mgr Fellay prie
pour le conservatisme de Benoît XVI » (*La Tribune de
Genève*). La nouvelle suscite des lignes et des lignes de
commentaires à l'étranger, avec la même variété d'interprétation. Car au sein même de la curie et surtout de
l'épiscopat, les avis sont partagés. La Conférence des
évêques s'inquiète de voir coexister deux rites à égalité,
avec les risques de division et de retour en arrière que
cela représente. En 2006 déjà, lorsque Benoît XVI a fait
savoir qu'il souhaitait un usage plus fréquent de la messe
en latin, Mgr Pierre Raffin, évêque de Metz, disait redou-
ter « les répercussions négatives dans le peuple chrétien
majoritairement attaché quoi qu'on en dise à la messe
de Paul VI[1] ». Il rappelle que si devaient coexister deux

1. *Revue d'éthique et de théologie morale*, n° 240, Éd. du Cerf,
septembre 2006.

rites dans l'Église, cela « finirait par nuire à l'unité de l'Église catholique. Cela n'est pas une question de tolérance, mais de vérité de la célébration eucharistique ». Pourtant, le cap est maintenu. Et les étapes défilent.

L'abbé Laguérie, ce bon pasteur

Malgré l'évidente bonne volonté du nouveau pape, le supérieur de la Fraternité sacerdotale Saint-Pie-X ne sent toujours pas venue l'heure de franchir le pas de la réconciliation. La commission *Ecclesia Dei* frappe alors un grand coup. Le 10 septembre 2006, selon un schéma négocié depuis des années avec la Fraternité, la commission érige un Institut du Bon-Pasteur voué « à l'usage exclusif de la liturgie grégorienne », comme étant « le rite propre de l'Institut dans tous ses actes liturgiques ». Pour les traditionalistes, cette concession du « rite propre », le droit de le pratiquer de façon exclusive, est un vrai pas, presque le début d'une équivalence avec le rite de Paul VI. Reste à savoir si ce rite propre peut permettre de refuser de pratiquer le rite conciliaire. Ce point fait encore débat. L'abbé Lorans, porte-parole de la Fraternité lefevbriste, préfère déclarer que « cet accord est un bricolage canonique et communautariste. Ce que nous voulons, c'est un vrai droit de cité[1] ».

En attendant, cinq figures emblématiques du lefevrisme viennent s'ajouter au palmarès de l'Église conciliaire grâce à l'Institut du Bon-Pasteur : Philippe Laguérie, Paul Aulagnier, Guillaume de Tanoüarn,

---

1. *La Vie*, n° 3185, 14 septembre 2006.

Christophe Héry et Henri Forestier. La « trahison » couvait depuis longtemps et leur valait d'être marginalisés, à cause de leurs contacts avec Rome. L'abbé Laguérie, qui a été le curé de Saint-Nicolas-du-Chardonnet de 1984 à 1997, est un peu le numéro 2 du traditionalisme, du moins en notoriété, après Mgr Lefebvre. Il a pourtant été exclu de la Fraternité en 2004 à cause de son indiscipline. Difficile de savoir qui se réjouit le plus – ceux qui le perdent ou ceux qui le récupèrent – tant sa personnalité est contestée. Les titres de la presse catholique en témoignent. À propos du ralliement de l'abbé Laguérie, *La Vie* titre « Pourquoi cet homme devait rester dehors[1] ». Un simple rappel des faits d'armes de l'ancien curé de Saint-Nicolas-du-Chardonnet, ordonné prêtre par Mgr Lefebvre en 1979, suffit à s'en convaincre. Beaucoup des fortes têtes de la Fraternité Saint-Pie-X étant d'extrême droite, elles sont aussi connues pour leurs provocations verbales. Philippe Laguérie est sans doute l'un des plus doués dans ce domaine. Attaché à la prière pour la conversion du Juif « perfide », il a commis quelques perles à propos du judaïsme : « Qu'on ne flirte pas avec cette secte dont l'essence est de l'avoir refusé [le Christ], qui n'est en rien héritière de l'Ancien Testament », écrit-il en 1997[2]. Son antijudaïsme n'a d'ailleurs parfois rien de chrétien et flirte plus ouvertement avec l'antisémitisme. Comme en 1987, lorsqu'il prend la défense de Jean-Marie Le Pen à propos du « détail ». Lors d'une émission, « L'Heure de vérité » du 13 février 1984, le leader du Front natio-

---

1. *La Vie*, n° 3185, 14 septembre 2006.   2. *Avec ma bénédiction*, Paris, Certitudes, 1997, p. 58.

nal déclare que les camps d'extermination ne sont qu'un
« détail » de l'histoire de la Seconde Guerre mondiale.
L'émotion est immense. Interviewé dans *France-Soir*,
Laguérie estime que l'on a « falsifié les propos de
M. Le Pen taxant de détail le seul procédé de la mort
et non la mort elle-même », avant de faire cet étrange
commentaire : « Ceux qui, les Juifs en particulier,
réveillent sans cesse cette horrible réalité datant de quarante ans […] prouvent l'intolérable utilisation qu'ils
font du sang innocent à des fins électorales. » Il conteste
ensuite avoir tenu ces propos et obtient un droit de
réponse[1]. Il poursuit dans la même veine dans *Libération* : « Depuis quarante-cinq ans, ils tiennent la France
en dictature, ils contrôlent les médias et la banque, ce
sont eux qui ont monté toute cette affaire[2]. » Face au tollé
suscité par ces propos, Laguérie fera un communiqué à
l'AFP pour préciser sa pensée : « J'ai simplement dit
que les Juifs agitent sans arrêt les questions de racisme
et que ça marche. Dès qu'ils lancent quelque chose,
tous les médias s'en emparent. Cette puissance ne peut
s'expliquer que par leur mainmise sur la banque et en
particulier le financement des campagnes électorales[3]. »

---

1. Marc Babronski, *France-Soir*, 17 septembre 1987.   2. Propos tenus en 1987 dans *Libération*, recités le 11 octobre 2006.
3. Laguérie a même porté plainte pour diffamation. Mais il sera
débouté. La présidente du tribunal, Huguette Le Foyer de Costil,
estime que le journaliste de *France-Soir* a porté atteinte à l'honneur
et à la considération du prêtre, qui a condamné le nazisme, mais
que « les propos qu'il a tenus sur le rôle social des Juifs en France,
ainsi que l'emploi du terme péjoratif de "dictature", sont tels que la
vérité du fait diffamatoire invoquée en défense se trouve établie »,
Maurice Peyrot, *Le Monde*, 4 décembre 1987.

La Licra portera plainte pour incitation à la discrimination raciale devant la 17ᵉ chambre correctionnelle de Paris. Sans préparer correctement le procès. Résultat, la cour relaxe Philippe Laguérie en expliquant : « La partie civile, qui a la charge de prouver la matérialité des faits reprochés au prévenu, ne fournit aucun témoignage, aucun document de nature à faire cette démonstration. Il s'ensuit que la relaxe s'impose. »

Sans surprise, Philippe Laguérie soutient un homme comme Paul Touvier, qu'il décrit comme une « âme délicate, sensible et nuancée », jusqu'au bout. Lors de ses obsèques, il se réjouit de le voir partir pour « le tribunal divin, où il n'y a pas de médias ni de coups médiatiques, pas de communistes, pas de franc-maçonnerie, pas de partie civile, pas de Licra ». Mais Laguérie ne ferraille pas seulement contre les Juifs et les francs-maçons. Il fait aussi partie des leaders traditionalistes ayant mené campagne contre tout film, toute représentation jugée blasphématoire, contre *Je vous salue Marie* de Godard et, bien sûr, contre Scorsese. Lorsque le cinéma Saint-Michel est incendié, il a cette réflexion : « Qui sème le vent récolte la tempête. Quand l'honneur de Dieu est en jeu, il faut réagir[1]. »

Avant son ralliement, l'abbé Laguérie était prêt à violenter l'Église pour défendre ses convictions. Sans doute déçu de ne pas avoir participé en personne à la première occupation historique, celle de Saint-Nicolas-du-Chardonnet, il en a planifié une nouvelle à partir

---

1. Cité par Henri Tincq, *Le Monde*, 12 mars 1993.

de 1993 ; celle de Saint-Germain-l'Auxerrois. Et ce malgré l'avis de la Fraternité, qui désapprouve. Mais Philippe Laguérie n'a décidément pas le sens de la discipline. Le 8 mars, 200 manifestants entrent dans l'église vers 12 h 15, brisent des meubles, occupent l'autel et célèbrent la messe selon le rite de Pie V. Il faudra une centaine de policiers pour les déloger. Laguérie déclarera alors que Saint-Nicolas-du-Chardonnet est « trop petite », alors que la « grande église de Saint-Germain-l'Auxerrois sert très peu ». La violence de l'action est telle que même la Fraternité Saint-Pie-X se voit contrainte de se désolidariser. Le 11 mars, l'abbé Paul Aulagnier, supérieur en France de la Fraternité, destitue Laguérie pour « indiscipline ». Il est remplacé dans l'église historique par l'abbé Claude Boivin. Plusieurs pétitions de fidèles sont alors envoyées à la Fraternité pour protester, des donateurs menacent même de suspendre leur donation si Laguérie n'est pas réintégré. Il sera donc maintenu à son poste jusqu'en août 1997, avant de quitter Paris, pour des raisons personnelles, et de s'installer à Bordeaux en 1998, où il reprend bien vite du service.

L'homme trouve un moyen imparable pour faire parler de lui. En 1999, il assigne en référé plusieurs librairies bordelaises[1] pour avoir mis en vente l'ouvrage *INRI* de Bettina Rheims dont la couverture montre une femme aux seins nus dans la position du Christ en croix. Sous la signature de Serge Bramly pour le texte et de

---

1. Mollat, Virgin, la Fnac. Pour voir quelques images de l'album : http://www.photo.fr/portfolios/rheims.

Bettina Rheims pour les photographies, Albin Michel vient d'éditer un livre retraçant la vie de Jésus sous une forme non conformiste. Le 7 octobre, le juge des référés du tribunal de grande instance de Bordeaux en interdit l'exposition en vitrine, mais pas la vente dans un coin plus discret. Dans son ordonnance, Louis Montamat, premier vice-président du tribunal, explique : « La croix est, dans le tréfonds de la conscience collective de la communauté catholique, associée au mystère de la rédemption des hommes et à la mort du Christ. La croix est, dès lors, le symbole de Jésus crucifié, et la représentation en ses lieu et place d'une femme [...] dont la nudité n'est pas sans rappeler la fille publique de l'Évangile, dans une attitude offerte à la concupiscence de la chair est de nature à choquer vivement les sentiments religieux d'un public dont l'attention serait captée à son insu. [...] Il s'agit d'une publicité provocatrice tournant la crucifixion en dérision[1]. » La FNAC et Virgin feront infirmer le jugement en appel deux mois plus tard. Laguérie poursuit alors la librairie La Machine à lire. En effet, dans le rayon photographie, le libraire possède l'ouvrage *INRI*. L'abbé demande que « le livre *INRI* ne soit, dans cette librairie qui en assure la vente, pas exposé à la vue du public, sous peine d'astreinte ». La Machine à lire est acquittée, mais essentiellement parce qu'elle n'a pas mis l'ouvrage en

---

1. Ordonnance de référé rendue le 19 octobre 1998 après débats du 16 octobre 1998. Extrait des minutes du secrétariat-greffe du tribunal de grande instance de Bordeaux. Voir *Le Monde*, 19 octobre 1998.

vitrine[1]. L'année suivante, Laguérie comparait de nouveau devant un tribunal, sans avoir porté plainte cette fois. Il a été chronométré à 190 km/h sur l'A10 alors que son permis de conduire est déjà suspendu à cause de plusieurs autres excès de vitesse. Bizarrement, il

---

1. « Le trouble allégué par le demandeur réside non pas dans le livre lui-même qui est essentiellement un album de photographies mais dans sa couverture – une femme, poitrine dénudée, clouée sur la Croix – qui constituerait une violation du droit au "respect de la conscience", à la "liberté d'aller et venir", une agression nécessaire et brutale "à la vue de cette image exposée sur la voie publique et dans des endroits publics". Certes, il a tout récemment été jugé par cette même juridiction, dans une procédure identique quant à son objet, à l'exception des parties, que cette image figurant sur la couverture de l'ouvrage était susceptible – en raison du caractère de dérision dans lequel elle tournait la crucifixion – de choquer des sensibilités chrétiennes animées par une foi ardente ou même seulement mues par une ferveur humble, mais éprouvée, et de constituer par là même un trouble manifestement illicite. Cependant, cette précédente ordonnance, conciliant la liberté d'expression, d'opinion et de pensée, n'a pas pour autant interdit – comme le sollicitait au principal le demandeur – la diffusion et la commercialisation du livre dont il s'agit. Il a seulement été dit, afin d'éviter de froisser ces consciences, que le livre serait placé, pour sa vente, dans un endroit discret du magasin, hors la vue du public. Ce dernier terme qu'il convient donc de cerner signifie que l'ouvrage en question ne doit pas être exposé en vitrine où précisément l'attention d'un large public peut être involontairement captée, à son corps défendant. Mais tel n'est pas le cas en l'espèce. Le responsable de La Machine à lire a en effet placé l'ouvrage *INRI* au rayon photographie de son commerce, lieu discret – comme il s'en trouve dans toute librairie pour des revues spécialisées –, tel que sa consultation ou son acquisition supposent une démarche volontaire, personnelle, consentie, hors de toute agression, de la part d'un acheteur potentiel. Il n'y a donc pas lieu à référer ; le demandeur supportera les dépens. Toutefois il ne paraît pas inéquitable de ne pas faire droit à la demande formée au titre de l'article 700 du nouveau code de procédure civile par la librairie La Machine à lire. »

n'écopera que d'un mois supplémentaire de suspension de permis, assorti d'un aménagement dû à son statut de religieux. Le tribunal lui octroie en effet une dérogation du lundi 10 heures au dimanche minuit, pour le service de ses fidèles. Autrement dit, il lui est interdit de rouler entre le dimanche minuit et le lundi 10 heures.

Malgré sa radicalité, l'abbé a quelques réseaux dans la région conservatrice de Bordeaux. En 2002, la mairie lui accorde la possibilité d'utiliser l'église Saint-Éloi, désaffectée depuis vingt ans, pour son office tridentin[1]. Une décision qui sera invalidée par le tribunal administratif saisi par l'archevêque de Bordeaux, Mgr Jean-Pierre Ricard. En signant « une convention mettant à sa disposition, pour une durée de huit ans, les locaux de l'église Saint-Éloi » avec la Fraternité Saint-Pie-X, la cour estime que le maire et son conseil municipal ont « porté atteinte au droit de jouissance du culte affectataire », garanti par la loi de 1905 de séparation des églises et de l'État. Malgré la décision, Laguérie refuse de rendre l'église et devient le cauchemar de l'archevêque de Bordeaux. Mais aussi celui de la Fraternité Saint-Pie-X, à qui il désobéit constamment, tout en

---

1. Depuis cette date, l'opposition municipale, emmenée notamment par Gilles Savary et Michèle Delaunay, n'a cessé de s'interroger sur les raisons d'un tel cadeau. L'électoralisme ne peut être privilégié puisque cette concession faite aux traditionalistes a fortement contrarié les représentants de l'Église de Bordeaux. La volonté de voir cette église réhabilitée à moindres frais a pu jouer, d'autant que l'un des intermédiaires sur ce dossier, le cabinet d'avocats Rivière, gère 70 % des affaires de défiscalisation en matière de rénovation de patrimoine historique, un chantier important pour la mairie. Voir Caroline Fourest, « Saint émoi », *Le Monde*, 4 juin 2010.

critiquant sa « sévérité » chaque fois qu'il est rappelé à l'ordre pour indiscipline. Le 22 juillet 2004, exaspéré par son dernier courrier adressé à la Fraternité, ses supérieurs décident de le muter au Mexique. Laguérie refuse et reste dans les locaux de la Fraternité, conformément au réflexe qui est le sien depuis l'occupation illégale de Saint-Nicolas-du-Chardonnet. Début septembre, son remplaçant, l'abbé Duverger, tente de prendre sa place. En vain. Une vingtaine de scouts, la garde personnelle de Laguérie, bloquent l'entrée. Le 3 septembre, l'abbé Duverger repère un passage par l'arrière et s'introduit dans le prieuré. Laguérie porte plainte pour violation de domicile. La Fraternité fixe un ultimatum : Laguérie a vingt-quatre heures pour quitter la ville sous peine d'être exclu. Il n'obtempère pas. Même exclu, il se maintient dans les lieux, où vit également désormais son remplaçant. Fin septembre, interrogé par *L'Express*, Duverger se veut rassurant : « Aujourd'hui, nous cohabitons de manière pacifique[1]. » Ce qui en dit long sur les premières semaines… où il a dormi sur un lit de camp dans l'arrière-cuisine. Dès que l'un accède à un lieu de culte, il fait changer les serrures pour empêcher l'autre de revenir. Pendant ce temps, les discussions continuent entre la Fraternité et Rome. Et lorsque Mgr Fellay quitte une fois de plus la table des négociations, Laguérie s'y installe.

Le 8 septembre 2006, après deux ans de tractations, il est nommé supérieur général du nouvel Institut du Bon-Pasteur à Bordeaux. Connaissant visiblement son caractère, Rome lui demande d'éviter tout triomphalisme

---

1. Marie Cousin, « Églises : combat de soutanes », *L'Express*, 20 septembre 2004.

pouvant vexer les derniers lefebvristes à convaincre. L'abbé Philippe Laguérie s'estime donc heureux « sans aucun triomphalisme ». Ce qui ne l'empêche pas de jubiler : « J'ai le droit d'incardiner les prêtres, de les faire ordonner par un évêque. Il suffit de demander un évêque en rite traditionnel, j'ai deux ou trois candidats qui sont prêts[1]. » En échange de ses nouvelles prérogatives, Laguérie n'a pas de mots assez doux pour Benoît XVI : « On se sent aimés par ce pape. C'est tout nouveau, il s'occupe de l'unité des catholiques, des chrétiens, plutôt que de parcourir la planète. » Une pique directe à son prédécesseur : « Le pape Jean-Paul II a osé dire deux mois avant sa mort "Je n'ai pas gouverné l'Église", vous vous rendez compte ce que cette phrase peut véhiculer d'incompréhensions dans l'Église ? » Parfois, il en rajoute : « Le pape Benoît XVI est un pape traditionaliste. C'est tout à fait nouveau, et ça donne de grandes espérances à l'Église », déclare-t-il dans un communiqué à l'AFP[2]. Bien sûr, l'affirmation est largement exagérée mais typique de l'abbé Laguérie, toujours prêt à en rajouter pour banaliser le traditionalisme. Il agira exactement sur le même mode en février 2008 à propos des vœux envoyés par Nicolas Sarkozy. Alors que le président français est déjà largement contesté en raison de ses positions sur la laïcité, une dépêche AFP annonce qu'il a fait parvenir un message de « félicitations » à quatre diacres traditionalistes ordonnés par l'abbé Laguérie au nom de l'Institut du Bon-Pasteur[3]. En fait, l'AFP se base sur

---

1. RTL, 1er novembre 2006.   2. 8 septembre 2006.
3. « Message de Sarkozy pour une ordination traditionaliste à Saint-Jean-de-Latran », AFP, 25 février 2008.

une dépêche de l'agence religieuse I.Media, auprès de qui l'abbé Laguérie a visiblement fanfaronné, sentant le bon « coup médiatique » possible. Laguérie a bien reçu un message du président français, mais il s'agit d'une réponse à son invitation. Il a invité le chanoine honoraire de la basilique de Latran à assister à l'ordination qui doit avoir lieu dans cette basilique. Le cabinet de Nicolas Sarkozy a fait savoir que « l'emploi du temps particulièrement chargé du chef de l'État à cette date ne lui permettrait pas d'assister à ces célébrations » tout en adressant « ses vœux » aux quatre futurs diacres[1]. Le mot « félicitations » est donc légèrement exagéré. La situation n'en est pas moins révélatrice de l'ambiguïté créée d'une part par l'engouement d'un président pour son statut de chanoine, de l'autre par la présence au cœur de la basilique de Latran – car désormais au cœur de l'Église – d'un traditionaliste comme Laguérie. L'abbé est certes désormais fidèle au nouveau pape, mais la discipline risque de ne pas durer. Ses rêves de grandeur font frémir les évêques les plus récalcitrants à l'idée de devenir ses colocataires[2].

---

1. « Sarkozy a décliné une invitation à l'ordination de diacres traditionalistes », AFP, 26 février 2008.   2. Les évêques et archevêques français, américains et allemands y sont majoritairement hostiles à quelques exceptions telles que Mgr Éric Aumônier, évêque de Versailles, Mgr Raymond Centène, évêque de Vannes, Mgr Jean-Pierre Cattenoz, archevêque d'Avignon, Mgr Philippe Breton, évêque d'Aire et Dax, Mgr Bernard Ginoux, nouvel évêque de Montauban, Mgr Alain Planet, évêque de Carcassonne, Mgr Guy Thomazeau, archevêque de Montpellier. Parmi les enthousiastes, on compte aussi Mgr Angelo Bagnasco, archevêque de Gênes, président de la Conférence épiscopale italienne, et le cardinal Christoph Schönborn, archevêque de Vienne, président de la Conférence épiscopale autrichienne.

La pilule est particulièrement dure à avaler pour Mgr Ricard. L'archevêque de Bordeaux, où a été érigé l'Institut du Bon-Pasteur, n'a été ni consulté ni associé aux négociations. Non sans amertume, il rappelle que « la violence a marqué jusqu'à ces derniers mois les relations de plusieurs membres de cet Institut avec l'Église diocésaine[1] ». Laguérie, lui, savoure. « Il va falloir cohabiter avec nous », prévient-il, mi-rassurant, mi-expansionniste. « Ce ne sera pas un facteur de division, au contraire », tient-il à préciser, tout en ne cachant pas vouloir s'implanter « partout, en France et ailleurs ».

Une chose est sûre, ce ne sera pas un facteur d'apaisement. En témoigne la polémique faisant suite à la prestation de l'abbé Laguérie (filmé en caméra cachée) dans le reportage intitulé « À l'extrême droite du père », diffusé sur France 2 dans le cadre de l'émission « Les infiltrés »[2]. L'abbé Laguérie est aperçu, en soutane, dans la cave d'une dépendance de Saint-Éloi, en train de soutenir Fabrice Sorlin (« Fafa, c'est un copain ») et les jeunes de *Dies Irae*, un mouvement d'excités dont certains membres rêvent de casser du Noir, de défaire le complot juif et l'invasion musulmane. Un activisme qui peut désormais se revendiquer de l'absolution du Saint-Siège, puisque Saint-Éloi et son curé sont partie prenante de l'Église. Sur le plateau, quelque peu gêné, l'abbé Aulagnier a bien tenté de prendre ses distances… Mais personne ne peut le croire réellement surpris. Ce

---

1. *La Vie*, 14 septembre 2006.   2. Le 27 avril 2010.

serait oublier qu'il a milité avec Laguérie à la Fraternité Saint-Pie-X pendant des années et qu'il fait partie
du même Institut du Bon-Pasteur, où l'on trouve bien
d'autres radicaux, comme Guillaume de Tanoüarn[1].
D'une façon générale, Rome a réussi à refaire venir les
traditionalistes les plus proches de l'extrême droite sur
un plan politique : de Dom Calvet à l'abbé Laguérie, en
passant par Bernard Antony. Ils ont certes légèrement
affaibli la Fraternité Saint-Pie-X en lui volant quelques

---

1. Idéologue, ordonné prêtre en 1989 par la Fraternité sacerdotale Saint-Pie-X, Guillaume de Tanoüarn a été l'animateur de
plusieurs revues (*Pacte, Certitude* puis *Objections*), mais a aussi
fait partie des personnalités qui ont relancé *Minute*. C'est en tant
que directeur de publication de la lettre mensuelle *Pacte* qu'il a
été condamné en 2003 pour provocation publique à la haine raciale
par le tribunal de grande instance de Paris. Il avait en effet publié
un texte de Claude Rousseau où l'on apprenait que les « Arabes
envahissant Lutèce, Lugdunum ou Phocée, c'est la France qu'ils
menacent d'étrangler ». Ces « benladénistes en herbe » seraient en
réalité soutenus par des « financiers transnationaux » pour affaiblir
l'identité française. Quatre ans plus tard, interviewé par *Témoignage chrétien* (13 septembre 2007), l'abbé regrette : « J'ai bête-
ment passé ce texte. J'ai objectivement fait une bourde, mais qui
ne saurait me définir. Je m'oppose absolument à quelque forme que
ce soit de racialisme ou même de communautarisme. » Pourtant
dans *Objections* (n° 1, décembre 2005), Tarnoüarn n'hésite pas à se
réjouir du recul de l'Église concernant les Juifs : « Sur les Juifs : ils
ne sont pas nommés "nos frères aînés", comme Jean-Paul II affec-
tionnait à le faire. On ne parle plus de mission commune aux Juifs
et aux chrétiens, qui "attendraient ensemble le Messie", comme le
faisait le grand catéchisme (n° 840). Il est simplement spécifié :
"Dieu a élu le peuple juif avant tous les autres pour accueillir sa
parole (qu. 169)." » Paul Aulagnier a, lui, longtemps été le bras
droit de Mgr Lefebvre, qu'il connaît depuis le concile. Il a largement contribué à forger les institutions traditionalistes et à animer
les pèlerinages de tradition.

diocèses, comme Combos ou le padre Rafael Navas, sans pour autant vider ses rangs. À en croire Grégoire Celier, la Fraternité comprend toujours 470 prêtres, répartis dans 160 maisons, situées dans 30 pays. Auxquels il faut ajouter 90 religieux frères et 75 religieuses oblates. Pour lui, « le "traditionalisme" catholique se porte aujourd'hui comme un charme, il a le vent en poupe et se développe, et cela dans tous les pays du monde[1] ». Bien que la Fraternité Saint-Pie-X revendique 150 000 sympathisants – sans que ce chiffre soit vérifiable – pour faire monter les enchères, rien n'explique l'obsession avec laquelle le Vatican sous Jean-Paul II et plus encore de Benoît XVI tient à leur faire des concessions dans l'hypothétique espoir de les rallier tous. À moins que le pape ne profite de cette dynamique de négociation pour revenir chaque jour un peu plus sur « l'esprit du concile » sous prétexte de se concilier les traditionalistes.

Jusqu'où faudra-t-il reculer ?

Malgré les efforts de l'Église, la Fraternité Saint-Pie-X ne parvient toujours pas à sauter le pas de la réconciliation. À trois reprises – en 1987, en 2000, en 2004 –, Rome lui a tendu la main et a proposé de la réintégrer. À trois reprises, elle a feint de céder, faisant monter les enchères, avant finalement de refuser de

---

1. O. Pichon et G. Celier, *op. cit.*, p. 19.

rentrer dans le rang. Pourquoi le ferait-elle ? Chaque fois qu'elle a tenu bon, le Saint-Siège est allé plus loin dans le retour à la tradition, au risque d'y perdre à chaque fois un peu plus l'âme de Vatican II. Voilà bien l'objectif des héritiers de Mgr Lefebvre. Le livre d'entretiens réalisés entre Olivier Pichon, rédacteur en chef de *Monde et vie* (tendance traditionaliste pragmatique) et l'abbé Grégoire Celier, membre irréductible de la Fraternité, est très révélateur du chemin qu'il reste à parcourir.

« Nous sommes d'une filiation profondément papiste, ultramontaine. L'amour du pape, l'obéissance au pape, constitue l'un des points clés de notre attitude spirituelle », martèle l'abbé Celier[1]. Pourtant, Olivier Pichon lui fait remarquer que la Fraternité n'a cessé de désobéir au pape. « La désobéissance n'empêche pas en soi l'appartenance », rétorque Celier, un peu jésuite pour l'occasion. Alors quoi ? Que faudrait-il pour que cette appartenance redevienne synonyme d'obéissance ? Tout au long du livre, écrit au moment où le motu proprio libéralisant la messe en latin est en projet mais pas encore proclamé, le journaliste va tenter de convaincre l'abbé Grégoire qu'il est temps de sauter le pas de la réconciliation. Celier résiste en martelant ses conditions. Pour lui, la « réforme de la réforme » de Benoît XVI ne va pas assez loin. Il n'est pas question d'accepter « une correction superficielle, qui ne change pas substantiellement le mauvais esprit impré-

---

1. *Ibid.*, p. 164.

gnant la nouvelle liturgie[1] ». L'abbé Celier souhaite
par exemple que Rome prenne l'initiative d'un « mora-
toire sur les citations de Vatican II[2] ». Les traditionalistes de la Fraternité exigent aussi l'annulation du
décret d'excommunication de Mgr Lefebvre. Ils ne
veulent pas d'une dérogation pour célébrer la messe en
latin, mais que la messe en latin redevienne la norme
de l'Église, pour revenir enfin sur l'esprit moderniste de
Vatican II : « Il faut parcourir à l'envers le chemin
de la rupture de 1974-1977. Il faut donc commencer
par purger l'atmosphère de l'Église de cette animo-
sité envers la tradition[3]. » L'abbé fait allusion aux
réactions négatives lues dans la presse catholique au
moment de la création de l'Institut du Bon-Pasteur.
Entre les lignes, la stratégie des lefebvristes se révèle.
Il s'agit d'aller le plus loin possible dans la négociation préalable pour que le pape lui-même fasse taire
les modernistes ayant l'idée saugrenue de critiquer
les traditionalistes. Ce n'est qu'en position de force,
c'est-à-dire en position d'incarner la norme, que le
dernier carré des fidèles de Mgr Lefebvre acceptera
de se rallier. Grégoire Celier nous rassure, ce jour
est plus proche qu'il n'y paraît : « Un jour, j'en suis
absolument certain, cette réconciliation se fera, et
nous serons tous réunis visiblement dans une Église
qui aura pleinement retrouvé sa splendeur apostolique
et missionnaire enracinée dans sa tradition. Je crois
sincèrement que ce jour est moins éloigné qu'il ne

---

1. O. Pichon et G. Celier, *op. cit.*, p. 158.   2. *Ibid.*, p. 186.
3. *Ibid.*, p. 182-183.

paraît : telle est mon espérance[1]. » Visiblement, c'est aussi celle de Benoît XVI.

« *La messe en latin n'a jamais été abrogée* »

Le 7 juillet 2007, Benoît XVI a franchi une nouvelle étape vers le retour à la tradition. Son motu proprio *Summorum pontificum* libéralise l'usage du missel de saint Pie V. Le nouveau missel n'est pas abrogé, mais il pourra désormais cohabiter partout avec l'ancien, qui redevient l'Église et peut être utilisé pour le baptême, le mariage, la confession, l'onction des malades et la confirmation. Le Saint-Siège a franchi le pas, quitte à mettre en circulation deux traditions différentes, devenant optionnelles selon les désirs des fidèles. Signe des temps, l'archevêque de Paris, Mgr Vingt-Trois, a lui même annoncé que l'église Saint-Germain-l'Auxerrois, située à deux pas du Louvre, accueillerait désormais des fidèles attachés au rite tridentin. La messe en latin sera célébrée du lundi au vendredi à 18 h 30 et le dimanche à 10 heures. La messe en français continuera à être dite quotidiennement, a précisé le curé de la paroisse, le père Dominique Schubert[2]. Jusqu'ici, l'archevêché n'autorisait la messe traditionnelle que dans deux églises, Sainte-Odile (XVIIe) et Saint-Eugène-Sainte-Cécile (IXe), et dans la cha-

---

1. *Ibid.*, p. 249. 2. « Messe en latin célébrée à Saint-Germain-l'Auxerrois à partir du 2 décembre », AFP, 16 octobre 2007.

pelle Notre-Dame-du-Lys (XVe). La messe en français pourra-t-elle longtemps concurrencer le charme
de celle en latin et qu'adviendra-t-il du message de
l'Église si les partisans de la messe en latin gagnent en
audience ? La messe en français ne serait-elle qu'une
parenthèse, invitée à se refermer ?

Les plus optimistes préfèrent y voir une forme de
« pluralisme » liturgique. Les plus sceptiques s'inquiètent à l'idée que l'étendard des traditionalistes
ait désormais « droit de cité ». C'est la sortie de « la
réserve indienne » qu'exigeait depuis si longtemps la
Fraternité. Et cette fois, même Mgr Fellay ne cache pas
sa joie : « La messe traditionnelle n'a jamais été abro-
gée. Quelle joie, chers fidèles, a rempli nos cœurs à l'annonce du motu proprio de Benoît XVI, le 7 juillet ! »
La formulation a son importance. Il ne s'agit pas seulement d'affirmer que le missel selon le rite de saint
Pie V rentre en vigueur, mais qu'il n'a « jamais été
abrogé ». Autrement dit, ce ne sont pas les lefebvristes
qui redeviennent l'Église, mais le Saint-Siège qui
rejoint la continuité qu'ils ont toujours incarnée : « Le
motu proprio, en réalité, n'accorde rien de nouveau
à la messe de toujours, il affirme simplement que la
messe de saint Pie V, appelée de Jean XXIII pour l'occasion, est toujours en vigueur, malgré une absence
et une interdiction de la célébrer de près de quarante
ans. La messe tridentine est toujours la messe catholique. »

Seule obligation pour les prêtres ralliés, que précise
le motu proprio, ils ne doivent pas refuser l'usage du
nouveau missel par principe et dans sa totalité : « Pour

vivre la pleine communion, les prêtres des communautés qui adhèrent à l'usage ancien ne peuvent pas
non plus, par principe, exclure la célébration selon
les nouveaux livres. L'exclusion totale du nouveau
rite ne serait pas cohérente avec la reconnaissance de
sa valeur et de sa sainteté. » À l'inverse, si un prêtre
refuse de dire la messe traditionaliste, c'est à l'évêque
de trancher en fonction du désir des fidèles. Autrement
dit, les traditionalistes vont pouvoir désormais solici-
ter les évêques, jusqu'ici plutôt hostiles, pour faire respecter leurs droits, voire pour gagner du terrain. C'est
le vœu formulé par Mgr Fellay : « La subtile et mal-
adroite distinction entre forme ordinaire et extraordi-
naire d'un même rite pour parler de la nouvelle et de
l'ancienne messe ne trompera personne. L'évidence
parle d'elle-même dans ce domaine. Ce qu'il faut
retenir, c'est l'affirmation de la pérennité de la messe
comme loi universelle de l'Église catholique. Qui dit
"loi de l'Église" dit par là même : ni indult, ni permission, ni condition. Les évêques essaient de neutraliser
l'effet salutaire du motu proprio par des restrictions
contraignantes et odieuses. Ils ne suivent certainement
pas la volonté du souverain pontife. Il sera très inté-
ressant d'observer le développement de cette fronde
plus ou moins ouverte, en grande partie cachée. De
cette confrontation va dépendre l'histoire de l'Église
pour plusieurs décennies. Prions pour que le pape ait
la force de maintenir et d'imposer ce qu'il vient de
redonner à l'Église. »

Le message est clair. Mgr Fellay donne expressément pour consigne de se prévaloir du pape pour

faire pression sur les évêques et de diffuser la messe en latin jusqu'à ce qu'elle redevienne la norme. Dans ce domaine, les militants traditionalistes, beaucoup plus entraînés au lobbying et à l'activisme, ont une longueur d'avance en termes de savoir-faire. À Noël 2007, pour la première fois, des militants catholiques traditionalistes ont par exemple décidé de faire le porte-à-porte des églises pour assurer une forme de service traditionaliste itinérant. Ils sont membres de l'ACIM (Association catholique des infirmières et des médecins), connue pour ses positions pro-vie, assimilant notamment la pilule abortive à une pilule inspirée par le diable[1]. Depuis que le pape a libéralisé la messe en latin, ces traditionalistes se baladent d'église en église, en priant de longues heures dans le froid, sous prétexte d'assurer « le service médical des catholiques à la rue ». Objectif : faire le pied de grue devant les églises en espérant que leurs bons et loyaux services les rendent populaires auprès des paroissiens et qu'ils

---

1. Dans les années 1990, l'ACIM expliquait que le RU486, la pilule abortive, était la marque du diable, car « Le chiffre 666 de la bête va marquer tous les hommes : c'est le règne de tous les persécuteurs, le règne du mal. Or la lettre R de RU est la 18e lettre de l'alphabet. $3 \times 6 = 18 - 666$, le chiffre de la bête. Le U est la 6e lettre de l'alphabet à partir de la fin : 6, le chiffre du mal. Et 486 : $4 + 8 + 6$: encore une fois 18, 3×6 : 666 de nouveau : le chiffre de la bête. RU486 est alors l'agent le plus redoutable de Satan faisant le mal à la gloire de Satan. Donc le mal intégral, le mal absolu et dans toute son horreur. » L'auteur, le Dr J.-P. Dickès, très estimé dans les milieux traditionalistes, aujourd'hui à la tête du lobbying pour la messe en latin, parvient à faire le lien entre les partisans de la Fraternité et ceux de l'Institut du Bon-Pasteur. Dr J.-P. Dickès, « Ru 486 », *Cahiers Saint Raphaël*, no 26.

pourront délibérer ensemble de quelques aménagements, comme le retour à la messe en latin.

Ce n'est que le début si l'on en croit le commentaire d'un clip tourné le 16 décembre 2008 devant la cathédrale d'Amiens, où ils ont réuni 600 personnes – dont de nombreux jeunes enfants – par – 3 °C : « À dimanche prochain et peut-être la nuit de Noël si l'évêque boude encore… » Nul doute que la motivation de ces forces vives, souvent jeunes et d'extrême droite, aura un jour raison des églises quasi désertées, plutôt fréquentées par une population modérée mais âgée. Le rapport de force promet d'être long mais à leur avantage. Pressentant les divisions et les troubles, des évêques se préparent au pire. Certaines pratiques conciliaires commencent déjà à être remises en cause. Ainsi, selon la revue *Golias*, le secrétaire de la Congrégation pour le culte divin, Mgr Malcolm Ranjith, part en guerre contre la communion debout et dans la main. « Cette nouvelle forme voulue par la réforme liturgique à équi-parité avec l'ancienne est présentée par cet archevêque comme un abus, ce qui est tout de même surprenant. » À terme, les membres de la Fraternité rêvent de répandre une messe « Pipaul », selon l'expression trouvée par Grégoire Celier, soit « un mélange » du rite de Pie V et du rite de Paul VI. C'est aussi le souhait de Benoît XVI. Dès 1985, et de nouveau en 2003, le cardinal Ratzinger a proposé une « restauration » : « restaurer, non pas certaines cérémonies, mais l'idée essentielle de la liturgie », puis il a ajouté : « De manière générale, je pense que la traduction de la liturgie dans les langues parlées a été une bonne chose, pour qu'elle soit comprise et pour que les fidèles puissent y participer. Mais je pense aussi que l'on peut participer autrement, par l'esprit. Certains temps forts, en latin, me sembleraient utiles pour restituer cette dimension universelle de la liturgie[1]. » Le 13 janvier, pour la première fois depuis longtemps dans la chapelle Sixtine, le pape a tenu à célébrer une messe où il a mélangé la messe traditionnelle et la messe de Vatican II[2]. « Le pape se trouvera à certains moments le dos tourné aux fidèles et le regard vers la croix », a indiqué l'Office des célébrations liturgiques. « Pour le reste, la célébration se déroulera normalement et le missel ordinaire, c'est-à-dire celui introduit par Paul VI après le concile Vatican II, sera utilisé », a tenu à préciser l'Office. En juin 2008, Benoît XVI a affiché sa volonté de revenir à une liturgie traditionnelle en communiant agenouillé sur un prie-dieu. Une pratique tombée en désuétude depuis une quarantaine d'années, qu'il a réhabilitée durant une messe en plein air célébrée à Brindisi, au sud de l'Italie, devant quelque 60 000 personnes.

L'annonce d'un missel commun, mélange de l'ancien et du nouveau, est incontestablement la prochaine étape – tant la coexistence des deux missels va s'avérer impraticable. *A priori*, un bon dosage alliant la messe en latin pour le décorum et l'aspect universel dans la langue pour la compréhension du propos, ne serait pas en soi une évolution dramatique si ce retour

---

1. Entretien accordé à Eternal World Television Network, le 5 septembre 2003.   2. « Le pape célèbre pour la première fois une messe le dos tourné aux fidèles », AFP, 13 janvier 2008.

de la tradition n'était pas « un drapeau » annonçant le
retour en grâce des catholiques les plus fermés d'esprit,
puis le renoncement progressif à certains progrès de
Vatican II. « Ce motu proprio constitue un clin d'œil
à tous les partisans d'une restauration de l'Église sur
le modèle du concile de Trente », estime Christian Terras de la revue *Golias*, qui redoute « une mise entre
parenthèses de Vatican II ». Il ne croit pas à la réintégration totale de la Fraternité Saint-Pie-X et ne considère pas Benoît XVI comme un « traditionaliste »,
mais il estime que la « réforme de la réforme » enclen-
chée ira bien au-delà d'un simple retour à la messe en
latin : « Derrière l'arbre de la messe saint Pie V devenue un drapeau, se tapit une vision d'ensemble intransigeante[1]. »

Le retour de la prière pour la conversion des Juifs

Sans même attendre un missel mixte, la libéralisation du missel de Pie V a pour première conséquence
de remettre en circulation certains aspects archaïques
gommés par Vatican II et Jean XXIII, comme le fait
de prier pour la conversion du « Juif perfide ». Jusqu'à
Vatican II, les fidèles priaient « pour la conversion des
Juifs », afin que Dieu « retire le voile de leur cœur »
et qu'il leur accorde d'être délivrés de « l'obscurité »
et de « l'aveuglement ». Le missel de Paul VI, promulgué en 1970, l'avait judicieusement remplacé par une

---

1. Propos recueillis le 11 mars 2008.

autre prière parlant des Juifs comme le premier peuple
à avoir « reçu la parole de Dieu », sans demander leur
conversion. Ce renoncement à l'un des fondements de
l'antijudaïsme chrétien n'est pas étranger à la fronde des
catholiques d'extrême droite contre Vatican II. Leur
ralliement progressif s'est accompagné d'un retour
possible à cet antijudaïsme originel. En 1990, déjà,
l'un des premiers monastères traditionalistes ralliés, le
monastère du Barroux, avait choqué pour avoir réédité
le missel pour la conversion des Juifs. À l'époque, la
polémique et l'intervention du Saint-Siège l'avaient
finalement contraint à renoncer. Les temps ont changé.
Dom Gérard Calvet, l'ancien supérieur du Barroux, a
rendu l'âme le 28 février 2008, mais il se féliciterait
de l'évolution actuelle. Dès la réhabilitation officielle
du missel pré-Vatican II, plusieurs paroisses se sont
remises à prier pour la conversion des Juifs. Le Centre
Simon-Wiesenthal s'en est ému. Mais cette fois, personne n'a réagi en dehors de la communauté juive.
Quant au nouveau pape, il s'est contenté d'imposer
une reformulation tout aussi ambiguë. L'« aveuglement » des Juifs n'est plus évoqué, mais l'on prie tout
de même pour leur « conversion ». La nouvelle version
demande à Dieu qu'il « éclaire le cœur des Juifs » afin
« qu'ils connaissent Jésus-Christ, sauveur de tous les
hommes ». Elle espère aussi « que tout Israël soit sauvé
en faisant entrer la foule des gens dans [son] Église ».
On retrouve bien là l'attachement de Benoît XVI à un
catholicisme détenteur de la vérité, donc prosélyte.

Le dialogue judéo-chrétien entretenu par Jean-Paul II
et rendu possible par Vatican II ne peut que s'en ressen-

tir. La nouvelle formulation a commencé par provoquer la rupture du dialogue avec l'assemblée des rabbins italiens[1]. Le grand rabbin de Rome, Riccado Di Segni, estime que cette prière constitue « un obstacle à la poursuite du dialogue entre Juifs et chrétiens » et remet « en question des décennies de progrès ». Pour lui comme pour les autres membres du rabbinat italien, la nouvelle prière remplace l'expression « l'aveuglement des Juifs » par une autre expression « conceptuellement équivalente » en dépit d'une formulation « apparemment moins forte ». « Le fait le plus grave est qu'a été introduit un appel aux fidèles à prier pour que les Juifs reconnaissent finalement "Jésus-Christ sauveur" », expliquent-ils dans un communiqué signé de leur président, Giuseppe Laras. Et de conclure : « Le pape est certes libre de décider ce qu'il juge le mieux pour son Église et ses fidèles, mais il n'en reste pas moins que l'adoption d'une telle formule liturgique contredit nettement et dangereusement au moins quarante ans d'un dialogue souvent difficile et tourmenté entre judaïsme et catholicisme, qui semble ainsi n'avoir donné aucun résultat concret. » Les rabbins notent que cette prière traduit « une idée du dialogue ayant pour finalité la conversion des Juifs au catholicisme, ce qui est pour nous évidemment inacceptable ». En toute logique, ils appellent à « une pause de la réflexion dans le dialogue avec les catholiques ». Jusqu'au bout, toutefois, ils ont tenté de maintenir ce dialogue.

_____

1. « Prière "pour les Juifs" : les rabbins italiens pour une "pause" du dialogue », AFP, 6 février 2008.

Le grand rabbin d'Israël, Yona Metzger, a écrit au pape pour lui dire sa « surprise ». Dans l'attente d'une « réponse », il s'est contenté d'une protestation prudente auprès des journalistes qui l'interrogeaient. À ce stade, il n'a pas estimé que le but de l'Église était « de nuire aux Juifs », mais il insiste sur le côté inapproprié d'une telle mesure[1]. Le Saint-Siège fut moins précautionneux dans sa formulation. Le 10 mars, le cardinal allemand Walter Kasper, président du Conseil pontifical pour la promotion de l'unité des chrétiens, a déclaré à une télévision allemande que le pape Benoît XVI n'avait pas l'intention de modifier la prière en latin controversée, puisqu'elle était « correcte sur le plan théologique » : « De notre point de vue, elle est tout à fait correcte sur le plan théologique. C'est simplement difficile pour les Juifs de l'accepter[2]. » Un ton assez sec et surtout un vrai recul lorsqu'on sait que le cardinal Kasper fait également partie du Conseil pontifical pour le dialogue interreligieux[3]. Quelques jours plus tôt, il venait d'annoncer qu'une délégation du grand rabbinat de Jérusalem allait être reçue au Vatican pour discuter de cette prière sans laisser entrevoir la moindre concession du côté chrétien : « J'espère que

---

1. « Prière pour les Juifs : le grand rabbin d'Israël "attend une réponse du pape" », AFP, 10 mars 2008.   2. Déclaration à la chaîne publique ARD, diffusée dans un magazine le 10 mars 2008. « Le pape ne changera rien à la "prière pour les Juifs" », AFP, 8 mars 2008.   3. Le 6 novembre 2002, dans un discours prononcé au Centre d'enseignement chrétien-juif à l'université de Boston, il estimait que l'évangélisation voulue par les chrétiens ne signifiait pas que les Juifs doivent devenir chrétiens pour être sauvés.

les choses seront plus claires, pas résolues mais plus claires, et je pense que nous pourrons surmonter cette irritation du monde juif. » À aucun moment, Rome et ses porte-parole n'ont donné le sentiment de pouvoir comprendre cette « irritation ». Ce qui fit dire récemment au rabbin de Berlin, Walter Homolka, que « l'Église catholique n'a pas de maîtrise sur ses tendances antisémites[1] ».

Voilà bien l'effet du retour en grâce du missel préconciliaire grâce à l'adoubement d'un pape ouvertement décidé à réaffirmer la supériorité de l'Église catholique sur les autres croyances : la rupture de l'élan œcuménique, le retour de l'antijudaïsme et le triomphe de l'extrême droite catholique au détriment d'une vision plus tolérante et apaisée. Qui pourra prétendre faire avancer l'Église vers la modernité lorsque les modernistes, et non plus les traditionalistes, auront le statut de dissidents de l'Église ? Quand bien même le dernier carré des fidèles ne sauterait jamais le pas, sous l'impulsion du cardinal Ratzinger devenu Benoît XVI, l'Église n'a-t-elle pas déjà abandonné l'essentiel de l'âme de Vatican II ?

L'affaire Williamson

C'est l'une des conditions posées depuis des années par la Fraternité Saint-Pie-X pour réintégrer l'Église :

---

1. « Un rabbin allemand reproche au pape de laisser l'antisémitisme se développer », AFP, Berlin, 20 mars 2008.

que l'excommunication ayant frappé les quatre évêques consacrés en 1988 par Mgr Lefebvre soit levée. Jean-Paul II ne pouvait céder sur ce point à moins de se dédire. Benoît XVI, lui, saute le pas… et met le pied sur une mine. Après avoir laissé filtrer l'information dans la presse catholique italienne pendant quelques jours, le décret est annoncé le 21 janvier 2009. Or, c'est la date choisie par la télévision suédoise SVT pour diffuser un documentaire sur la Fraternité Saint-Pie-X, dans lequel Mgr Williamson explique qu'il ne croit pas à l'extermination de six millions de Juifs dans des chambres à gaz : « Je crois qu'il n'y a pas eu de chambres à gaz. […] Je pense que 200 000 à 300 000 Juifs ont péri dans les camps de concentration, mais pas un seul dans les chambres à gaz », a-t-il déclaré au cours de l'émission *Uppdrag gransning* (Mission investigation). Avant d'ajouter : « Il y a certainement eu une grande exploitation [de ces faits]. L'Allemagne a payé des milliards et des milliards de deutschmarks et à présent d'euros parce que les Allemands souffrent d'un complexe de culpabilité pour avoir gazé six millions de Juifs, mais je ne crois pas que six millions de Juifs aient été gazés. » Cette longue explication, plutôt brumeuse et nauséabonde, fait suite à une question du journaliste Ali Fegan concernant des propos antérieurs. Au Canada, quelques années plus tôt, le même Williamson avait déclaré : « Pas un seul Juif n'a été tué dans les chambres à gaz. Ce sont des mensonges. » Des propos rapportés en 1989. Le Vatican pouvait-il les ignorer ? Face à la polémique, il feindra de découvrir les convictions négationnistes de Willamson, pourtant connues des spécialistes.

En 1989, toujours dans ce sermon prononcé au Canada, il est allé jusqu'à déclarer : « Les Juifs ont créé l'Holocauste pour que nous soyons obligés d'être à genoux devant eux et que nous approuvions leur nouvel État d'Israël », avant d'enchaîner ainsi : « Les Juifs ont fabriqué l'Holocauste, les protestants reçoivent leurs ordres du démon et le Vatican a vendu son âme aux progressistes. » Dans d'autres sermons, il n'hésite pas à reprendre des passages entiers des *Protocoles des Sages de Sion*, ce faux antisémite imaginant un complot juif mondial.

Dans une lettre d'information de novembre 1991, il cite deux passages des *Protocoles*. Le premier attribue cette phrase aux « Juifs » : « Il est indispensable de dégrader les relations des gens avec leurs gouvernements dans tous les pays de façon à épuiser l'humanité en dissensions, haine, combats, jalousie, de façon à ce que les *goyim* ne voient d'autre issue que de se réfugier dans notre souveraineté dans l'argent et tout le reste. [Pr. 10][1]. » Le second vise à montrer que les Juifs sont à l'origine de la libre expression des homosexuels : « Dans les pays connus pour être progressistes et éclairés nous avons créé une littérature insensée, dégoûtante et abominable. [Pr. 14] »[2]. Le 5 mars 2008, il confirme au *Catholic Herald* qu'il considère les *Protocoles* comme étant valides. Pour

---

1. Slaks : 2, 3 novembre 1991.   2. La mention « Pr » renvoie aux Protocoles dont les deux citations sont tirées.

Williamson, aucun dialogue avec les Juifs n'est possible, car ils sont les alliés de l'antéchrist : « Leurs graves défauts les ont rendus odieux aux nations parmi lesquelles ils étaient établis. Tout cela nous conduit à penser que les Juifs sont les artisans les plus actifs de la venue de l'antéchrist[1]. » Son admiration pour les *Protocoles* ne se démentira pas avec les années : « Dieu a mis les *Protocoles des Sages de Sion* […] entre les mains des hommes pour les hommes qui voudraient connaître la vérité, mais peu sont dans ce cas », écrit-il en mai 2000[2]. Mais, bien entendu, il ne faut y voir aucune obsession antisémite : « Depuis que les Juifs se sont rendus responsables de la crucifixion de Notre-Seigneur Jésus Christ […], ils ont, en tant que race et en tant que religion, toujours avec de nobles exceptions, continué de le rejeter jusqu'à aujourd'hui », écrit-il en 2008 dans un article intitulé « Faux antisémitisme ». Il se poursuit ainsi : « Plus près de nous, c'est un fait historique que l'élaboration et les débuts du communisme, par exemple, afin d'éloigner l'humanité de Dieu et de remplacer son Royaume par un paradis fabriqué de la main de l'homme, étaient largement de leur fait. […] Ils traitent d'"antisémite" quiconque se dresse contre n'importe quelle forme de leur athéisme[3]. » On aurait d'ailleurs tort de ne voir Richard Williamson qu'en

---

1. Richard Williamson, « The Jews in the Latter Times », *Catholic*, mai 1997, Melbourne, Australie.   2. Richard Williamson, « Our Lady of Fatima », lettre du 1er mai 2000.   3. Richard Williamson, « False Anti-semitism », Dinoscopus, blog de Richard Williamson, 1er mars 2008.

antisémite... Il a bien d'autres défauts. Partisan de l'apartheid, il sera le premier prêtre de la Fraternité Saint-Pie-X à se rendre en Afrique du Sud en 1978. Comme la plupart de ses collègues, il tient la démocratie en piètre estime : « La démocratie égalitaire, en vertu de laquelle les hommes sont souverains et égaux entre eux, est un virus mortel[1]. » Il préfère largement le système de l'Inquisition et se montre scandalisé lorsque Jean-Paul II ose la remettre en cause en 2000 : « L'Inquisition a rendu des services extraordinaires à la civilisation occidentale (alors appelée Chrétienté) en identifiant ces hérétiques qui en étaient les pires ennemis. La condamnation de Galilée a été élaborée non pour barrer la route à la vérité scientifique mais à son arrogance personnelle au nom de la science, arrogance qui n'a depuis cessé de nuire à l'image de la "science". Et la condamnation de la Synagogue, qui est la religion non d'Abraham et Moïse, mais celle d'Anas et Caiphas [les grands prêtres qui ont, selon Williamson, poussé Judas à trahir Jésus], n'est qu'une simple légitime défense de la part de l'Église catholique, car les descendants spirituels de ces deux assassins judiciaires de Jésus-Christ n'ont cessé depuis deux mille ans d'œuvrer dans la haine contre le Corps Mystique du Christ, l'Église catholique[2]. »

Plus près de nous, Williamson attribue les attentats du 11-Septembre aux francs-maçons et aux Juifs,

---

1. Richard Williamson, « Democratism in the Catholic Church », 5 avril 1995.   2. Richard Williamson, « The Jubilee Year », 6 février 2000.

avant de finir – en octobre 2001 – par les attribuer aux Américains eux-mêmes. Quant aux émeutes qui ont eu lieu en France en novembre 2005, elles lui inspirent cette analyse tout en finesse : « Aussi, quand les hommes blancs abandonnent la défense des Juifs afin de prendre soin d'autres races et de mener leurs femmes [sic], il est absolument naturel qu'ils soient punis respectivement par la domination de la finance juive, par le refus des races non blanches de les suivre et par un féminisme rampant[1]. »

C'est dire si le dossier Williamson est chargé et si la curie, réputée bonne archiviste, peut difficilement l'ignorer. Et pourtant, rien ne la fera revenir sur sa décision, ni les nouvelles déclarations de l'évêque traditionaliste, ni l'émotion internationale qu'elles ont soulevée. L'Église préfère croire à un complot et à une volonté de saboter la réconciliation. En réalité, Williamson n'a tout simplement pas pu s'empêcher de dire le fond de sa pensée. Rien ne laisse penser qu'il ait pu préméditer l'impact qu'auraient ces déclarations, ni les ennuis qu'elles lui vaudraient. Au moment de l'élection de Benoît XVI, le même évêque déclarait : « Nous avons de la sympathie pour le nouveau pape. » La tourmente, loin de les ravir, a plutôt embarrassé ses collègues de la Fraternité Saint-Pie-X. Ce qui ne veut pas dire qu'ils désapprouvent ses idées. La même semaine, l'un des responsables de la Frater-

---

1. Richard Williamson, « Denial of Christ Creates Chaos », *The Daily Catholic*, vol. 16, n° 288, 14 novembre 2005.

nité, Floriano Abrahamowicz, va se montrer à peine plus diplomate : « Les chambres à gaz ont existé au moins pour désinfecter, mais je ne saurais dire si elles ont causé des morts ou non, car je n'ai pas approfondi la question[1]. »

Qui peut feindre la surprise ? Il ne s'agit pas d'une première venant de cette extrême droite catholique habituée à nier ou à banaliser la Shoah, chacun à leur manière. Bernard Tissier de Mallerais, l'un des quatre évêques réintégrés, fait partie du comité d'honneur de l'Union des nations de l'Europe chrétienne aux côtés de membres du Front national. L'organisation a l'habitude de se rendre à Auschwitz pour célébrer « le plus grand génocide de tous les temps ». Non pas celui des Juifs… Mais celui des fœtus. L'église parisienne de la Fraternité, Saint-Nicolas-du-Chardonnet, organise volontiers des offices à la mémoire d'écrivains négationnistes comme Maurice Bardèche. Ces discours extrémistes n'ont rien d'exceptionnel parmi les nouveaux soldats du pope. Les catholiques traditionalistes rejettent souvent l'œcuménisme de Vatican II par nostalgie pour l'antijudaïsme chrétien, de ce bon vieux temps où l'on pouvait prier pour l'âme du Juif déicide. Le problème n'est pas qu'un membre de la Fraternité Saint-Pie-X tienne de tels propos… Mais que la réconciliation voulue coûte que coûte par le pape fasse passer ces convictions pour des

---

1. Interview à *La Tribune de Trévise*, suite aux premiers extraits de l'entretien de Williamson ayant filtré dans la presse (dès le 14 janvier 2009), AFP, 29 janvier 2009.

détails. Quitte à donner le sentiment de tout céder, même l'essentiel.

Ultime provocation

À peine remise de la polémique Williamson, l'Église a dû subir un nouveau test le 29 juin 2009. Sentant que tout lui est permis, la Fraternité Saint-Pie-X décide de consacrer de nouveaux évêques pour voir si l'excommunication est bien levée et si le schisme de 1988 n'est plus qu'un lointain souvenir. Pari réussi. Deux des quatre évêques excommuniés puis réintégrés ont assuré la relève en ordonnant toute une fournée de prêtres et de diacres en toute illégalité. Sans subir, cette fois, l'excommunication. Le pape, décidément, a décidé de tout leur passer. Lui qui peut se montrer si sévère envers les catholiques progressistes semble capable d'une bienveillance infinie quand il s'agit de refaire alliance avec les tenants intolérants de la tradition.

Les signes sont là. Ils sont nombreux. Et ils se confirment. Loin de reculer, les négociations avec le dernier carré des traditionalistes avancent à grands pas. Une salle de réunion de la Congrégation pour la doctrine de la foi y est même consacrée. De quoi y parle-t-on ? De toutes les querelles et du meilleur moyen de les enterrer pour parvenir à un consensus théologique concernant la liberté religieuse, l'œcuménisme, de la pensée moderne, bref de tout ce qui révulse la Fraternité Saint-Pie-X. Et pour changer, elle n'a pas l'intention de céder. Ce sera donc l'Église. Mgr Fellay le dit à qui veut l'entendre : « La réalité de la crise de l'Église est admise, pas les remèdes. Nous disons que la solution est le retour au passé. » C'est donc ce remède, le retour au passé, qu'il s'agit de valider. Et sur ce point, les divergences entre le nouveau pape et les traditionalistes sont plus minces que jamais.

CONCLUSION

L'immense majorité des catholiques attachés à l'Église et à la figure du pape par habitude est loin de se douter de la réaction en cours. La plupart tiennent à la réforme initiée par le concile Vatican II et même à son « esprit moderniste ». C'est d'ailleurs cet *aggiornamento* et cet esprit qui permettent souvent de présenter le catholicisme comme une religion nettement plus apaisée que l'islam. Il est temps de voir que ces acquis ne sont pas éternels.

En pleine guerre froide, Jean-Paul II désirait s'appuyer sur tout mouvement capable de combattre le communisme et le matérialisme athée, qu'il voyait à l'œuvre dans la théologie de la libération et dans une certaine conception de la laïcité. La curie a donc encouragé le moindre mouvement catholique réactionnaire, fût-il sectaire ou extrémiste. Son charisme a longtemps masqué cet aspect de son long pontificat. Le voile s'est déchiré avec l'élection de Benoît XVI, le plus orthodoxe des membres de la curie. Entre-temps, ces « intransigeants » sont arrivés à maturité. Qu'ils soient opusiens, Légionnaires ou traditionalistes ralliés, ils incarnent la ligne officielle de l'Église. Et même, sa nouvelle garde.

Les plus optimistes préfèrent penser que l'institution-nalisation et une certaine reprise en main auront pour effet de les assagir, comme ce fut le cas pour les Jésuites. Au temps de sa gloire, c'est vrai, la Compagnie de Jésus a fait partie de ces soldats zélés que l'Église utili-sait pour combattre l'hérésie au risque d'alimenter son fanatisme. Mais outre que ce zèle a bien eu des réper-cussions, l'âge d'or des Jésuites correspond à un autre temps, celui où même les hommes d'Église les plus radicaux transmettaient une culture exigeante destinée à l'élite. Cette culture a permis à des hommes d'exercer leur libre arbitre. Les « nouveaux soldats du Vatican », eux, ambitionnent de convaincre les masses grâce à une vision simpliste, acculturée et sectaire du catholicisme, tournée vers l'obéissance et le culte du chef. L'impact sera donc autrement plus fanatisant.

Leur réaction autoritaire a d'ores et déjà un impact, depuis l'Amérique latine jusqu'au cœur de l'Europe. Pour le moment, l'Opus Dei ou les Légionnaires du Christ recrutent essentiellement parmi des catholiques issus de milieux plutôt favorisés, mais rien ne dit que leur prosélytisme ne va pas s'amplifier à la faveur du retour en force de l'intégrisme. Déjà, ils commencent à séduire certains milieux plus modestes en mal d'ascen-sion sociale *via* le catholicisme. Ce terrain a long-temps été occupé par les chrétiens d'ouverture. Mais ils n'ont plus les mêmes forces qu'auparavant pour « déghettoïser » les classes populaires en les initiant à la culture, notamment en organisant des sorties culturelles ouvertes sur le monde. Prêts à prendre le relais grâce au soutien du Vatican, l'Opus Dei et Regnum Christi œuvrent exactement en sens inverse : ils utilisent le cultuel et le social pour enfermer les esprits dans une vision passéiste et liberticide de l'identité catholique. C'est dire les effets néfastes de cette institutionnalisation. Le Saint-Siège s'est essentiellement attaché à garantir la fidélité de ces mouvements et à asseoir son autorité. En dehors de quelques aspects particulièrement problématiques, comme les abus sexuels au sein de la Légion du Christ, il n'a jamais désapprouvé leur caractère bêtifiant, réactionnaire et liberticide.

À l'autre bout du spectre catholique, les grands perdants sont incontestablement les chrétiens progressistes. Ceux qui combattent l'Opus Dei, les Légionnaires ou les traditionalistes ralliés se placent désormais dans la marginalité, voire aux portes de l'Église. Car autant les catholiques « intransigeants » sont en odeur de sainteté, autant les catholiques tolérants vivent en disgrâce prolongée. Sortis laminés du pontificat de Jean-Paul II, ils ne peuvent espérer être ressuscités sous Benoît XVI. Entre la tentation de l'autorité au nom de la Vérité absolue et celle de l'exemplarité voulue par Jésus modeste et tolérant, le cœur des catholiques balance pour l'éternité. Mais Rome, siège de la hiérarchie, préférera toujours – presque par nature – l'autoritarisme.

L'Église d'aujourd'hui ne réfléchit ni à s'adapter aux besoins des croyants, ni à favoriser l'éducation populaire pour plus de justice et d'égalité. Elle n'imagine pas une seconde poursuivre la remise en question ouverte lors du dernier concile. Il n'est pas question d'extirper la part de culture patriarcale de ses fondements. Ni même de réfléchir à sa vision fondamentalement dominatrice des rapports humains. Elle ne songe ni à ordonner des femmes prêtres, ni à reconnaître la valeur de l'amour quelle que soit l'orientation sexuelle. L'Église d'aujourd'hui ne combat pas le viol pédophile, mais l'homosexualité – qu'elle pense être la même chose. Elle réhabilite le patriarcat et combat le féminisme. Elle a déclaré la guerre à l'égalité des droits et aux libertés individuelles, concernant le choix de sa vie mais aussi de sa mort. En dehors d'une timide avancée concernant le port du préservatif, elle se bat pour proposer la chasteté au risque de l'hypocrisie et de la maladie mortelle. Elle n'a jamais renoncé à son pouvoir politique, ni à défaire le compromis tissé par la sécularisation et la laïcité. Elle préfère enfin lutter contre toute interprétation jugée progressiste plutôt que de prendre le risque de la modernité.

À terme, il n'est pas difficile de reconstituer le visage de l'Église qui se dessine. Une Église raidie et repliée sur son dogme, dotée d'un missel mixte (mi-tridentin, mi-conciliaire), et de prêtres qui tournent de temps en temps le dos aux fidèles pour s'adresser en priorité à Dieu et rappeler qui détient l'autorité. Des paroisses où l'on rechante en latin, pour la beauté du son mais aussi par attachement à la tradition, tout en invitant à lutter contre le relativisme moral et la laïcité dans la langue des paroissiens. Une Église recroquevillée sur sa vérité, qui fait semblant de dialoguer avec les autres religions, mais ne rêve que de les convertir. Ce n'est plus Vatican II ni tout à fait Vatican moins II mais Vatican moins I. Une

réforme réformée, où l'on conserve l'esprit missionnaire et laïque encouragé par le concile… Pour le mettre
au service d'une réaction à rebours de la modernité. Il
y aura bien quelques catholiques pour résister à cette
régression, mais contrairement à l'époque du concile, le
Saint-Siège n'est plus de leur côté. Vatican moins II est
donc bel et bien enclenché.

Table

Des mêmes auteurs :

Caroline Fourest, Talisma Nasreen, *Libres de le dire*, Flammarion, 2010.

Caroline Fourest, Fiammetta Venner, *Les Interdits religieux*, Dalloz, 2009.

Caroline Fourest, *La Dernière Utopie*, Grasset, 2009.

Caroline Fourest, *Le Choc des préjugés. L'impasse des postures sécuritaires et victimaires*, Calmann-Lévy, 2007.

Fiammetta Venner, *Extrême France. Les mouvements frontistes, nationaux-radicaux, royalistes, catholiques traditionalistes et provie*, Grasset, 2006.

Caroline Fourest, *La Tentation obscurantiste*, Grasset, 2005 (Prix du livre politique) ; Le Livre de Poche, 2009.

Fiammetta Venner, *OPA sur l'islam de France. Les ambitions de l'UOIF*, Calmann-Lévy, 2005.

Caroline Fourest, *Face au Boycott*, Dunod, 2005.

Caroline Fourest, *Frère Tariq. Discours, stratégie et méthode de Tariq Ramadan*, Grasset, 2004 ; Le Livre de Poche, 2010.

Fiammetta Venner, *L'Effroyable imposteur. Quelques vérités sur Thierry Meyssan*, Grasset, 2004.

Caroline Fourest, Fiammetta Venner, *Tirs croisés. La laïcité à l'épreuve des intégrismes juif, chrétien et musulman*, Calmann-Lévy, 2003 ; Le Livre de Poche, 2008.

Caroline Fourest, *Foi contre choix. La droite religieuse et le mouvement prolife aux États-Unis*, Golias, 2001.

Caroline Fourest, Fiammetta Venner, *Les Anti-Pacs ou la dernière croisade homophobe*, Prochoix, 1999.

Caroline Fourest, Fiammetta Venner, *Les Sponsors du FN et de ses amis*, Castells, 1998.

Fiammetta Venner (dir.), Claudie Lesselier (dir.), *L'Extrême Droite et les femmes*, Golias, 1998.

Fiammetta Venner, *L'Opposition à l'avortement, du lobby au commando*, Berg, 1997.

Composition réalisée par Datagrafix

Achevé d'imprimer en janvier 2011 en Espagne par
BLACK PRINT CPI IBERICA, S.L.
08740 Sant Andreu de la Barca (Barcelona)
Dépôt légal 1re publication : février 2011
LIBRAIRIE GÉNÉRALE FRANÇAISE
31, rue de Fleurus – 75278 Paris Cedex 06